8つの完璧な殺人

ピーター・スワンソン

雪嵐の日、ミステリー専門書店の店主マルコムのもとに、FBI捜査官が訪れる。マルコムは10年ほど前、もっとも利口で、もっとも巧妙で、もっとも成功確実な殺人が登場する犯罪小説8作を選んで、ブログにリストを掲載していた。ミルン『赤い館の秘密』、クリスティ『ABC殺人事件』、ハイスミス『見知らぬ乗客』、アイルズ『殺意』……。捜査官によると、そのリストの“完璧な殺人”の手口に似た殺人事件が続いているという。犯人は彼のリストに従って殺しているのか？ 著者のミステリーへの愛がふんだんに込められた、謎と企みに満ちた傑作長編！

登場人物

マルコム（マル）・カーショー……〈オールド・デヴィルズ・ブックストア〉店主
グウェン・マルヴィ……FBI特別捜査官
クレア・カーショー……マルコムの妻
ジョン・ヘイリー……〈オールド・デヴィルズ・ブックストア〉元店主
エミリー・バーサミアン……〈オールド・デヴィルズ・ブックストア〉従業員
ブランドン・ウィークス……〈オールド・デヴィルズ・ブックストア〉従業員
リック・マーフィ……〈オールド・デヴィルズ・ブックストア〉元従業員
ロビン・キャラハン……ニュースキャスター
ジェイ・ブラッドショー……ケープコッドの住人
イーサン・バード……マサチューセッツ大学の学生
ビル・マンソー……投資ブローカー

エレイン・ジョンソン……ロックランドの住人
ダニエル・ゴンザレス……コミュニティ・カレッジの非常勤講師
ブライアン・マーレイ……作家、〈オールド・デヴィルズ・ブックストア〉の共同経営者
テス・マーレイ……ブライアンの妻
エリック・アトウェル……〈ブラック・バーン・エンタープライズ〉オーナー
ノーマン・チェイニー……ガソリンスタンド経営者
マーティ・キングシップ……元警官
ニコラス（ニック）・プルイット……ニューエセックス大学英文学教授
ジリアン・ヌエン……エマソン大学教授
スティーヴン・クリフトン……科学教師
ジェイン・プレンダーガスト……地元のミステリー作家

8つの完璧な殺人

ピーター・スワンソン
務　台　夏　子　訳

創元推理文庫

EIGHT PERFECT MURDERS

by

Peter Swanson

8つの完璧な殺人

本書では下記の作品の内容や犯人について触れています。未読の方はご注意ください。

『赤い館の秘密』A・A・ミルン
『殺意』フランシス・アイルズ（アントニイ・バークリー）
『ABC殺人事件』アガサ・クリスティ
『殺人保険』ジェイムズ・M・ケイン
『見知らぬ乗客』（小説、および一九五一年の映画）パトリシア・ハイスミス
The Drowner（邦訳なし）ジョン・D・マクドナルド
『死の罠』（戯曲、邦訳なし。および一九八二年の映画「デストラップ 死の罠」）アイラ・レヴィン
『シークレット・ヒストリー』（別邦題『黙約』）ドナ・タート
『アクロイド殺害事件』（別邦題『アクロイド殺し』）アガサ・クリスティ

王たちと女王たちに、そして王子たちにも
——ブライアン、ジェン、アデレイド、マクシーン、オリヴァー、ジュリアス

回想録

おことわり――本書の内容はだいたいにおいて真実ですが、なかには記憶をたよりに再現した出来事や会話もあります。固有名詞や個人の特定につながる事柄のいくつかは、罪なき人々を保護するために変えてあります。

8つの完璧な殺人

第一章

店のドアが開き、ＦＢＩ捜査官の足がドアマットを踏む音がした。ちょうど雪が降りだしたところで、店内に吹き込んできた空気は重たく、エネルギーに満ちていた。捜査官の背後でドアが閉まる。電話してきたとき、彼女はこのすぐ近くにいたにちがいない。わたしが会うことに同意したのは、まだほんの五分前なのだから。

店にいるのは、わたしだけだった。あの日なぜ店を開けたのか？　それは自分でもよくわからない。予報では、暴風に伴《ともな》い午前から雪が降りはじめ、午後いっぱい降りつづいて、積雪は二フィートを超えるとされていた。ボストン公立学校はすでにその日は早く授業を切り上げると発表しており、翌日も休校となる予定だった。わたしはその日店に出ることになっている二名の従業員（午前と昼過ぎのシフトのエミリーと、午後と夕方のシフトのブランドン）に電話して、双方に出勤しなくていいと伝えた。それから、〈オールド・デヴィルズ・ブックストア〉のツイッター・アカウントにログインし、暴風が去るまで店を閉めるとツイートしようとしたのだが、何かがわたしを思い留まらせた。もしかすると、これはアパートの部屋でひとり一日を過ごすことを考えたためかもしれない。それに、うちから店までは半マイル足らずなのだ。

わたしは出勤することにした。少なくともそうすれば、しばらくネロと過ごせるし、店の棚の整理もできる。ひょっとすると、オンラインで受注した商品の梱包《こんぽう》もできるかもしれない。

ビーコン・ヒルのベリー・ストリートで店の入口の鍵を開けたとき、花崗岩《かこうがん》の色の空からはいまにも雪が落ちてきそうだった。このあたりは往来が多くはない。だが、〈オールド・デヴィルズ・ブックストア〉は専門書店——ミステリーの新本や古本の店であり、お客の大半は店をさがして訪ねてくるか、単にウェブサイトで本を注文するかなのだ。通常の二月の木曜なら、お客の総数が二桁に届かなくても（もちろん、何かイベントを企画した場合は別として）わたしは驚きもしない。それでも、出勤すれば、やるべき仕事は常にある。それにここには店の猫、ネロもいる。彼は一日をひとりで過ごすのが嫌いだ。なおかつ、前夜、彼に余分に餌《えさ》をやったかどうか、わたしは覚えていなかった。結局、やってはいなかったようだ。なぜなら、わたしが店に入るなり、ネロは硬材の床の上をすっ飛んできてわたしを出迎えたのだから。彼は年齢不詳の茶トラ猫。相手が知らない人でも嫌がらずに（いや、むしろ喜んで）可愛がってもらうので、店の猫として理想的なやつだ。わたしは店の明かりを点け、ネロに餌をやり、その後、自分の飲むコーヒーをポットに一杯分作った。十一時、常連客のマーガレット・ラムが入ってきた。

「なんでまたお店を開けてるの？」彼女は訊ねた。

「なんでまた外に出ているんです？」

マーガレットは、チャールズ・ストリートの高級店で買った食料雑貨の袋ふたつを掲げてみせた。「備蓄よ」彼女はいつもの貴族的な声で言った。

わたしたちはルイーズ・ペニーの最新作について語り合った。語っていたのは、ほとんど彼女のほうだ。わたしはその小説を読んだふりをした。近ごろ、わたしは頻繁《ひんぱん》に本を読んだふりをしている。もちろん、主立った業界誌の書評は本当に読んでいるし、ブログもいくつかは見ている。そのひとつは〈アームチェア・スポイラー〉というやつで、そこにはエンディングを論じる新刊書評のコーナーもある。最近はもう現代のミステリー小説を読む気がしないので（ときどき子供時代、大好きだった作品を再読することはあるが）、この本のブログはわたしにとって欠くべからざるものとなっていた。正直に、ミステリー小説にはもう興味がなくなった、近ごろは読むのは主に歴史書で、寝る前には詩を読んでいる、と人に言ってもよいのだろうが、わたしはむしろ嘘をつくほうを採《と》る。わたしが本当のことを話した何人かの人たちはみんな、なぜ犯罪小説を読まなくなったのかを知りたがったし、それは人に言えないことなのだ。

わたしはマーガレット・ラムを、本人によれば読まないことは九十パーセント確かだというルース・レンデルの『指に傷のある女』を持たせて送り出し、そのあと、昼の弁当（チキンサラダ・サンドウィッチ〉を食べた。電話が鳴ったのは、きょうはもう終わりにしようかと考えはじめたちょうどそのときだった。

「〈オールド・デヴィルズ・ブックストア〉です」わたしは言った。

「マルコム・カーショーさんはいますか？」それは女の声だった。

「はい、わたしですが」わたしは言った。

「ああ、よかった。FBI特別捜査官のグウェン・マルヴィと申します。いくつかお訊きしたいことがありまして、ぜひとも少しお時間をいただきたいのですが」

「いいですよ」わたしは言った。

「いまからでも大丈夫ですか？」

「ええ」わたしは言った。電話で話すのかと思ったのだが、彼女はすぐに行くと言って通話を切った。わたしは電話を手にしばらくそこに立ったまま、グウェンというFBI捜査官がどんな人なのかを想像した。電話の声がしわがれていたので、思い描いたのは、退職間近の年寄り、褐色《かっしょく》のレインコートを着た、厳《いか》めしい生真面目《きまじめ》な女性だった。

数分後、マルヴィ捜査官がドアを開けて入ってきたが、その外見は想像とはまるでちがっていた。年はせいぜい三十代。ジーンズを濃い緑のブーツにたくしこみ、ぶくぶくした冬のジャケットを着て、ポンポン付きの白いニット帽をかぶっている。彼女はウェルカムマットの上でトントンと足踏みすると、帽子を脱いで、レジのほうにやって来た。わたしはカウンターの向こうに回ってお客を出迎え、彼女は手を差し伸べた。握手は力強かったが、その手は湿っぽかった。

「マルヴィ捜査官？」わたしは訊ねた。

「そうです。どうも」緑のジャケットの上で、雪が黒ずんだまだらを残して解けだしている。彼女は軽く首を振った——その淡い金髪の毛先は濡れていた。「まだお店が開いていたのは意外でした」彼女は言った。

「実はちょうど閉めるところだったんです」

「ああ」マルヴィ捜査官は革のバッグを斜めに掛けていた。そのストラップを反対側の肩へやると、彼女はジャケットのジッパーを下ろした。「でもお時間はあるんですね？」

「そうです。それに好奇心もありますしね。奥のオフィスで話しますか？」

マルヴィ捜査官は振り返って入口に目をやった。白い肌にくっきりと首の腱《けん》が浮き出した。

「お客さんが入ってきたら、ちゃんと聞こえるでしょうか？」

「お客が来ることはないと思いますが。でも大丈夫。ちゃんと聞こえますから。こちらへどうぞ」

わたしのオフィスは、オフィスというより店の奥の隠れ家みたいなものだった。わたしはマルヴィ捜査官のために椅子を出し、デスクの向こうに回って、縫《ぬ》い目から詰め物が飛び出している革のリクライニングチェアにすわった。それから、本の山ふたつのあいだにいる彼女の姿が見えるよう、自分の位置を定めた。「すみません」わたしは言った。「うかがうのを忘れていましたよ。お飲み物はいかがです？　ポットにまだコーヒーがありますが」

「いいえ、おかまいなく」捜査官はそう言って、ジャケットを脱ぎ、革のバッグ——というよりブリーフケースみたいなやつ——をかたわらの床に置いた。彼女はジャケットの下にクルーネックの黒のセーターを着ていた。いまではちゃんとその姿が見えるので、色が淡いのは彼女の肌だけでないこともわかった。彼女においてはすべてがそうなのだ。髪も、唇《くちびる》も、まぶたも、透き通るようで、細いメタルフレームの眼鏡までもがほぼ顔に溶け込んでいる。どこかの画家が指でこすって目鼻をぼかしたかのように、彼女の容貌を正確につかむのはむずかしかった。「本題に入る前に、お願いがあります。いまからわたしたちが話すことについては一切口外しないでいただきたいんです。話の内容には公式の部分と非公式の部分があるので」

「いよいよ好奇心をそそられますね」心拍数が上がるのを意識しつつ、わたしは言った。

「ええ、いいですよ。絶対に誰にも話しません」

「よかった、ありがとうございます」捜査官は言った。彼女は椅子のなかに落ち着いたようだった。その肩は下がり、顔はわたしの顔にまっすぐ向けられていた。

「ロビン・キャラハンの一件はご存知ですか？」捜査官は訊ねた。

ロビン・キャラハンというのは、一年半ほど前、ボストンの北西二十五マイルほどの町、コンコードの自宅で射殺体で発見された、地方局のニュースキャスターだ。発生以来、この事件は地元のトップニュースだった。疑わしいのは前夫だが、いまだ逮捕者は出ていない。

「例の殺人のことですか?」わたしは言った。「ええ、もちろん」

「では、ジェイ・ブラッドショーという名を聞いたことは?」

わたしはちょっと考え、それから首を振った。「ないと思いますが」

「この男性はケープコッドのデニスの住人で、一昨年《おととし》の八月に自宅ガレージで遺体で発見されています。撲殺されていたんです」

「知りませんね」

「確かですか?」

「確かです」

「では、イーサン・バードはどうでしょう?」

「その名前には聞き覚えがあります」

「彼はマサチューセッツ大学ローウェル校の学生でした。一年ちょっと前に失踪したんですが」

「ああ、なるほど」わたしはその事件を覚えていた。ただ、詳細はまったく思い出せなかったが。

「失踪から約三週間後に、彼は遺体で見つかりました。本人の出身地、アッシュランドの州立公園に埋められていたんです」

「ええ、そうでしたね。ニュースで大きく取りあげられていましたよ。その三つの事件にはつながりがあるんですか？」

捜査官は木の椅子の上で前かがみになり、バッグに片手を伸ばしたが、考えが変わったのか、唐突に手を引っ込めた。「当初われわれはそうは見ていませんでした――どの事件も未解決という共通点はありますが。しかしある捜査員が、被害者たちの名前に目を留めたんです」わたしに口をはさむ隙を与えるように、彼女はここで間を取った。それから言った。

「ロビン・キャラハン。ジェイ・ブラッドショー、イーサン・バード」

わたしはちょっと考えた。「テストに落ちかけている気分ですよ」わたしは言った。

「ゆっくり考えてかまいませんよ」彼女は言った。「それとも、わたしから答えを言いましょうか？」

「名前が鳥に関係しているってことですか？」わたしは言った。

彼女はうなずいた。「そうです。ロビン、ジェイ、そして最後の名前が、バード（ロビンはコマドリ、ジェイはカケス）。ええ、確かにちょっと無理がありますよね。ですが……細かな点は省略するとして、どの事件のときも、事件後、現場の最寄りの警察署には……犯人からのメッセージらしきものが届いているんですよ」

「つまり、三つの事件にはつながりがあるわけですね？」

「ええ、そのように見えます。ですが、三つの事件には、それ以外にも共通点がありそうなんです。これらの事件から何か思い出されませんか？　こんな質問をするのは、あなたが探偵小説の専門家だからなんですが」

わたしはしばらくオフィスの天井を見あげていた。それから言った。「確かに、何かの小説みたいですね。連続殺人犯が出てくる何か——アガサ・クリスティのやつみたいだ」

捜査官の背筋が少し伸びた。「アガサ・クリスティの特定のどれかですか？」

「どういうわけか、いまふっと頭に浮かんだのは、『ポケットにライ麦を』なんですが。あれには鳥が出てきましたかね？」

「わかりません。でも、わたしの頭にあったのはそれではないんです」

「たぶん『ABC殺人事件』にも似ているんじゃないかな」わたしは言った。

賞でも取ったかのように、マルヴィ捜査官はほほえんだ。「そうです。わたしが考えていたのはそれですよ」

「名前以外、被害者たちになんのつながりもないから、ですね」

「ええ、まさに。そしてそれ以外にも、警察署への手紙という共通点があります。あの本では、ポワロがABCと署名する殺人犯から手紙を受け取っていますから」

「するとあなたは、あの小説を読んだわけですね？」

「十四のときに、まずまちがいなく。アガサ・クリスティの作品はほぼ全部、読みましたからね。おそらくそれも読んでいますよ」

「あれはクリスティの最高傑作のひとつですよ」短い間のあと、わたしは言った。クリスティのあのプロットにかぎっては、絶対に忘れるわけはない。連続殺人事件が起こり、共通するのは被害者の名前のみというやつ。まず、イニシャルがAの人物が、Aで始まる名前の町で殺され、つぎに、イニシャルBBの人物がBの町で殺される。これでだいたいおわかりだろう。最終的には、犯人が殺したかったのは実は被害者のひとりだけであり、そいつが一連の犯行を頭のおかしい連続殺人鬼によるものに見せかけていたことが判明する。

「そう思います？」捜査官が言った。

「ええ。まちがいなく、クリスティの最高のプロットです」

「本ももう一度、読むつもりですが、ストーリーを思い出すために、ちょっとウィキペディアを見てみたんです。小説では第四の殺人も起こるんですね」

「だと思います。そうそう」わたしは言った。「Dの付く名の人物が最後の被害者でしたね。そして、犯人がすべての犯行を異常者の仕業に見せかけていたことがわかるんです。実は殺したかったのは、被害者のひとりだけだったんですが。他の殺しは要するに煙幕だったわけです」

「ウィキペディアのあらすじもそうなっていました。小説では、標的は最初からイニシャルCCの人物なんです」

「なるほど」なぜ彼女が自分を訪ねてきたのか、わたしは不思議になりだしていた。これは単にわたしがミステリー専門書店の店主だからなのだろうか？　あの本が一冊、必要だから、ということか？　だがもしそうなら、なぜ彼女は電話で特にわたしを指名したのだろう？　ミステリー専門書店で働く者と会いたいだけなら、ただ入ってきて、店の誰かと話せばよいのだ。

「その小説について他に何か教えていただけることはありませんか？」捜査官はそう訊ね、一拍置いて付け加えた。「あなたは専門家ですものね」

「わたしが？」わたしは言った。「それほどのもんじゃありませんよ。しかしあなたが知りたいのは、どんなことなんでしょう？」

「さあ、わかりません。なんでもいいんです。あなたならおわかりになるんじゃないかと思っていたんですが」

「どうですかね——毎日、知らない男が店に来て『ABC殺人事件』を一冊ずつ買っていくという事実以外、わたしには何をお話しすればいいのかわかりませんよ」彼女の視線が一瞬、上がった。それから、わたしのジョークに——あるいは、ジョークへの挑戦に気づいて、彼女はちょっとほほえんだ。わたしは彼女に訊ねた。「その三件の殺人と小説とのあいだに何か関係があるとお思いなんですね？」

「そう思っています」彼女は言った。「無関係にしては、あまりに奇想天外ですから」

「それはつまり、つかまらずに殺人を成し遂げるために何者かが小説を模倣《もほう》したということですか？　誰かが、たとえばの話、ロビン・キャラハンを殺したいと思い、その犯行を鳥に執着する連続殺人犯の仕業に見せかけるために他の人たちも殺したとか？」

「おそらくは」マルヴィ捜査官はそう答え、鼻梁《びりょう》の際《きわ》、左目のあたりを指でこすった。その小さな手もまた色が淡く、爪も塗られてはいなかった。彼女はふたたび黙り込んだ。それは始終小休止が入る奇妙な聴取だった。たぶん彼女はこちらが沈黙を埋めるのを期待していたのだろう。わたしは何も言わないことにした。

ついに彼女が言った。「なぜわたしが会いに来たのか、不思議に思っておいででしょうね」

「ええ」わたしは言った。

「それをお話しする前に、最近起きたもうひとつの事件についてお訊きしたいんですが」

「どうぞ」

「おそらくあなたはこの件は聞いたことがないでしょう。ビル・マンソーという男の事件。この人物は去年の春、コネチカット州ノーフォークの鉄道の線路際で、遺体で発見されたんです。彼はいつも同じ電車に乗る通勤者でした。当初は、本人が飛び降りたかに見えましたが、現在は、彼はどこか別の場所で殺され、線路まで運ばれたものと見られています」

「いや」わたしは首を振った。「その話は聞いたことがありませんね」

「それで何か思い出しませんか？」

「どういう点から何か思い出すんです？」

「彼の死にかたからです」

「いや」そうは言ったものの、これは完全な真実ではなかった。確かにそれは何かを思い出させた。しかしその何かが具体的になんなのか、わたしには思い出せなかった。「何もなさそうです」わたしは付け加えた。

捜査官はふたたび待った。そこでわたしは言った。「なぜわたしと話しに来たのか、教えてもらえませんか？」

彼女は革のバッグのジッパーを開け、紙を一枚、取り出した。「ご自身が二〇〇四年にこの店のブログに載せたリストのことを覚えていますか？〈完璧なる殺人8選〉というリストですが？」

第二章

一九九九年に大学を卒業して以来、わたしはずっと書店で働いてきた。まずは、短期間だが、ボストン・ダウンタウンの〈ボーダーズ〉、つぎは、ハーバード・スクエアの、まだわずかに残っていた独立系書店のひとつで、アシスタント・マネージャーやシニア・マネージャーを務めた。当時はちょうど〈アマゾン〉が完全制覇に向けた戦いに勝利したころで、独立系書店の大半はハリケーンのなかの薄っぺらなテントよろしく崩壊しつつあった。しかし〈レッドライン・ブックストア〉は持ちこたえていた。これは、まだオンライン・ショッピングというものがよくわかっていなかった年配の顧客らのおかげもあるが、主として店主のモート・アブラムズが店の入っていた二階建ての煉瓦《れんが》の建物を丸ごと所有していて、賃料を払う必要がなかったためだった。わたしは〈レッドライン〉に五年間いた。二年はアシスタント・マネージャー、その後三年は、シニア・マネージャー兼本の買い付け係を務めた。専門はフィクション、特に犯罪小説だった。

わたしが未来の妻、クレア・マロリーに出会ったのもまた、その店にいたときだった。彼女は、ボストン大学中退後、販売員として〈レッドライン〉に雇われたのだ。わたしたちは、モート・アブラムズが三十五年連れ添った妻を乳癌《にゅうがん》で亡くしたのと同じ年に結婚した。書店のふたつ先の通りに住んでいたモートとシャロンは、親しい友人となっており、親代わりとも言える存在だったため、シャロンの死はこたえた――とりわけ、それによってモートのなかにまだ多少残っていた人生への熱意が奪われてしまったことが。一年後、彼は店を閉めるつもりだとわたしに告げた。もちろん、わたしが店を買い取って、自らあとを引き継ぐつもりなら別だが、と。わたしは考えてみた。しかし当時、クレアはすでに〈レッドライン〉を辞め、地元のケーブルテレビ局で働きだそうとしていたし、わたしとしては必ずしも自分で店を経営する時間的負担、あるいは、経済的リスクを背負い込みたいとは思わなかった。そこでボストンのミステリー書店〈オールド・デヴィルズ〉にコンタクトしてみると、当時の店主、ジョン・ヘイリーがわたしのために仕事を作ってくれた。わたしはイベント係を務め、同時に、スタートを切ったばかりの店のブログ、ミステリー愛好家のためのサイトのコンテンツ作りも担当することになった。〈レッドライン・ブックストア〉でのわたしの最終日は、店の最後の営業日でもあった。モートとわたしは入口のドアに一緒に鍵をかけ、そのあと、わたしはモートについて彼のオフィスに行った。わたしたちはそこで、埃《ほこり》をかぶったボトルのウィスキーを飲んだ。モートがロバート・パーカーからもらったシングルモルトだ。そのときわたしは、奥さんを失い、もう店もないとなると、モートは冬を越せないだろうと思ったものだ。だがそれはまちがいだった。彼は冬を越し、春も越して、翌夏、ウィニペソーキー湖の別荘でなんとか死を迎えた。クレアとわたしが訪ねようとしていた一週間前のことだ。

〈完璧なる殺人8選〉は、わたしが〈オールド・デヴィルズ〉のブログに書いたいちばん最初の記事だ。新しいボス、ジョン・ヘイリーは、きみが特に好きなミステリー小説のリストを載せてくれと言ったが、わたしは別のアイデアを売り込んだ。犯罪小説で描かれた完璧な殺人のリストを載せるのはどうだろうか？　なぜ、その時点ではまだ自分の好きな本を公表したくなかったのか、それはよくわからない。ただ、完璧な殺人について書いたほうがアクセス数を稼げると思ったことは覚えている。これはちょうど、世間でいくつかのブログが大好評を博し、その主《ぬし》に富と名声をもたらしたころだった。誰かが料理研究家のジュリア・チャイルドのレシピで毎日ひと品、料理を作るというブログをやっていたのをわたしは覚えている。その記事は本になり、確か映画化までされたのだ。きっとわたしは、店のブログによって自分がこの分野で重きをなす有名なマニアになるというような誇大妄想を抱いていたのだろう。クレアも、このブログは本当に大ヒットするんじゃないか、と何度も言って、わたしを勢いづかせた。あなたは天職を見つけたのかも――犯罪小説の書評家という職を。実を言えば、わたしはすでに天職を見つけていた。少なくとも自分ではそう思っていた。わたしは本屋であり、本屋の日常を形成する無数のささやかなやりとりに満足していた。そしてわたしが何よりも好きなのは、本を読むことだった。それがわたしの真の天職なのだ。

にもかかわらず、なぜかわたしは、自分の〈まだ書かれていない〉〈完璧なる殺人8選〉

の記事を現実以上に重視するようになった。それはブログの方向性を定め、わたし自身を世に知らしめることになる。だから、その記事は完璧なものにしたかった。文章のみならず、リストそのものもだ。選ばれる作品のなかには、有名作とあまり知られていないものが混在していなくてはならない。ミステリー黄金時代の作品も入れるべきだが、現代の小説も入れなくてはならない。来る日も来る日も、わたしは頭を絞り、リストをいじくり、作品を加えたり除いたり、未読の本のことを調べたりした。実際、わたしがまだブログに何も載せていないことについてジョンがぶつくさ言いださなかったら、あのリストは永遠に出来上がらなかったと思う。「ただのブログなんだぞ」彼は言った。「本のリストを書いて、載せりゃいいんだ。別に成績を付けられるわけじゃないんだから」

記事は、いかにもそれにふさわしく、ハロウィーンの日に載った。いまそれを読むと、ちょっと身がすくむ。文章は凝《こ》り過ぎているし、ところどころもったいぶった印象さえ与える。実際、わたしには承認欲求まで感じ取れる。以下がようやく掲載されたその記事だ。

完璧なる殺人8選

マルコム・カーショー記

一九八一年制作の過小評価されたネオ・ノワール、ローレンス・カスダンの「白いドレスの女」でテディ・ルイスが発する不朽の名台詞《めいぜりふ》によれば――「うまく犯罪をやろうとするとき、あんたがやらかしかねないヘマはその都度、五十通りある。そのうち二十五通りでも予想できりゃ、あんたは天才だ……だがあんたは天才じゃない」そう、これは真実である。それでも犯罪小説史には（大半は結局、死ぬか投獄されるかなのだが）ほぼ不可能なこと、つまり、完全犯罪に挑む犯罪者が数多く登場する。なおかつその多くは、究極の完全犯罪、すなわち、殺人に挑んでいるのだ。

以下は、犯罪小説史上もっとも利口で、もっとも巧妙で、もっとも成功確実な殺人として（仮にそんな殺人があるとして、だが）わたしが選んだものである。これらは、このジャンルにおいてわたしが特に好きな作品というわけではない。わたしはこれらが最高傑作であると主張するつもりもない。このリストは単に、作中で殺人者が完璧なる殺人という彼《か》の理想の実現にもっとも迫った作品を挙げたものにすぎない。

さあ、ご覧あれ。こちらが一個人による「完璧なる殺人」のリストだ。あらかじめおことわりしておくが、ひどいネタばらしにならないよう努力はしたものの、その試《こころ》みは百パーセント成功しているとは言えない。したがって、これらの作品のなかに未読のものがあり、予備知識なしで読みたいとお思いのみなさんには、まずその作品を読み、つぎにリストの解説に目を通すようおすすめする。

『赤い館の秘密』（一九二二年）Ａ・Ａ・ミルン

その永遠のレガシー（念のために言うと、〝クマのプーさん〟）を創造するよりかなり前に、アラン・アレクサンダー・ミルンは完璧な犯罪小説をひとつ書いている。それは、カントリーハウス・ミステリーである。長きにわたり行方知れずだった兄が突然、現れ、マーク・アブレットという男に金を無心する。鍵のかかった部屋のなかで銃が発射され、兄は死亡。マーク・アブレットは姿を消す。本作にはいくつか荒唐無稽《こうとうむけい》な仕掛け（変装した登場人物、秘密の通路など）があるが、殺人計画の根本的な部分は極めて巧妙である。

『殺意』（一九三一年）アントニイ・バークリー・コックス（邦訳はフランシス・アイルズ名義）

〝倒叙〟犯罪小説（読み手に犯人が誰で被害者が誰なのか一ページ目からわかっている形式）の第一号として有名な本作は基本的に、露見しないよう妻を毒殺する方法のケース・スタディである。犯人が危険な薬物を入手しうる田舎医者であることも、むろん助けとなっている。医師の傲岸不遜《ごうがんふそん》な妻は、彼の第一の犠牲者にすぎない。なぜなら、人は一度、完璧な殺人を成し遂げると、もう一度やってみたいという誘惑に駆られるものだからだ。

『ＡＢＣ殺人事件』（一九三六年）アガサ・クリスティ

ポワロがアルファベットにとりつかれているらしい〝狂人〟を追う。犯人は、まずアンドーヴァーでアリス・アッシャーを、つぎにベクスヒルでベティー・バーナードを殺す。これはまさに、探偵が異常者の犯行を疑うことに期待し、一群の計画殺人のなかに特定の殺人をまぎれこませるという手法の模範例である。

『殺人保険』（一九四三年）ジェイムズ・M・ケイン

これはわたしが特に好きなケイン作品だ。理由は主として、宿命的な暗いエンディングが好みだから。だが、物語の中核を成す殺人（保険の外交員が、運命の女、フィリス・ナードリンガーとともに彼女の夫の殺害を計画する）はあざやかに遂行される。それは古典的な偽装殺人だ――夫は車のなかで殺され、その後、列車最後尾の喫煙車両から転落したかのように、線路に置かれるのである。フィリスの愛人の保険外交員、ウォルター・ハフは、列車内で彼女の夫を演じ、目撃者が死んだ男は確かに列車に乗っていたと証言するよう工作する。

『見知らぬ乗客』（一九五〇年）パトリシア・ハイスミス

リストの全作品中もっとも巧妙なものとして、わたしが選ぶのがこれだ。それぞれ死んでほしい人間がいるふたりの男が、交換殺人を計画する。彼らは互いに殺人が実行される日時のアリバイを確保する。ふたりの男のあいだにつながりはまったくないため（彼らは列車内でひととき話をしただけなのだ）、真相の解明は不可能となる。これはもちろん、理論上は、ということだ。そして、プロットのみごとさにもかかわらず、ハイスミスの興味はそれ以上に、強要と罪の意識、一方の男のもう一方に対する意志の行使というアイデアにあった。出来上がった小説は、ハイスミスのほとんどの作品がそうであるように、魅力的であると同時に腐り切っている。

『溺殺者《できさつしゃ》』（一九六三年）ジョン・D・マクドナルド（原題The Drowner。邦訳はない）

過小評価されている、世紀半ばの犯罪小説の達人としてわたしが選ぶマクドナルドは、フーダニットを書くことはめったになかった。彼は犯罪者の心理に強い興味を抱いていたため、作中の悪役を最後まで隠しておくことなどできなかったのだ。ゆえに『溺殺者』は変わり種である。そしてこれはいい作品だ。犯人は事故にしか見えないかたちで標的を溺《おぼ》れ死なせる方法を考案する。

『死の罠』（一九七八年）アイラ・レヴィン（原題Deathtrap。邦訳はない）

むろん小説ではなく戯曲である。しかしわたしはこれを読むことを強くおすすめする。また、一九八二年の傑作映画もぜひ見てほしい。これを見たら、あなたは二度と以前と同じ目でクリストファー・リーヴを見られなくなる。これは、リアルであると同時に風刺的でもある、実にみごとな、奇妙な演劇スリラーだ。第一の殺人（心臓の弱い妻の殺害）は、その組み立てが利口であるのみならず、発覚を確実に回避できる。心臓発作による死は、自然死でないときでさえ、自然死なのだ。

『シークレット・ヒストリー』（一九九二年）ドナ・タート（別邦題『黙約』）

『殺意』と同様、これもまた〝偽装〟殺人ミステリーである。本作では、ニューイングランドの大学で古典を学ぶ数人の学生たちが仲間のひとりを殺害する。読み手は、〝なぜか〟を知るはるか以前に〝誰が〟を知ることになる。殺人自体はごくシンプルなかたちで遂行される。バニー・コーカランは彼の習慣である日曜のハイキングの途上で峡谷《きょうこく》に突き落とされるのだ。特徴的なのは、首謀者ヘンリー・ウィンターによる手口の説明――〝バニー自身に自らの死の時と場所を選ばせる〟だ。彼がその日どのコースを選ぶかは不確かなのだが、学生たちは可能性のある地点で待ち伏せする。そうすることで、彼の死を計画されたものではなく、偶発的なものに見せかけるのだ。これにつづくのは、恐ろしい悔恨《かいこん》と罪の意識の探究である。

実のところ、このリストをまとめるのはむずかしかった。フィクションのなかの完璧な殺人の例ならすぐ挙げられると思っていたが、そうはいかなかった。小説でなく戯曲であるにもかかわらず、わたしが『死の罠』を入れたのはだからだ。実はわたしは、アイラ・レヴィンのオリジナル脚本を読んだことさえなかった。その舞台を見たことさえも。わたしはただあの映画のファンだというだけだった。また、いま振り返ってみると、わたしが心から愛する作品、『溺殺者』は条件にぴったり当てはまるとは言えない。殺人者は酸素ボンベを背負って池の底に潜《ひそ》んでいて、標的を深みへと引きずり込むのだ。おもしろいアイデアだが、ひどく現実離れしているし、成功確実にはほど遠い。待つべき場所はどうやって知ればよいのか？　他の誰かが池にいたらどうするのか？　うまくやれれば、本当に事故のように見えるのだろうが、わたしがその作品をリストに入れたのはただ、ジョン・D・マクドナルドがものすごく好きだったからだと思う。また、あまり知られていないもの、映画化されていないものを入れたかったというのもあるだろう。

　記事が出ると、クレアは文体がすごくいいと言ってくれた。ボスのジョンはとにかくブログが始動したことにほっとしていた。わたしはコメントが来るのを待ちながら、ほんのしばらく心のままに空想に耽《ふけ》った。そのなかでは、記事がネット上で大旋風を巻き起こし、ブログの読者がつぎつぎ話に入ってきて自分のお気に入りの殺人について語りだす。公共ラジオ《NP》放送《R》からも、番組に出演してそのテーマで話をしてほしいと依頼が来るのだ。最終的に、そのブログの記事には二件のコメントが寄せられた。第一号は、SueSnowden なる人物から。この人はこう書いていた。「大変だあ！　読みたい本がいっぱい！　積読《つんどく》に加えなきゃ！」第二号は、ffolliot123 からで、こちらのコメントはこうだ。「ジョン・ディクスン・カーの作品が一作も入っていない完璧な殺人のリストを作る人間は、なんにも知らないに決まってる」

ジョン・ディクスン・カーの問題は、それが入っていないというコメンターの批判はおそらく正しいのだろうが、どうもわたしがカー作品にのめりこめないということだ。カーは密室殺人ミステリー、不可能殺人を得意としている。いま思うと馬鹿馬鹿しいが、当時わたしはこのコメンターの意見を苦にした。これはある程度、この意見に賛成だったからだ。わたしは追加の記事を載せることまで考えた。たとえば、〈続・完璧なる殺人8選〉というようなな。だがつぎにわたしが載せた記事は、自分が前の年に読んで気に入ったミステリーのリストだった。そしてわたしはその記事全文を約一時間で書きあげた。また、わたしはうちのオンラインストアに飛べるよう本のタイトルをリンクにする方法を習得し、このことをジョンは大いにありがたがった。「ここでのわれわれの目的は本を売ることだからな、マル」彼は言ったものだ。「何も議論を吹っかけることはないんだよ」

第三章

マルヴィ捜査官はプリントアウトを一枚持っていた。わたしはそれを受け取り、自分自身が書いたあのリストをちょっと見てから言った。「これなら覚えています。でも書いたのはずっと昔ですよ」

「選んだ作品を覚えていますか？」

わたしは再度プリントアウトを見おろした。ただちに『殺人保険』に目が行き、突如《とつじょ》、なぜマルヴィ捜査官がここにいるかがわかった。「そうか」わたしは言った。「線路上の男。それが『殺人保険』の模倣だというわけですね？」

「そう、その可能性はあると思います。彼は毎日、通勤していた。どこかよそで殺されたにもかかわらず、その死は列車からの飛び降りに偽装された。それを聞いたとき、わたしはすぐに『殺人保険』を連想しました。映画のほうですが（映画化作品の邦題は「深夜の告白」）。小説はまだ読んでいないので」

「それでわたしを訪ねてきたわけですか？　わたしがその小説を読んでいるから？」わたしは言った。

マルヴィ捜査官はすばやく瞬《まばた》きし、それから首を振った。「いいえ、わたしがうかがったのは、この犯行が映画、または小説の模倣かもしれないと気づいたとき、『殺人保険』と『ABC殺人事件』の両方をキーワードにグーグル検索をしたから――その結果、あなたのリストを見つけたからです」

マルヴィ捜査官は期待をこめ、目と目を合わせて、わたしを見つめていた。わたしは自分の目がその目からすうっとそれ、彼女の大きな額《ひたい》の広がり、ほとんど見えない眉《まゆ》を見つめるのを感じた。「わたしは容疑者なんですか?」わたしは言い、それから笑った。

マルヴィ捜査官は椅子のなかで少しうしろに身を傾けた。「いいえ、ちがいます。公式には容疑者ではありません。もしそうなら、ここに来て質問しているのはわたしひとりではなかったはずです。でも確かにわたしは、これらの犯行が同じ犯人によるものである可能性、そして、その犯人が意図的にあなたのリストの犯罪を模倣している可能性を調べています」

「わたしのリストが、『殺人保険』と『ABC殺人事件』の両方を含む唯一のリストということはないはずですが?」

「実を言うと、大筋ではそうなんですよ。あなたのはその両方を含むいちばん短いリストなので。ふたつの作品は他のリストにも一緒に載っていましたが、他のリストはどれももっと多くの作品を載せているんです。たとえば、〈死ぬまでに読むべきミステリー100選〉とか、その類《たぐい》のものですね。でもあなたのリストは特に目を引きました。完璧な殺人に関するリスト。挙がっているのは八作のみ。執筆者はボストンのミステリー専門書店に勤務。そして事件はすべてニューイングランド（アメリカ北東部の六州からなる地方。ボストンを含む）で発生している。わかっていますよ――おそらく全部偶然にすぎないんでしょう。でも、追ってみる価値はあると思ったんです」

「誰かが『ABC殺人事件』を模倣しているらしいというのはわかりますよ。しかし、線路で見つかった遺体というのはどうでしょう。これを『殺人保険』の模倣というのは、ちょっと無理がありませんか？」

「あの話をちゃんと覚えていますか？」

「ええ、覚えています。大好きな作品ですからね」これは本当だ。わたしは十三のころ『殺人保険』を読んで大興奮し、一九四四年に制作されたフレッド・マクマレイ、バーバラ・スタンウィック主演の映画をさがしたのだ。その映画がきっかけでわたしはフィルム・ノワールにはまってしまい、ティーンエイジャー時代は古い映画を置いているビデオ店を訪ね歩いて過ごすことになった。『殺人保険』に触発されてわたしが見たノワール全作のなかに、あの初めてのノワール体験を凌《しの》ぐものはひとつもなかった。ときどきわたしは、自分の脳にはあの映画のミクロス・ローザの音楽が永遠に植え込まれたのだと思う。

「ビル・マンソーの遺体が線路で発見された日、その列車の非常用の窓のひとつが遺体が発見された付近でたたき割られています」

「となると、本当に飛び降りた可能性もあるわけですか?」

「ありえません。鑑識の調べで、彼が別の場所で殺され、線路に運ばれたことはわかっています。それに検屍官が、死因は頭部の打撲傷、おそらくはなんらかの鈍器によるものと確認しているので」

「なるほど」

「つまりこれは、何者かが――おそらく被害者を殺した人物かその共犯者が、電車に乗っていて、飛び降りを偽装するために非常用の窓をたたき割ったということです」

彼女と話しだして以来初めて、わたしはかすかな警戒感を覚えた。小説では――映画でも同じだが――保険の外交員が石油会社の重役の妻に惚れ込み、このふたりが共謀して夫の殺害を企《たくら》む。彼らがそれをやるのは、お互いのためだが、同時に金のためでもある。保険外交員のウォルター・ハフは、傷害保険の証書を偽造し、自分たちが殺害する男、ナードリンガーに保険をかける。その保険には、列車での事故死には二倍の保険金が支払われるという〝倍額補償〟の条項がある。ウォルターと不実な妻フィリスは、車のなかでナードリンガーの首を折り、その後、ウォルターはナードリンガーになりすまして自ら列車に乗り込む。彼は脚に偽のギプスを付け、松葉杖をついている。これは本物のナードリンガーがそのころ脚を骨折していたためだ。ウォルターは、このギプスを理想的だと考える。他の乗客は彼を見たことを覚えているだろうが、顔のほうは覚えているとはかぎらないから。彼は最後尾の喫煙車に行き、列車から飛び降りる。そうして、ウォルターとフィリスは、ナードリンガーが転落したかに見えるようその遺体を線路際に置いていくのだ。

「すると、その犯行は『殺人保険』の手口に確実に似るように演出されたとおっしゃるんですか？」

「わたしはそう思っています」捜査官は答えた。「ただし、わたしひとりだけがです。そのつながりを信じているのは、わたしだけです」

「それはどういう人たちなんです？」わたしは訊ねた。「殺された人たちは？」

マーヴィ捜査官は店の奥のその部屋の吊天井《つりてんじょう》を見あげた。それから言った。「われわれの知るかぎり、彼らにはなんのつながりもありません。全員、ニューイングランドで死亡したという点をのぞけば。そして、どれもフィクションを基にした模倣殺人のように見えるという点をのぞけば」

「わたしのリストのフィクションを、ですね」

「そうです。あなたのリストもひとつのつながりかもしれない。でも別のつながりもあるんです……つながりというより、むしろわたしの直感ですね、被害者は全員……悪いとまでは言えませんが、いい人間ではなかったという。彼らのなかに本当に好かれていた人間がひとりでもいるかどうか、怪しいものだと思います」

わたしはしばらく考えていた。書店の奥のその部屋は暗くなりだしており、無意識のうちに腕時計に目が行った。まだ午後の早い時間帯だ。わたしは倉庫のほうを振り返った。そのふたつの窓は、裏の路地に面している。どちらの窓にも雪が積もりだしており、そこから少しだけ見える屋外は黄昏時《たそがれどき》のように暗かった。わたしはデスクの明かりを点けた。

「たとえば」捜査官はつづけた。「ビル・マンソーは投資ブローカーで、妻とは離婚していました。彼の成人した子供たちから話を聞いた刑事らは、その子供たちは二年以上父親に会っていなかった、彼は父性の強いタイプではなかったようだと言っています。子供たちが彼を嫌っていたのは明らかです。そしてロビン・キャラハンは、たぶんご存知でしょうが、頻繁に論議の的《まと》となる人物でした」

「どんな論議でしたかね」

「確か、彼女は何年も前に、同僚の結婚生活をぶち壊しています。それにつづいて、自分自身の結婚生活も。その後、彼女は一夫一婦制をテーマに本を書きました——これはしばらく前のことですね。彼女を好きでない人は大勢います。彼女の名前をグーグル検索すると……」

「なるほどね……」

「そういうことです。いまの世の中、誰にだって敵はいます。しかしあなたの質問にお答えするなら、ここまでに殺された全員があまりよくない人物だった可能性はあると思います」

「するとあなたは、誰かがわたしの殺人リストを見て——」わたしは言った。「——その後、そこに書かれた手口をまねることにしたとお考えなんですね？　なおかつ、犯人は自分の殺している人たちが死に値することを明示したがっていると？　それがあなたの仮説なんですか？」

捜査官は口を引き結び、ただでさえ薄いその唇の色がさらに薄くなった。それから彼女は言った。「荒唐無稽に聞こえるでしょうね――」

「それともあなたは、リストを書いたわたしがその殺人を自らやってみることにしたとお考えなんでしょうか？」

「それもまた荒唐無稽ですよね」捜査官は言った。「わかっていますよ。しかしありそうにないという点では、同じじゃありませんか？――何者かがアガサ・クリスティのプロットをまね、それとほぼ同時期に別の何者かが別の小説の列車事故偽装をまねたというのも」

「ジェイムズ・ケインの小説の、ですね」わたしは言った。

「そうです」捜査官は言った。わたしのデスクの照明は黄色っぽい電球のランプで、その光に照らされた彼女は三日ほども寝ていないように見えた。

「あなたはその一連の犯罪をいつ結びつけたんです？」わたしは訊ねた。

「つまり、あなたのリストをいつ見つけたか、ですか？」

「まあ、そうかな、ええ」

「きのうです。本はすでに全部、注文しました。あらすじも全部、読みましたし。でもやはり直接うかがうことにしたんです。何かよいご助言をいただけるんじゃないかと――あなたなら、最近起きた他の未解決事件をご自身のリストに結びつけられるんじゃないかと思ったので。見込みが薄いのはわかっていますが……」

わたしは彼女に渡されたプリントアウトを見つめて、自分の選んだ八作を思い出そうとしていた。「このうちの何作かに関しては」わたしは言った。「作中の殺人を正確にまねるのは不可能ですよ。仮に可能だとしても、その犯行を見つけ出すのはむずかしいでしょうね」

「どういう意味でしょう？」捜査官は訊ねた。

わたしはリストに目を走らせた。「『死の罠』――アイラ・レヴィンの戯曲。この作品をご存知ですか？」

「ええ、でも改めて教えてください」

「作中の妻殺しの手口は、彼女を死ぬほど驚かせ、心臓発作を起こさせるというものです。仕掛けるのは、夫とその男友達です。これはもちろん完璧な殺人です。心臓発作で死んだ人間に関して、実は殺されたんだと証明することは絶対できませんからね。しかし、何者かがこれを再現したかったとしましょう。そもそも人に心臓発作を起こさせること自体、かなりむずかしいはずです。それを見破るのはさらに困難ですよ。あなたは不審な心臓発作で死んだ人を見つけたわけじゃないんでしょう？」

「実は、見つけたんですよ」捜査官は言った。そして彼女が店に来て以来初めて、わたしはその目が得意げにきらめくのを見た。自分が何かつかんだとこの人は本気で思っているのだ。

「詳しくは知らないんですが」彼女はつづけた。「メイン州ロックランドにエレイン・ジョンソンという女性がいまして。この女性は昨年の九月、自宅で心臓発作で亡くなっているんです。もともと心疾患《しんしっかん》をかかえていたため、自然死に見えたわけですが、家には押し入った形跡があったんですよ」

わたしは耳たぶをさすった。「強盗が入ったみたいに？」

「警察はそう断定しました。何者かが盗みを働くため、または、彼女を襲うために家に押し入った。ところが、侵入者を目にしたとたん彼女は心臓発作を起こした。だから犯人は逃げた」

「家からは何も盗まれていなかったんですか？」

「そうです。家からは何も盗まれていませんでした」

「どうですかね」わたしは言った。

「でも考えてみてください」捜査官は膝《ひざ》を少し前に進めた。「仮にある人物が、心臓発作を誘発するという手で誰か殺したかったとしましょう。まずその人物は、すでに心臓発作を起こしたことのある人物を選ぶ。この場合は、エレイン・ジョンソンがそうでした。つぎに犯人は標的のひとり住まいの家に忍び込み、化け物か何かに仮装して、クロゼットから彼女の前に飛び出す。彼女は即死する。これで小説のとおりに殺人を犯したことになるわけです」

「うまくいかなかったら？」

「その場合は、家から飛び出して逃げればいい。被害者に犯人を特定することはできません」

「しかし警察には届けますよね?」

「もちろん」

「誰かそういうことがあったと届けた人はいるんですか?」

「いいえ、いません。少なくともわたしの知るかぎりでは。しかしそれは、犯行が一回目に成功したということを意味するだけです」

「なるほど」わたしは言った。

捜査官はしばらく黙っていた。するとそのとき、カチャカチャという音がした。ネロが硬材の床の上を歩いてくる音だ。マルヴィ捜査官も、その音に気づき、振り返って店の猫を見た。彼女はネロに手のにおいをかがせると、慣れた様子で彼の頭をさすった。ネロは床に身を沈め、パタンと横になって、喉を鳴らしはじめた。

「猫を飼っているんですね?」わたしは言った。

「ええ、二匹。この子はお宅に一緒に帰るんですか? それとも、ずっとお店にいるのかしら?」

「ずっと店にいるんです。彼にとっては、本に囲まれたふたつの部屋と、たまに餌をくれる知らないお客たちとが全世界というわけです」

「いい人生みたい」捜査官は言った。

「申し分ないんじゃないかな。店のお客の半数は、ただ彼に会いたいがためにここに来るんです」

ネロがふたたび立ちあがり、左右片方ずつ、うしろ足をぐっと伸ばした。それから彼は店の表側に引き返していった。

「で、わたしは何を期待されているんでしょう?」わたしは言った。

「そうですね、もし何者かが本当にあのリストを殺人のガイドにしているとすれば、あなたは専門家であるわけです」

「それはどうかな」

「つまりね、あなたはリストの小説を熟知しているわけでしょう。どれもみな、ご自身が大好きな作品なんですから」

「まあね」わたしは言った。「あのリストを作ったのはずいぶん昔だし、特によく知っている作品とそうでもない作品とがありますが」

「それでも、ご意見をうかがうことにはなんの害もありませんから。わたしが複数の事件をまとめたものを見ていただけないでしょうか。ここ数年のあいだにニューイングランド地方で発生した未解決殺人のリストなんです。昨夜、大急ぎで作ったもので、ほんとにおおざっぱな要約なんですが——」捜査官はブリーフケースからホッチキスで留めた紙の束を取り出した。「これに目を通して、どれかあなたのリストの小説に結びつきそうな事件があったら教えていただけないでしょうか」

「いいですとも」わたしはリストを受け取った。「これもやはり……部外秘ですか？」

「そこにまとめた情報の大半は公開されている情報ですから。どの事件でも、あなたが可能性があると思うなら、よく調べてみるつもりです。正直なところ、いまはまだ手さぐり状態なんですよ。自分ではもうチェックしてみました。こんなお願いをするのはただ、あなたがリストの小説をすでに読んでいるからで……」

「なかの何作かは、わたしも再読しないとだめだろうな」わたしは言った。

「では、ご協力いただけるんですね」捜査官は少し背筋を伸ばし、小さな笑みを浮かべた。彼女は上唇が短く、口を開くと、歯茎が見えた。

「やってみます」わたしは言った。

「ありがとうございます。それと、もうひとつ。リストの本はすでに全部オーダーしてあります。ただ、もしなかのどれかがこちらにあるようでしたら、すぐに読みだせるんですが」

わたしはコンピューターで在庫を調べた。その結果、店には『殺人保険』『ABC殺人事件』『シークレット・ヒストリー』それに『赤い館の秘密』がそれぞれ数冊あることがわかった。また、『見知らぬ乗客』も一冊あったが、それは、少なくとも一万ドルの価値がある、きわめて状態のよい一九五〇年刊行の初版本だった。店の精算カウンターのそばには、五十ドル以上の価値がある本を全部収めたケースがあるのだが、その本はそこにも入っていないなかった。それはわたしのオフィス内、これもまた鍵のかかるガラスのケースのなかにあるのだ。わたしはそのケースに、どうもまだ手放す気になれない特別な版の本を収めていた。わたしにはコレクター的な一面がある。これは、書店で働く者にとって必ずしもよいことではない――また、屋根裏の住まいの本棚が満杯になっている者にとっても。わたしはマルヴィ捜査官に、ハイスミスのあの本はうちにはないと言いかけたが、FBIの人間に嘘をつくべきではない、少なくともそういうつまらない嘘はやめようと思い直した。その本にどれほどの価値があるかをわたしが話すと、彼女はペーパーバック版が届くのを待つと言った。となると残るは、わたしの自宅にまちがいなくある『溺殺者』と、これもたぶんうちにある『殺意』だ。『死の罠』の脚本は、店にも家にも絶対にないが、それがこの世に存在するのかどうかもわからなかった。わたしはそういったことを全部、捜査官に話した。

「どのみちひと晩で八冊は読めませんから」彼女は言った。

「どちらにお帰りに……?」

「今夜はこの近くに泊まります。〈丘の平原ホテル〉に。リストに目を通していただいたあと、明日の朝にでも……またお目にかかって、ご意見をうかがえたらと思うんですが」

「いいですとも」わたしは言った。「明日は店を開けるかどうかわかりませんが。この天気ですからね……」

「ホテルに来ていただくというのはどうでしょう。FBIが朝食代を持ちますよ」

「いいですね」わたしは言った。

ドアの前で、マルヴィ捜査官は持ち帰ることになった本の代金を支払うと言った。

「どうかご心配なく」わたしは言った。「読み終えたら、わたしに返していただければいいので」

「ありがとうございます」彼女は言った。

捜査官がドアを開けたとたん、ベリー・ストリートの向こうからヒューッと風が吹き寄せてきた。雪が積もりつつあり、風がその積雪を舞いあがらせて、街の景色の角張った部分をすっかり消し去っていた。

「お気をつけて」わたしは言った。

「すぐそこですから」捜査官は言った。「では、明日十時に」彼女はそう付け加え、わたしたちの朝食ミーティングの時刻を確認した。

「了解です」わたしは言い、戸口に立って、雪景色のなかに消えていく彼女を見送った。

第四章

わたしは、チャールズ・ストリートの向こうの丘を登ったところでひとり暮らしをしていた。住まいは、褐色砂岩の住宅の屋根裏の一室。家主は、自身の持ち家の本当の価値をまったく知らない、ボストンのインテリ女性、九十歳だ。わたしは許しがたいほど安い家賃でそこに住み、身勝手にも、家主の女性がいつか亡くなり、その家がもっと計算高い息子らの手に渡る日のことを思って、気をもんでいた。

書店からうちまでは普通なら十分もかからないが、わたしは底の凹凸《おうとつ》のすり減った靴で吹雪《ふぶき》に向かって歩いていた。雪は顔を刺し、風は木々をしなわせて、無人の通りをヒューヒュー吹き抜けてきた。チャールズ・ストリートに出たわたしは、〈セブンス〉が開いていたら一杯やろうか、などと思ったが、結局、チーズとワインの店に寄ることにし、そこで、〈オールド・スペクルド・ヘン〉の六本パックと夕食に食べる出来合いのハムとチーズのバゲットサンドを買った。予定では、夕食はポークチョップにするつもりで、解凍のためその朝、冷凍庫から出しておいたのだが、それよりも夜のうちにぜひマルヴィ捜査官のリストに目を通したかった。

アパートに着くと、鋳鉄《ちゅうてつ》の取っ手の付いたクルミ材の重たい玄関ドアに向かって雪の積もった階段をのぼっていき、靴の雪を落としてからなかに入った。他の入居者、たぶんメアリー・アンが、すでに郵便物を仕分けて、ホワイエのサイドテーブルに残していた。ひびの入ったタイルの床にポタポタ滴《しずく》を落としながら、わたしはクレジットカード会社の勧誘ばかりの自分宛の濡れた郵便物を回収し、三階上の改装された屋根裏部屋まで階段をのぼっていった。

冬場はいつもそうなのだが、部屋のなかはむっとするような暑さだった。わたしは上着とセーターを脱ぎ、さらに、傾斜した左右の壁にひとつずつある窓を両方とも、涼しい空気が忍び込める程度に開けた。それから、ビールのうち五本を冷蔵庫にしまい、六本目の蓋《ふた》をねじ開けた。わたしの部屋は本来ワンルームなのだが、リビングの範囲を明確に区切れるだけの充分な広さがある。わたしはソファに横になって、コーヒーテーブルに足を乗せ、マルヴィ捜査官のリストを読みはじめた。

それは統一された形式で、年代順にまとめられていた。見出しには、年月日、場所、被害者の氏名が書かれている。間際になって大急ぎで書かれた概要でありながら、その文章は完成されていて、まるで報道文のお手本のようだった。マルヴィ捜査官はおそらく、全学歴を通じてAより低い評価はもらったことがないだろう。なぜ彼女がFBIに惹かれたのか、わたしは不思議に思った。学問の世界のほうが彼女には合っていそうな気がした。たとえば英文学の教授とか、研究者とか。彼女はちょっと、本の虫とも言うべきうちの従業員、エミリー・バーサミアンを思い出させた。ふたりで話すとき、エミリーはわたしの目を見ることができない。マルヴィ捜査官はそこまで不器用ではなかった。たぶんただ若くて経験が浅いだけだろう。わたしはどうしても、『羊たちの沈黙』のクラリス・スターリング（これも鳥の名だ）（スターリングはムクドリ）をイメージせずにはいられなかった。わたしの頭はいつもそっちに——小説や映画に行ってしまう。これは初めて本を読むようになって以来、ずっとそうだった。そしてマルヴィ捜査官は、彼女によく似た架空の人物と同様に、その仕事にはおとなしすぎる感じがした。彼女がホルスターからすばやく銃を抜く姿や、容疑者を厳しく取り調べている姿は想像しがたかった。

　でも彼女は容疑者を取り調べたんだ。彼女はおまえを取り調べたんだ。

　わたしはその考えを頭から締め出し、ビールを少し飲んで、リストに目を向け、まずその全項目をざっとチェックしてから、腰を据えて詳細を読みだした。さしたるものがないことはすぐにわかった。少なくとも、パッと目につくような事件はない。それら未解決殺人の多くは銃犯罪だった。主役はほとんど都会の若者たち。銃による暴力の被害者のひとりは、もしかすると、と思えたが、それに関する記述はあまり詳しくなかった。ミドルセックス・フェルズ公園で、ダニエル・ゴンザレスという男が犬の散歩中に銃撃されて死亡したという。事件は昨年九月、早朝に発生しており、マルヴィ捜査官は現在のところ手がかりは何もないと付記していた。この事件がわたしの目を引いた理由はただひとつ、それが『シークレット・ヒストリー』の殺人を連想させたことだ。ドナ・タートのこの作品に登場する大学生たちは、友人のバニー・コーカランに自分たちが以前犯した殺人を暴露されることを恐れ、彼を消さねばならないと判断する。古典学科のこの学生たちは、あるとき森のなかでバッコス祭を再現し、その際に不慮の事故で（あるいは、意図的だったのか）ひとりの農夫を殺してしまった。バニーはこの儀式に参加していなかったが、事件のことを嗅ぎつけ、裕福な友人たちからいろいろなもの（外食、イタリア旅行など）をせしめるためにこの情報を利用するようになる。学生たちはまた、彼が酒に酔って事件のことを誰かにしゃべるのではないかという危惧《きぐ》も抱く。こうしたことから、彼らはバニー殺害を計画する。そしてグループのなかでいちばん利口なヘンリー・ウィンターが、最終的に計画をまとめるのだ。彼らはバニーが日曜の午後に長い散歩をするのを知っており、彼が通りそうな場所、深い峡谷の上の踏み分け道で待ち伏せをする。バニーが現れると、学生たちはそれが事故に見えることに望みをかけ、バニーの散歩の不規則性により殺人の計画性が隠蔽《いんぺい》されることに望みをかけて、崖っぷちから彼を突き落とす。

朝の散歩中に殺されたダニエル・ゴンザレスの事件が、これに関連しているということがありうるだろうか？　彼は銃撃されたのだからちがうような気もするが、この模倣殺人の背後にあるコンセプトは、標的の行動を予測してそのさなかに殺すということなのかもしれない。わたしはノートパソコンを持ってきて、ゴンザレスの死亡記事をさがした。彼は地元のコミュニティ・カレッジの非常勤講師で、スペイン語を教えていた。ラテン語でもギリシャ語でもないものの、語学の教授ではあったわけだ。可能性はある。そこで、これについては翌朝、マルヴィ捜査官に話すことにした。

わたしは残りの事件に目を通した。ジョン・D・マクドナルドの『溺殺者』のことを考え、わたしは特に溺死《できし》事件をさがしていた。しかし、誰かが事故を装って溺死させられたとすれば、もちろん、その事件は未解決殺人のリストには載らないだろう。

過剰摂取の事故もまたリストには載っていなかった。それは『殺意』のなかの手口なのだが。医師である犯人は、妻をモルヒネ中毒にする。あとは、彼女の中毒のことをみなが知るように――そのことが近隣で噂になるように仕向けるだけだ。そうして彼は過剰摂取で妻を死なせる。もちろん、過去数年にニューイングランドで起きた薬物過剰摂取の事故は、何千とは言わないまでも、何百件もあるだろう。そのどれかが意図的な殺人だった可能性はあるだろうか？　わたしのリストの問題点は、最初にそれを作ったとき、わたしが本気で、非常に利口な手口であるため犯人が絶対につかまらない殺人を見つけようとしていたことだ。これを念頭に置くと、もし誰かがリストの殺人のどれかをうまく模倣したなら、見破ることはできないはずなのだ。

わたしはサンドウィッチをふた口食べ、もう一本ビールを飲んだ。室内は静かすぎたが、テレビは点けたくなかった。そこでわたしは音楽をかけた。マックス・リヒターの「フルカラーの24のポストカード」わたしはソファにあおむけになり、高い天井を見あげた。廻《まわ》り縁の下からは一本、ジグザグにひびがのびている。それは——その天井は見慣れたものだった。

翌朝、朝食の席でマルヴィ捜査官に何を話すべきか、わたしは考えた。ダニエル・ゴンザレスのことは、もちろん、話す。その事件と『シークレット・ヒストリー』にどんな共通点があるかを。それから、事故による溺死、特に池や湖で起きたものを調査するようすすめる。また、薬物の過剰摂取による死、特に故人が注射器を使ったケースを調べるようすすめる。

アルバムが終わった。わたしはもう一度、初めからそれをかけ、ソファにあおむけに寝ころんだ。考えが四方八方に向かおうとするので、わたしはペースを落とし、頭のなかでリストを作ることにした。まずは仮定のリストだ。仮定その一。何者かがわたしのリストを基に無差別に人を殺している。いや、たぶん無差別ではない。たぶん、なんらかの理由で被害者たちは死に値する。少なくとも、犯人の考えではそうなるのだろう。仮定その二。わたしにはおそらく容疑がかかっているが、その容疑はどう考えても深刻なものではない。マルヴィ捜査官が自ら指摘したとおり、もしそうだったなら、彼女はひとりでは来なかっただろう。きょうの彼女の目的は、わたしをさぐること、わたしの感触をつかむことだったのだ。もしわたしが関与していると彼女が思ったなら、次回わたしたちが会うとき——明日の朝食のとき、または、それ以降は、別のＦＢＩ捜査官が彼女と一緒にいるはずだ。仮定その三。誰にせよ、これをやっている人物は単にわたしのリストを使っているだけではない。その殺人者はわたしを知っている。たぶん、深くではなく、少しだけだが。

わたしがそう思った根拠は――そうとわかった根拠は――マルヴィ捜査官が言及した五人目の犠牲者、ロックランドの自宅で心臓発作で死んだ女性、エレイン・ジョンソンだ。実はわたしは彼女を知っていた。よく知っているわけではないが、その名を聞いたとたん、それがかつてビーコン・ヒルに住んでいたエレイン・ジョンソンと同一人物であることはわかった。書店の常連客。〈オールド・デヴィルズ〉で催《もよお》す作家の朗読会に欠かさずやって来た女。あのときわたしは、マルヴィ捜査官にそのことを話すべきだったのだ。しかしわたしはそうしなかった。また、そうせざるをえないと感じるまで、話す気はなかった。

マルヴィ捜査官がわたしに対して情報を伏せているのは確かだ。だからわたしも、彼女に対してこの情報を伏せておくつもりだった。

わたしは自己防衛に取りかからねばならなかった。

第五章

　気がつくとソファで眠り込みそうになっていた。そこでわたしは起きあがって、ビールのボトルをゆすぎ、サンドウィッチの残りを捨て、歯を磨《みが》き、パジャマに着替えた。それから本棚に行って、さがしていた本を見つけた。『溺殺者』。わたしが持っていたのは、一九六三年版、〈ゴールドメダル・ブックス〉から出たオリジナルのペーパーバックだ。表紙には、ジョン・D・マクドナルドの世紀半ばのペーパーバック全刊を大いに盛り立てていた、例のどぎついイラストが描かれている。この本のイラストは、白いビキニの黒髪の女が美しい脚の一方をふたつの手につかまれ、くすんだ緑の深い水のなかを下へ下へと引っ張られていく場面だった。それは他のすべてのカバーと同様に、ふたつのもの――セックスと死を約束していた。わたしは本の小口に親指を当て、ページをぱらぱら繰《く》っていった。すると、古いペーパーバックのカビ臭いつんと来るにおいが鼻を刺した。わたしは昔からそのにおいが大好きだった。本の収集家としてのわたしの一面は、それが長年、本がいい加減に保管されていた証《あかし》であること――おそらくは段ボール箱に入れられ、湿っぽい地下室の床に置いてあった証であることを察知していたが。わたしにとってそのにおいは、六年生のとき本を買いに行くようになった〈アニーの本の交換所《アニーズ・ブック・スワップ》〉に即座に連れもどしてくれるものなのだ。わたしは、ボストンから西に四十五分ほどの町、ミドルハムで育った。十一歳になったその年は、ダートフォード・ロードを一マイル半走って自転車でミドルハム中心部まで行くことを許された年でもあった。そこには三軒しか店がなかった。実際よりも趣《おもむき》のある店に聞こえるよう〈ミドルハム総合雑貨〉と名付けられたコンビニエンス・ストアと、旧郵便局ビルに入っている古物屋《ふるもの》、それに、〈アニーズ・ブック・スワップ〉だ。それはアンソニー・ブレイクというイギリス人が経営するフランチャイズの古書店だった。売っているのは、主にマスマーケット――尻ポケットにほぼぴったり収まるペーパーバックの類で、わたしがイアン・フレミングやピーター・ベンチリーやアガサ・クリスティの小説を買ったのはその店だった。そして、それらの本のおかげでわたしは子供時代を切り抜けることができたのだ。わたしが『溺殺者』を買ったのも、まずまちがいなくその店だ。それは、ジョン・D・マクドナルドの有名シリーズ、トラヴィス・マッギーものを手に入るだけ全部買ったあとのことだった。マクドナルドの単独作品が見つかるのはめずらしいのだが、わたしが町の中心部に自転車で通いだしたころ、誰か熱心な犯罪小説の愛読者がマサチューセッツ州のあの近辺で亡くなったにちがいない――〈アニーズ〉は突如、山積みの大衆小説であふれんばかりになった。ジョン・D・マクドナルドだけではない。そこにはミッキー・スピレーンの作品やアリステア・マクリーンの作品、エド・マクベインの八十七分署シリーズもあった。わたしは一回の買出しごとに三冊、買ってよいことにしていた。それでほぼちょうど、わたしの小遣いは使い果たされた。当時、わたしがこの三冊を読むのには一週間もかからなかった。ときにはちょうど三日で読んでしまうこともあったが、わたしはいつもすでに持っている本を喜んで再読した。『溺殺者』はおそらく、あれから一度も読んでいない——十代初めのあのころ以来。しかしどういう話かは記憶にこびりついていた。

悪役は（いい悪役なのだが）、抑圧された性エネルギーをすべて身体的運動へと昇華させている、信仰心のあつい秘書だ。彼女は自分のまわりの罪深い人々を殺していくのだが、そのなかには、彼女の上司と不倫をしている既婚女性もいる。彼女はスキューバの装備を身に着け、この女性が泳ぐ池の底に身を潜める。そして、その一方の脚をつかみ、深みへと引きずり込んで、女性を溺死させるのだ。この殺人のことがわたしは忘れられなかった。完璧なる殺人のリストを作ったときも、それはすぐさま頭に浮かんだ。再読していないとはいえ、その本のことなら熟知していた。

わたしは『溺殺者』をベッドに持っていった。読みだしてみると、冒頭の文章にはぼんやりと覚えがあった。読書はタイムトラベルだ。真の読書家はみな、このことを知っている。しかし読書は人を、その本が書かれた時へと連れもどすだけではない。それは人を、さまざまな時代のその人へと連れもどすことができるのだ。この前このペーパーバックを開いたとき、たぶんわたしは十一か十二だった。それは夏だったとわたしは思いたい。狭い寝室、シングルのシーツの下で、わたしは夜更かししていた。おそらく部屋の隅では蚊《か》が鳴いていただろう。父はリビングで大音量でレコードをかけている。その音の大きさは、父がどの程度酔っているかによる。ほとんどの夜は同じかたちで終わる。母が父の聴く音楽（たいていはジャズ、ときとしてフランク・ザッパやウェザー・リポートなどのフュージョン）の音量を下げ、父が無理解な母を叱り飛ばすのだ。だがそれは単なる背景音にすぎなかった。なぜならわたしが本当にいた場所はその寝室ではないから。わたしは実は、一九六三年のフロリダにいて、いかがわしい不動産開発業者やセクシーな離婚女性と連《つる》み、バーボンのハイボールを飲んでいたのだ。そしていま――四十間近になって――わたしはふたたびここにいる。同じ文章を目で追い、二十八年前にこの手で持ったのと同じ本、五十年前にどこかの会社員か主婦が持ったのと同じ本を手に。これはタイムトラベルだ。

その本を読み終えたのは、朝の四時ごろだった。リストの他の本を取ってこようと思い、ベッドを出かけたが、結局、わたしは思い直して、眠れるかどうか試してみることにした。わたしはうつぶせになり、いま読んだ小説について考えた。池で泳いでいて、突然、何かに下からつかまれ、池底へと引き込まれていったら？　そのときはどんな気持ちがするものだろう？　それから、眠くなりだすと、いつものように妻の顔が頭に浮かんできた。だがわたしは妻の夢は見なかったし、『溺殺者』の夢も見なかった。わたしは走っている夢、追われている夢を見た。

わたしが毎晩見る同じ夢を。

＊

朝、うちを出たときは、まだ雪が降っていたが、それは宙を漂う軽い雪で、その半分はなおもやまない突風に吹きあげられたものだった。積雪はすでに二フィートほどになっていた。道路は除雪されていたが、歩道の雪かきはまだ誰もしておらず、わたしは道の中央を歩いて、チャールズ・ストリートまでの下り坂を用心深く下りていった。空は雲に覆われていたものの、一面の白雪《はくせつ》のおかげか、あたりは明るかった。わたしは古いメッセンジャー・バッグを肩に掛けていた。

ホテルには早めに着いた。〈丘の平原ホテル〉はボストンのこの近隣に新たにできたブティックホテルで、その建物はチャールズ・ストリートのはずれに立つ改装された元倉庫だ。ホテル内には高級レストランと洒落《しゃれ》たバーがあり、わたしは牡蠣《かき》がひとつ一ドルになる月曜の夜に、ときおりそのバーに行っていた。

「朝食に人と待ち合わせしているんですが」ひとりだけいた従業員、受付デスクの悲しげな目をした女性に、わたしは言った。女性はバーの先にあるテーブル八卓ほどの小さなダイニング・ルームを指し示してくれた。案内係がいなかったので、煉瓦の壁が外に見える大きな窓に近い隅の席に、わたしは勝手にすわった。そこにいるのはわたしだけだった。本当にここに働き手はいるのだろうか、とわたしは思った。この吹雪で従業員はみんな出勤できずにいるのではないだろうか？　そのとき、パリッとした白いシャツに黒のズボンというでたちの男がスウィング・ドアから入ってきた。またそれと同時に、マルヴィ捜査官もダイニング・ルームの入口に現れた。彼女はわたしに気づいて、こちらにやって来た。ちょうどウェイターがメニューを持ってきたので、わたしたちはふたりともコーヒーとジュースをたのんだ。

「FBIは旅費の予算を気前よくとっているんですね」わたしは言った。

捜査官はちょっととまどいの色を見せ、それから言った。「ああ。ここはわたしが自分で予約したんです。あなたのお店に近かったので。FBIが経費を出してくれればいいんですけど、どうなりますか」

「昨夜は眠れましたか？」わたしは訊ねた。マルヴィ捜査官の目の下には暗紫色の影があった。

「あんまり。本を読んでいたもので」

「わたしもですよ。何を読みました？」

「『赤い館の秘密』。一から始めようと思ったんです」

「それでご感想は？」わたしはコーヒーをひと口飲んだ。それは舌の先が焼けるほど熱かった。

「おもしろかった。巧妙、ですよね。結末も予想外だったし」彼女は陶製のコーヒーカップの側面にそっと触れてから、頭をかがめて、唇をすぼめ、表面からほんの少しコーヒーを飲んだ。そのしぐさは鳥を思い出させた。

「正直に言うと」わたしは言った。「自分があの小説をリストに入れたのは確かですが、話の内容は正確には覚えていないんですよ。読んだのはずっと昔なので」

「だいたいあなたがお書きになったとおりでしたよ。ちょっと荒唐無稽なカントリーハウス・ミステリー。わたしはずっと〈クルー〉（二～六名のプレイヤーが館の主人ミスター・ブラックの殺人事件を解明するボード・ゲーム）を思い出していました。ほら、あのゲーム――」

「マスタード大佐は図書室にってやつですね」

「そうそう。でも、あれよりよかった」マルヴィ捜査官はあらすじを説明し、わたしも思い出しはじめた。マーク・アブレットという金持ちの男が田舎の屋敷に――殺人事件が起こるよう特別に造られたようなイギリスのやつに住んでいる。あるとき彼は、疎遠になっていたろくでなしの兄から一通の手紙を受け取る。オーストラリアに住むその兄が訪ねてくるというのだ。到着した兄は、マーク・アブレットの書斎で待つよう案内される。その後、銃声が鳴り響く。オーストラリアから来た兄は死に、マーク・アブレットは姿を消す。マークが実の兄を殺し、逃走したことは明らかに見える。

実はこの物語の探偵役は、屋敷に来ていたお客のひとりのちょっとした知り合いにすぎない。彼の名はトニー・ギリンガム。友人のビルとともに、彼は事件を調べだす。やがて、書斎から屋敷の下を通って外のゴルフコースまで、秘密の通路が走っていることがわかる。そしてもちろん、怪しい人間は複数いる。

「兄なんて存在しないんだ。そうでしょう？」わたしは捜査官をさえぎって言った。

「まさにそのとおり。本物の兄は何年も前に死んでいて、現在起きていることとは無関係なんです。マーク・アブレットが兄に変装するよう言いくるめられ、その後、殺されたわけですよ。でもわたしが巧妙だと思ったのは、その部分ではありません。あなたはどうです？」捜査官は早口で話しており、返事を期待されていることにわたしが気づいたのは、彼女が口を閉じたあとだった。

「わたしがあれをリストに入れたのは、遺体と殺人犯を同時に提供するという基本的なアイデアをよしとしたからでしょうね。両者は同一人物だけれど、それを知っているのは犯人だけというわけです」

「昨夜、わたしが下線を引いた部分を読みあげてもかまいませんか？」

「どうぞ」わたしが言うと、捜査官はバッグからペーパーバックを取り出して、ページを繰りはじめた。わたしのすわっているところからは、その段落のいくつかに下線が引いてあるのが見えた。わたしは妻のことを思い出した。読んでいる本がなんであれ、彼女はいつもそこに書き込みをするつもりで、ペンを片手に読書していた。あの高価な初版の『見知らぬ乗客』をマルヴィ捜査官に渡さなくてよかった——不意にそんな思いが湧いた。

「ああ、あった。ここです」彼女はそう言って、開いた本をテーブルに載せ、前かがみになって読みだした。「『警部が到着したとき』――これは屋敷に着いたとき、という意味でしょうね――『すでに男がひとり死に、男がひとり消えていた。消えた男が死んだ男を撃ったというのがきわめて有望な仮説であることは、疑いの余地がない。だがそれはきわめて有望というだけじゃない。警部がこのきわめて有望な仮説が唯一の正解であるという考えから出発し、その結果、先入観なしにそれ以外の可能性を考える気をそがれることはほぼ確実だった』」マルヴィ捜査官は朗読を終え、本を閉じた。「これを読んで考えたんですが」彼女はつづけた。「この小説を基に殺人を犯すとしたら、あなたならどんなやりかたをします？」

わたしはとまどった顔をしていたにちがいない。彼女はこう付け加えた。「どこかの田舎屋敷の書斎で誰かを撃ち殺すでしょうか？」

「いや」わたしは言った。「わたしならたぶん、ふたりの人間を殺して、一方の遺体を隠し、犯人が逃走したように見せかけるんじゃないかな」

「それですよ」捜査官は言った。

ウェイターがそばに来ていたので、わたしたちは注文をした。マルヴィ捜査官はエッグ・フロレンティーヌをたのんだ。お腹はすいていなかったが、わたしはポーチド・エッグを二個載せたトーストとフレッシュ・フルーツをたのんだ。注文を終えると、捜査官が言った。

「これがきっかけで、わたしはルールについて考えだしました」

「〝ルール〟とはどういう意味です？」

「説明しましょう」彼女はそう言って、しばらく考えた。「仮にわたしがこの課題に取り組むとしたら……つまり、あなたがリストで解説した八つの殺人の実践をめざすとしたら、なんらかのガイドライン、なんらかのルールを決めたほうがやりやすかろうと思うんです。殺人をそのとおりに模倣するのか？　それとも、それぞれの殺人のベースにあるアイデアを模倣するのか？　それらはどの程度、似通っていなくてはならないのか？」

「すると、そのルールが犯人に、作中の殺人を可能なかぎり忠実にまねることを求めているとお考えなんですか？」

「いえ、殺人の細部ではなく、そのベースにある精神を、です。それはまるで犯人がこれらの小説を現実の世界でテストしているかのようです。単純に小説をまねようということなら、ただ田舎屋敷で人を撃ち殺して、それで終わりにすればいい。あるいは、『ABC殺人事件』なら、そっくりそのままあのやりかたを模倣する。たとえば、アクトンに住むアビー・アダムスという名の人を見つけて、彼女を一番初めに殺し——という具合ですね。でも大事なのはそこじゃない。大事なのは、正しい方法でやることなんです。そこにはルールがあるんですよ」

「つまり、『赤い館の秘密』の場合なら、絶対に見つかりっこない、尋問しようにもできない容疑者を警察に提示するのが肝心だというわけですね？」

「そのとおり」マルヴィ捜査官は言った。「実際、それは利口なやりかたですよ。昨夜ずっとそのことを考えていたんです。仮にわたしが誰かを殺したかったとしましょう……たとえば、以前の彼氏を、ですね」

「どうぞつづけて」わたしは言った。

「ただ彼を殺したら、きっとわたしも疑われます。でももしふたりの人間――たとえば、以前の彼氏と以前の彼氏の新しい彼女を殺し、新しい彼女の遺体を絶対見つからないよう隠したら? それでわたしは、犯人の逃走を偽装することができるわけです。警察は犯人をさがそうとはしない。誰が犯人かはもうわかっていると思うでしょうからね」

「でもね、それはそう簡単じゃありませんよ」わたしは言った。

「ハハ」捜査官は言った。「本気でやろうとは思っていませんから」

「犯人はふたりの人間を殺す意志を持たねばなりませんからね」

「確かに」

「それに、死体を隠すのは容易じゃないし」

「経験からおっしゃってるんじゃないですよね?」捜査官が言った。

「わたしはミステリーをたくさん読んできましたから」

「どうやら第一容疑者が失踪した事件をさがす必要がありそうです」

「そういうことはよくあるんですか?」わたしは訊ねた。

「ありありませんね。昨今は姿をくらますのもそう簡単ではないし。ほとんどの人はかなり目立った足跡を残すんです。でも、ゼロではありません」

「いいとこを突いているんじゃないかな」わたしは言った。「もしかすると、罰に値するふたりの人間、おそらくはふたりの犯罪者が犠牲となっていて、その一方が死に、一方が失踪したケースをさがせば、それでいいのかもしれない。つまりですね、もしあなたの仮説が正しいとすれば、そいつは――われわれの犯人ですが、なんと呼んだものでしょうね？　何か名前がないと」

「そうですね……」捜査官は考え込んだ。

「鳥にちなんだ名前とか？」

「いや、それだと混乱を招きます。チャーリーにしましょう」彼女は言った。

「なぜチャーリーなんです？」

「ただふっと頭に浮かんだんです。いや、ちがうかな。わたしはちょうどいい名前を見つけようとしていた。そして模倣犯《コピーキャット》のことを考え、そこから猫《キャット》を連想し、そこから子供のころ飼っていたわたしの最初の猫を連想した。その猫の名前がチャーリーだったんです」

「かわいそうなチャーリー。その子はこんなかたちで名前を使われてもしかたないような猫だったんですか？」

「実はそうなんです。すごい殺し屋でしたからね。毎日、ネズミや鳥をうちに持ってきていましたよ」

「ぴったりの名だな」わたしは言った。

「ではチャーリーということで」

「えーと、なんの話でしたっけ？　そうだ、罰に値するふたりの犠牲者をさがすという話でしたね。チャーリーは罪のない人を殺すのは好きじゃないわけだから」

「確かにそうなのかどうかはわかりませんが、その可能性はあります」捜査官はそう言いながら、食べ物を真正面に置いてもらえるよう、少しうしろに体をずらした。「ありがとう」ウェイターに礼を言うと、彼女はフォークを手に取った。「食べながら話してもいいでしょうか？　昨夜は夕食を抜かしたもので、ものすごくお腹がすいているんです」

「どうぞどうぞ」わたしは言った。わたしのポーチド・エッグも来ていたが、その見た目、透き通るような白身の縁《ふち》は、わたしの胃を引き攣《つ》らせた。わたしは角切りのカンタロープをひとつ、フォークに刺した。

「でも、わたしはまちがっているのかもしれない」朝食の最初のひと口を咀嚼《そしやく》し終えると、マルヴィ捜査官は言った。「このことにあなたが関係しているということも、もちろんありえます。誰かがあなたの注意を引こうとしている可能性——あなたをはめようとしている可能性ですね」そう言いながら、彼女は少し目を大きくした。わたしは下唇を突き出して、その可能性を考えているふりをした。

「もしそうだとしたら」ついにわたしは言った。「一連の殺人があのリストの作品を基にしたものであることをはっきり示すというのも理にかなっていますね」

「そのとおりです」捜査官は言った。「だからわたしは、エレイン・ジョンソンの事件をもっと調べたいと思っているんです。例の心臓発作で亡くなった女性ですが――」

「チャーリーにやられたのかそうでないのかよくわからない女性ですね」わたしは言った。

「でももしそうだとしたら、わたし自身が事件の現場に行かなくてはいけません。そこには何か『死の罠』につながるものがあるかもしれませんから」

「ひとつ告白しなくてはならないことがあるんですが」わたしは言い、マルヴィ捜査官の頬が期待感から赤くなるのを見守った。「実はわたしはあの芝居は見たことがありません。戯曲を読んだことすらないんです。でも映画は見ましたし、それが原作に非常に忠実なのは確かです。いずれにしろ、お恥ずかしい話です」

「ほんとにね」そう言いながらも、捜査官は笑った。その顔はもう赤くはなかった。

「というわけで、わたしが語ることのできる映画では、、、ですが」わたしは言った。「被害者は、死んだと思っていた男が寝室に出現し、夫を殺すのを目にして、心臓発作で死ぬんです。エレイン・ジョンソンの遺体は寝室で発見されたんですか？」

「それはあとで確認しないと」捜査官は言った。「すぐには思い出せないので。でもね、あなたが告白と言ったとき、わたしはあなたが打ち明けるのは別のことだと思ったんですよ」

「わたしが、自分こそチャーリーなのだと告白すると思ったのかな」軽い口調に聞こえるよう願いつつ、わたしは言った。

「いいえ」捜査官は言った。「わたしは、あなたがエレイン・ジョンソンと知り合いだったことを告白するのかと思ったんです」

第六章

少しためらってから、わたしは言った。「その人は以前ボストンに住んでいたエレイン・ジョンソンと同一人物なんでしょうか？」

「ええ」

「だったら、知り合いですよ。親しかったわけじゃないが、彼女は以前、うちの店に始終来ていましたから。作家の朗読会にも来ていたし」

「きのうはそのことを言いたくなかったわけですね？」

「本当に、同一人物だとは思わなかったんです。名前に覚えはありましたよ。でもよくある名前ですからね」

「なるほど」捜査官は言ったが、その目はわたしの目にちゃんと合っていなかった。「彼女はどんな人でした？　エレイン・ジョンソンは？」

少し時間を稼ぐ、ただそれだけのために、わたしは考えるふりをした。だが実を言えば、エレインは忘れがたい人物だった。その眼鏡は超分厚く（コーラの瓶の底と呼ばれるようなやつだ）、髪は薄くなりつつあり、着ているのは夏場でも手編みと思しきセーターだった。

しかし彼女が忘れがたかったのは、そういった特徴のためではない。彼女が忘れがたかったのは、小売店の従業員の弱い立場につけこむ、厄介なお客のひとりだったからだ。エレインは店の者をつかまえては、自分の好みの話題で延々と独白を——たいてい何かに対する酷評を聞かせつづけた。彼女の好みの話題とは、犯罪小説の作家たち——天才作家やそこそこの作家や下手な作家（本人のきまり文句で言えば〝最低のヘボ〟）だった。かつて彼女は毎日店にやって来て、誰であれ最初に出くわした従業員をつかまえていた。それはひどく疲れるうえ、腹の立つことでもあった。しかしうちの店ではエレインに対処する最善の方法を編み出した。彼女が話しているあいだも仕事はつづけ、十分ほど時間を与えて、その後、はっきりと、時間切れだと告げるのだ。そう言うと無礼に聞こえるが、実を言えば、エレイン・ジョンソンは彼女自身、無礼な人だった。自分が好きでない著作家について、彼女はとんでもなくひどいことを言った。また、平然と人種差別をし、公然と同性愛者を嫌い、自らを顧《かえり》みず他人の容姿をけなすのが驚くほど好きだった。書店で働く者、いや、おそらくどんな店でも店で働く者はみな、毎日来る厄介なお客も含め、厄介なお客の扱いには慣れていることと思う。エレイン・ジョンソンの問題は、彼女がうちで催《もよお》す作家の朗読会のすべてに姿を現すことだった。彼女はいつも真っ先に手を挙げ、壇上の気の毒な作家を、遠回しに、ときにはあけすけに、貶《おとし》めるような質問をした。うちではいつも作家たちに前もって警告を与えたが、それとともに、彼女がサインをもらうために必ず一冊（たとえその作家が、彼女の言う〝才能ゼロのペテン師〟であっても）本を買うことも話しておいた。たいていの作家は、それで本が一冊売れるなら、相手がむかつくやつでも喜んで我慢する。売れるのがハードカバーの本なら、なおさらだ。

わたしはエレイン・ジョンソンがメイン州ロックランドに引っ越したことを知っていた。なぜなら、実際に引っ越す約一年前から本人が毎日のようにその話をしていたからだ。姉が亡くなり、彼女に家を遺したのだという。ついに彼女が町を去った日、うちの従業員たちとわたしは祝杯をあげに行った。

「かなり面倒な人でしたよ」わたしはマルヴィ捜査官に言った。「毎日、店に来て、店員の誰かをつかまえて、自分の読んでいる本の話をしてね。いま思い出しました。そう言えば、彼女はメイン州に引っ越したんでしたね。でも、あなたが名前を出したときは、気づかなかったんです。彼女のことは、エレイン・ジョンソンではなく、ただのエレインとして考えていたもので」

「彼女は死に値する人でした？」

わたしは眉《まゆ》を上げた。「彼女が死に値するか？　個人的な意見を聞きたいわけですか？　いや、もちろん、そんなことはありませんよ」

「ああ、すみません。でも、かなり面倒な人だったとおっしゃったから。ここまでの被害者は全員、明らかに――少なくともわたしから見ると――好ましい人物とは言えなかったんです。彼女はそのカテゴリーにあてはまりますか?」

「どう考えてもあれは好ましい人物じゃなかったですね。一度など彼女はわたしに、レズビアンはひどい作家にしかなれない、なぜなら、より高い知能の持ち主である男性と過ごす時間が短いから、と言ったんですよ」

「なんと」

「彼女はただ人を怒らせたいがためにそういうことを言っていたんじゃないかな。根本的には、ひどい人間というより、孤独で不幸な人だったんですよ」

「彼女が心臓を患《わずら》っていたことはご存知でした?」

手術を受けたあと、彼女は毛玉だらけのセーターの襟《えり》をぐいと引きさげ、皺《しわ》くちゃの胸の傷跡をわたしに見せたものだ。自分がこう言ったことをわたしは覚えている――「そんなもの二度と見せないでくださいよ」すると彼女は笑った。ときどきわたしは、エレイン・ジョンソンの振る舞いは、まさにそれ、振る舞いにすぎないのだろうと思った。彼女の真の望みは、人から無礼にやり返されることなのだろう、と。

「なんとなく」わたしはマルヴィ捜査官に言った。「そう言えば、彼女が一時期、店に来なかったのを覚えていますよ。うちでは、みんな大喜びしたものです。ところが、すぐにまた来るようになったんです。確かあれは何かの治療の関係でしたね」

ウェイターがにじり寄ってきた。マルヴィ捜査官の皿はきれいに空いており、わたしの卵は手つかずのままだった。彼は何も問題ないだろうかと訊ねた。

「すみません」わたしは言った。「大丈夫ですよ。これはまだ食べているんです」ウェイターは捜査官の皿をさげ、彼女はもう一杯、コーヒーをたのんだ。わたしはそうしないと変に見えるだろうと思い、卵を食べてみることにした。マルヴィ捜査官は腕時計に目をやり、これから仕事に行くのかとわたしに訊ねた。

「行くつもりですよ」わたしは言った。「お客が来るとは思えませんが、ネロの様子を見に行かないとね」

「ああ、ネロね」捜査官は言った。その声には愛情がこもっていた。

彼女が猫を飼っていることを思い出して、わたしは訊ねた。「お宅の猫は誰が見ているんですか?」そう言ったとたん、自分が非常にプライベートな質問をしていることに気づいた。また、それはまるでマルヴィ捜査官が独り身かどうかさぐり出そうとしているようにも聞こえた。彼女はわたしが言い寄ろうとしていると思っただろうか? わたしと彼女の年の差はそれほど大きくない。たぶん十歳くらいだろう。確かにわたしは年の割に白髪は多く、そのせいで実年齢より若干老けて見えるけれども。

「うちの子たちは大丈夫」答えを避けて、彼女は言った。「お互いがいますから」

わたしは食べつづけた。捜査官は携帯の画面を見て、その後、それをテーブルに伏せて置いた。

「九月十三日の夜どこにいたのか、あなたにお訊きしなければなりません。エレイン・ジョンソンが死んだ夜です」

「そうですよね」わたしは言った。「どの日ですか?」

「十三日です」

「ああ、でも曜日は?」

「いま見てみますね」捜査官は再度、携帯を手に取り、十秒ほどスクロールしてから言った。「土曜日ですね」

「でしたら、よそに行っていました」わたしは言った。「ロンドンに」わたしは毎年、同じところで休暇を過ごす。たいていは、九月の初めに。それは、子供たちの学校が始まるため観光客の少ないシーズンなのだが、たいていの場合、天気はまだよいのだ。なおかつ、それは店を空けても大丈夫な時期でもある。

「お留守だった正確な日にちはわかりますか?」捜査官は訊ねた。

「十三日が土曜日だったなら、わたしはその翌日、十四日の日曜に飛行機でもどっています。もし必要なら、利用した便の明細をお送りしますよ。基本的に、九月の最初の二週だったことは、わかっていますが」

「そうですね。ありがとう」捜査官は言い、わたしはこれを、正確な便名を送ってほしいという意味だと解釈した。

「仮にエレイン・ジョンソンがチャーリーに殺されたとすると……」わたしは言った。

「ええ」

「チャーリーが本当にわたしのリストを利用している可能性はずっと高くなりますね」

「ええ、そのとおりです。そしてそれは、彼があなたを知っているだけでなく、あなたのまわりの人まで知っていることを意味します。わたしは、被害者のひとりがあなたの個人的な知り合いだったことが偶然であるはずはないと思っています」

「わたしもそう思います」わたしは言った。

「誰かあなたを恨んでいる人間はいませんか？　たとえば、かつての従業員とか。エレイン・ジョンソンが〈オールド・デヴィルズ〉の常連だったのを知っていそうな人物ですが？」

「心当たりがありませんね」わたしは言った。「実のところ、店にもといた従業員というのも、さほど多くはないんです。必要なのはふたりだけですし、いまいるふたりは両方とももう二年以上うちの店にいますしね」

「そのふたりの名前を教えていただけますか？」捜査官はそう言って、バッグから手帳を取り出した。

わたしはエミリーとブランドンの氏名を教え、彼女はそれを書き留めた。

「彼らについてご存知のことを教えてください」捜査官は言った。

わたしは知っていることを話した。大した内容ではなかったが。エミリー・バーサミアンは、四年前にボストン郊外のウィンズロー大学を卒業し、由緒ある高名な私立図書館、〈ボストン・アセニアム〉で実習生の地位を得た。当初、彼女は〈オールド・デヴィルズ〉に週二十時間働きに来て、収入の不足を補っていた。そして実習期間が終わると、店での勤務時間を増やし、以来ずっとうちで働いている。その私生活について、わたしはほとんど何も知らない。彼女はめったに口をきかないし、話をするとしたら、本のことか、ときおり映画のことを話すくらいなのだ。実は秘かに執筆活動をしているのではないか、とわたしは疑っていたが、確認したことはなかった。ブランドン・ウィークスのほうは、社交的なやつだった。住まいはロクスベリーで、いまも母親や妹たちと同居しており、エミリーとわたしは彼のことならおそらくなんでも知っていた。特に、彼の家族のことや、いまつきあっている彼女のことなら、なんでも。二年前、休暇のシーズンに彼を雇ったとき、実はわたしは彼がきちんと出勤するかどうか疑わしく思っていた。しかし彼はそのまま定着し、わたしが覚えているかぎり、一度も欠勤したことがなく、遅刻すらしたことがなかった。

「それで全部なんですね？」マルヴィ捜査官は訊ねた。

「いまいる従業員ですか？　ええ。わたし自身は毎日、出勤しています。休暇を取るときは、臨時に人を雇うか、共同経営者のブライアンにちょっとシフトに入ってもらうかですね。ご希望なら、過去に雇った従業員のリストを作ってお送りしますが」

「ブライアンというのは、ブライアン・マーレイですか？」捜査官は訊ねた。

「ええ、彼をご存知なんですね？」

「お店のサイトで名前を見たので。彼のことはもちろん、知っていますし」

ブライアンは、サウスエンドに住むそこそこ有名な作家で、エリス・フィッツジェラルド・シリーズというのを書いている。シリーズの作品数は、いまや優に二十五作ほどにもなる。昔ほど売れてはいないが、ブライアンはとにかくそれを書きつづけており、ヒロインの女探偵エリスをずっと三十五歳のままにし、ファッションやテクノロジーの進歩は物語から除外している。小説の舞台は八〇年代の終わりごろのボストンで、その点はテレビ・シリーズ、「エリス」でも同じだった。このドラマは二年間放映され、おかげでブライアンは、サウスエンドのタウンハウスとメイン州最北の湖の別荘を購入したうえ、余った金を〈オールド・デヴィルズ〉に投資することができたのだ。

「もし誰か頭に浮かんだら、リストには従業員以外の人も入れてください。腹を立てたお客とか。前の奥さんとか彼女とか。こちらで知っておくべき人たちを」

「そのリストは短いものになるでしょうね」わたしは言った。「〝前の〟と言えば、わたしの場合、妻だけですし、彼女はもう亡くなっているので」

「ああ、すみません」捜査官は言ったが、その情報をすでにつかんでいたことは、顔を見ればすぐわかった。

「リストの本のことも引きつづき考えてみますよ」

「ありがとうございます」捜査官は言った。「どうか遠慮しないで。何か考えが浮かんだら、どんなことでも知らせてください。たとえ重要に思えなくても、ありえない気がしても。害にはなりませんからね」

「わかりました」わたしはナプキンをたたんで、朝食の残してしまった部分にかぶせた。

「これからチェックアウトですか？　それとも、まだここに泊まる予定ですか？」

「チェックアウトします」捜査官は言った。「何かの理由で列車が運休になれば別ですが。その場合は、もうひと晩ここに泊まることになるでしょうね。いずれにしろ、いますぐここを出はしませんが。昨夜、お渡しした未解決事件のリストを見てくださったかどうか、まだうかがっていませんからね」

わたしは、犬の散歩中に銃で撃たれた男、ダニエル・ゴンザレスの事件以外、特に目を引くものはなかったと話した。

「その事件は、あなたのリストにどう結びつくんでしょう？」捜査官は訊ねた。

「おそらく無関係でしょうが、事件の概要を見たとき、ドナ・タートの小説、『シークレット・ヒストリー』のことが頭に浮かんだんですよ。その小説では、犯人たちが被害者のハイキングしそうな場所で彼を待ち伏せするんです」

「その小説ならわたしも読みました。大学時代に」捜査官は言った。

「すると、覚えているんですね？」

「ええまあ。確か、犯人たちは森のなかで性的儀式を行っているとき、誰かを殺すんですよね」

「それは、第一の殺人ですね。彼らは農夫を殺すんです。わたしがリストで触れているのは、第二の殺人のほうです。友達を崖から突き落とすやつですよ」

「ダニエル・ゴンザレスは銃で撃たれたんですが」

「そうですよね。見込み薄ですよ。関連性は、むしろ彼が犬の散歩中だったという事実にあるんですが。その散歩は、彼が毎日、あるいは、週に一度することだったのかもしれない。まあ、きっと無関係なんでしょう――」

「いいえ、いい情報ですよ。よく調べてみるとします。ダニエル・ゴンザレスの殺人に関しては参考人が何人かいたんですが、そのなかには以前の教え子もひとりいて、彼は現在も調査の対象となっています。でも、確かにその可能性もありそうです」

「ダニエル・ゴンザレスは……くそ野郎だったんですか?」わたしは言った。「すみませんね、適切な言葉が見つからなくて」

「その点はわからないんですが、調べてみますよ。でもそんな感じがしますね――彼の殺人に関して、何人か参考人がいたとなると。では、それ以外にはなかったんですね? ゴンザレス事件以外には……?」

「ええ」わたしは言った。「しかし、未解決殺人事件の枠外も見てみるべきだと思いますね。

事故による溺死《できし》、それに、過剰摂取にも着目してください。そうそう、それで思い出しましたよ」わたしはメッセンジャー・バッグを開けて、持ってきた二冊の本を取り出した。前夜、読んだ『溺殺者《できさつしゃ》』のペーパーバック、そして、その朝、自分のコレクションから見つけ出した『殺意』のペーパーバックだ。それは、非常に状態の悪い〈パンブックス〉のペーパーバックで、カバーも取れかけていた。わたしは二冊の本をマルヴィ捜査官のほうに押し出した。

「ありがとう」彼女は言った。「必ずお返ししますからね」

「どうかあまりお気になさらず」わたしは言った。「どちらも代わりの利くものですから。『溺殺者』は昨夜、読みましたしね。再読したということですが。この前読んでからだいぶ経つので」

「そうでしたか」捜査官は言った。「何かお気づきの点は?」

「その物語では、ふたつの殺人が起こります。まず、女性が泳いでいる最中に殺される。彼女は池の底へと引きずり込まれるんです。基本的に、そのカバーに描かれているとおりですね。でも、第二の殺人もあるんです。非常におぞましいやつが。犯人は、すごく力の強い女性でね、超自然的と言ってもいいくらい強いんです。その女が手の力で心臓発作を引き起こして男を殺すんですよ。彼女はこんなふうに手を硬直させ——」わたしは片手を持ちあげて五本の指を伸ばしてみせた。「——胸郭の下に差し入れて、ゆっくりと押しあげていき、男の心臓をさぐり当てると、ぎゅっと締めつけるんです」

「うわっ」捜査官はそう言って顔をしかめた。

「そういうことが実際できるのかどうかも、わたしにはわかりませんがね」わたしは言った。

「仮に可能だとしても、検屍解剖で何があったかは必ずわかるだろうし」

「そうでしょうね」捜査官は言った。「それでもやはり、溺死事故をさがしてはみるべきじゃないかしら。チャーリーならその溺死殺人を模倣《もほう》したがるでしょうから。それが小説のタイトルとなれば、なおさらです」

「確かに」わたしは言った。

「他に何かその小説からつかめたことはありませんか？」

その殺人がどれほどセクシャライズされていたか自分が忘れていたことを、わたしは彼女に話さなかった。その異常な殺人者、アンジーが自分のなかにふたつの人格を作り出していたことも。彼女のなかには、その一途さによって痛みに無感覚になるジャンヌ・ダルク的側面がある。だがそれとともに、本人が〝赤毛の牝馬《ひんば》〟の気分と呼ぶもの――背を丸め、乳首を尖らせる女の側面もあるのだ。殺人を犯すとき、彼女のなかにはふたつの人格の両方が現れる。このことに、わたしは考えさせられた――殺人者はみな、こうする必要があるのだろうか？　その行為に及ぶとき、人格を分裂させ、他の何者かになる必要が？　チャーリーもそうなのだろうか？

だがわたしがマルヴィ捜査官に言ったことは、こうだ――「実のところ、その小説は大傑作とは言えないんです。わたしはジョン・D・マクドナルドが大好きですけどね。アンジーのキャラクターはいいんですよ。でも小説自体は彼の作品の上位に入るものではないんです」

捜査官は肩をすくめて、二冊の本をバッグに入れた。わたしは、作品に対する自分の批判的評価がこの際、あまり意味がないことに気づいた。それでも彼女は、顔を上げて言った。

「いろいろとご親切にありがとうございました。ご意見をうかがいたいことがまた出てきたら、情報をお送りしてもいいでしょうか？　それと、リストの本の再読を引きつづきお願いできれば……」

「もちろんです」わたしは言った。

わたしたちはメール・アドレスを交換し、その後、立ちあがった。マルヴィ捜査官はホテルの出口までわたしを見送りに来た。「お天気がどんなか見ておこうかな」彼女はそう言って、わたしと一緒に外に出た。雪はもうほとんど降っていなかったが、町はすっかり変貌していた。隅々には雪の吹き溜《だま》りができ、木々はたわみ、近くの建物の煉瓦《れんが》の壁もうっすら白く覆われている。

「無事にお帰りになれますように」わたしは言った。

わたしたちは握手した。わたしが彼女をマルヴィ捜査官と呼ぶと、彼女はグウェンと呼んでほしいと言った。脛《すね》まで届く雪のなかをゆっくり歩いていきながら、わたしはこのこと、つまり、彼女がファーストネームで呼んでほしいと言ったことを、よい徴候と判断した。

第七章

店に着いてみると、軒下にエミリー・バーサミアンがいて、携帯を見ていた。

「いつからここにいたの？」わたしは訊ねた。

「二十分前。連絡がなかったので、定刻に店を開けるんだと思って」

「すまなかったね。メールをくれればよかったのに」彼女は四年間一度もわたしにメールをくれたことがないし、たぶん今後もくれることはないだろう。それを承知のうえで、わたしはそう言った。

「待つのは苦にならないから」エミリーは言った。わたしはドアを開け、彼女につづいてなかに入った。「鍵を忘れたのは、自分のせいですし」

ネロがニャアニャア鳴きながら挨拶しに来た。エミリーはしゃがみこんで、彼の顎《あご》を掻《か》いてやった。わたしは精算カウンターの向こうに行って明かりを点け、エミリーは立ちあがって、グリーンのロングコートを脱いだ。その下の服装は、わたしが職場での彼女の制服とみなすようになったやつだった。中くらいの長さの黒っぽいスカート、厚底のショートブーツ、古着のセーター、前ボタンのシャツ——ときには、これがTシャツになる。エミリーが着る

Tシャツは、彼女の好き嫌いに関する数少ない手がかりとなっていた。シャツのなかには本に関係するものもある（彼女は、シャーリイ・ジャクスンの『ずっとお城で暮らしてる』の昔のカバー絵、背の高い緑の草のなかの黒猫のイラストが入ったシャツを持っていた）。また、いくつかは、ザ・ディセンバリスツというバンドのTシャツだった。昨年の夏、彼女は〈サマー島《サマーアイル》五月祭《メイデー》1973〉とプリントされたTシャツを着ており、わたしはその日一日、どこかで聞いたような名前だという感覚に悩まされた。とうとう本人に訊いてみると、彼女は、これは一九七〇年代のホラー映画、「ウィッカーマン」から来ているのだと教えてくれた。「ホラー映画、好きなの？」わたしは訊ねた。

わたしと話すときはいつもそうなのだが、エミリーが見ているのはわたしの額《ひたい》か顎かだった。「ええまあ」彼女は言った。

「きみのベスト5は何？」会話がつづけばと思い、わたしは言った。

エミリーはちょっと眉を寄せて考え、それから言った。「『ローズマリーの赤ちゃん』『エクソシスト』『ブラック・クリスマス』――オリジナルのやつ（一九七四年のカナダ映画、邦題「暗闇にベルが鳴る」）『乙女の祈り』、あとは、うーん、『キャビン』かな」

「その五作中二作は見たよ。『シャイニング』はどう？」

「いいですね」エミリーはうんうんとうなずいた。もっと何か言うかと思ったが、その会話はそれで終わりだった。彼女が内向的であることは、別に気にならなかった。わたし自身そうなのだし。それに内向的であることは、昨今まれな特性だ。それでもわたしは、彼女の内面生活はどうなっているのだろうと考える。また、彼女には書店で働くこと以上の野心はないのだろうか、とも。

エミリーが濡れたコートを掛けているとき、わたしは店まで来るのは大変だったかどうか彼女に訊ねた。「バスに乗ったので。大丈夫でした」彼女は言った。エミリーの住まいは川の向こう側、ケンブリッジのインマン・スクエアの近くだ。その暮らしについてわたしが知っているのは、彼女が寝室三つのアパートの部屋で、ウィンズロー大学の同窓生ふたりと同居しているということだけだった。

エミリーは店の奥の、わたしが新着の本を積み上げたテーブルのところに行った。彼女の主な仕事は、うちのオンラインストアのアップデートとモニタリングだ。うちでは、〈eベイ〉と〈アマゾン〉、それに〈アリブリス〉というサイト、さらに、わたしが知りもしないその他いくつかのルートで古本を販売していた。以前わたしは自らも少し手を出し、オーダーに対応していたが、その仕事はいまエミリーが全面的に引き受けている。これも、わたしが彼女の将来の計画を気にする理由のひとつだ。万が一、彼女が店を去るようなことがあれば、こちらは非常に困ることになる。

わたしはそのままカウンターに留まって電話の留守録をチェックし（メッセージ、〇件）、その後、〈オールド・デヴィルズ〉のブログにログインした。最近はそうすることもめったににないのだが、グウェン・マルヴィの訪問に触発されてのぞいてみる気になったのだ。エントリーは全部で二百十一件。最新の記事は二カ月前に掲載されたものだった。タイトルは〝スタッフのおすすめ〟――わたしが定期的にエミリーとブランドンに書かせているやつだ。彼らはいちばん最近、自分が読んで気に入った小説についてふた文だけ書かねばならない。ブランドンはリー・チャイルドのジャック・リーチャー・シリーズの最新作を選んでおり、エミリーはドロシイ・B・ヒューズの『孤独な場所で』に短い賛辞を贈っていた。わたしが選んだのは、ケイト・アトキンソンの『犬を連れれ、早く出かけて』だ。もちろん読んではいなかったが、読んだ気がするくらい書評や概要は読んでいたのだ。それにわたしはそのタイトルが好きだった。

つぎの約一時間、わたしはブログの画面を前へ前へとスクロールしながら過ごした。それはまるで、自分の人生の過去十年を逆行していくようだった。そこにはジョン・ヘイリーの最初で最後のエントリーもあった。わたしにすべてを託し、店を去った週に、彼の寄せた文章が。二〇一二年、ジョンは〈オールド・デヴィルズ〉と店の全株をブライアン・マーレイとわたしに売却した。その金のほとんどはブライアンが出したのだが、経営するのはわたしだからということで、彼はわたしに五十パーセントの所有権を持たせてくれた。これまでこの方式はうまくいっていた。当初わたしは、ブライアンがもっと店にかかわりたがるだろうと思っていたが、それはなかった。彼は毎年、忘年会のとき店に来るし、朗読会にはほぼすべて出席する。しかしそれ以外は、わたしが年に一度、二週間、ロンドンに行くときは別として、すべてわたしに任せきりだった。とはいえ、わたしはちょくちょくブライアンと顔を合わせた。エリス・フィッツジェラルド・シリーズの新たな一作を書くのに、彼は約二カ月かかる。そして一年の残りは〝酒飲み休暇〟と称し、そのほとんどを〈ビーコン・ヒル・ホテル〉の小さなバーで革張りのスツールにすわって過ごしている。わたしは彼と一緒に飲むためによくそこに立ち寄った。ただし、夜のなるべく早い時間帯に行くようにはしていたが。到着が遅すぎると、生来の語り部《べ》、ブライアンはわたしのために彼のグレイテスト・ヒットをやりはじめる——すでにわたしが百回も聞かされた物語を。

　わたしはさらにブログを遡《さかのぼ》り、五年前、わたしの妻が死んだ年に、エントリーが完全に途絶えているのに目を留めた。それ以前の最後の記事は、〈寒い冬の夜のためのミステリー〉というわたしの作ったリストで、二〇〇九年十二月二十二日に出ていた。わたしの妻は二〇一〇年一月一日の早朝に車の事故で亡くなっている。彼女は酔った状態で車を運転し、ルート2の高架道から下の道に転落したのだ。警察は身元確認のため、わたしに写真を見せた。写真の妻は眉から上を白いシーツで覆われていた。その顔は無傷に見えた。事故の衝撃で頭蓋骨は完全につぶれたのだろうとわたしは想像したけれども。

　わたしは自分の選んだミステリーのリストに目を通した。どれも全部、冬の季節か嵐のさなかに事件が起こる物語だ。ブログ執筆歴のこの時点では、わたしは小説をリストアップするだけで満足しており、解説は加えていなかった。これがそのリストだ。

『シタフォードの謎』（一九三一）アガサ・クリスティ
『ナイン・テイラーズ』（一九三四）ドロシー・L・セイヤーズ
『雪だるまの殺人』（一九四一）ニコラス・ブレイク
『ティンセルで縛られ』（一九七二）ナイオ・マーシュ
『シャイニング』（一九七七）スティーヴン・キング
『ゴーリキー・パーク』（一九八一）マーティン・クルーズ・スミス
『スミラの雪の感覚』（一九九二）ペーター・ホゥ
『シンプル・プラン』（一九九三）スコット・スミス
『氷の収穫』（二〇〇〇）スコット・フィリップス
『大鴉の啼く冬』（二〇〇六）アン・クリーヴス

このリストをまとめたときのことを、わたしは覚えていた。ホラー小説であって、ぜんぜんミステリーではないことから、『シャイニング』を入れるべきかどうか悩んだことも、結局、自分が大好きな小説なのでそれを入れたことも。そんな些細なことを覚えているのは、奇妙だった。こういうどうでもいいことを考えてから二週間足らずで、わたしの世界は永遠に変わってしまった。あの年の十二月の末《すえ》にまたもどれるものなら、わたしはそんなリストは絶対に作らなかっただろう。わたしは持てる時間をすべて使って妻のために必死で闘い、浮気のことは知っている、ドラッグをまたやっているのも知っていると彼女に伝え、それでも許すから、もどってきていいから、と言っただろう。そうしたところで何かちがいがあったのかどうか、それはわからない。しかしわたしはやるだけやってみただろう。

わたしはさらに前へとスクロールして、また別のリスト、〈不貞をめぐる犯罪小説〉を見つけ、その日付をすばやく確認した。その時点では、わたしは正式には妻のことを知らなかったのだが、きっとなんとなくわかっていた、何が起きているか直感的に知っていたにちがいない。さらに遡及《そきゅう》をつづけ、わたしがなんの苦もなく随時ブログを更新していた時代に至ると、エントリーの頻度はぐんぐん増していった。これが初めてではないが、わたしは考えた――どうして何もかもリストにする必要があるんだ？　何がわれわれをそうさせるんだろう？　リスト作りは、読書にとりつかれて以来――〈アニーズ・ブック・スワップ〉で小遣いを全部使い果たすようになって以来、わたしがずっとしてきたことだった。大好きな小説10作。いちばん怖い小説10作、ジェームズ・ボンド・シリーズのベスト、ロアルド・ダールのベスト。当時の自分がなぜそうしていたか、わたしにはわかる気がする。それが自分にアイデンティティを与えるひとつの手段だったことは、別に心理学の学位がなくても理解できた。なぜなら、もしもわたしがすでにディック・フランシスの小説を全作読んでいる（そして、ベスト5を挙げることもできる）十二歳でなかったら、わたしはただの友達のいない、愛情が薄い母親と酒飲みの父親と暮らす、淋《さび》しい子供にすぎなかったから。それがわたしのアイデンティティだった。当然ながら、誰もそんなものをほしがりはしないだろう。となると、問うべきことは、なぜそれを――リスト作りをつづけたのか、だろう。わたしはボストンに住み、よい仕事に就き、結婚もし、妻を愛していた。なぜそれだけで充分ではなかったのだろうか？

ついにわたしは、ブログの始まりまで遡って、〈完璧なる殺人8選〉にたどり着いた。その記事はここ二十四時間のあいだに何度となく読んでいるので、改めて読むまでもなかった。

そのとき店のドアが開き、わたしは顔を上げた。それは中年の夫婦だった。どちらもフードの付いただぼだぼの冬のコートを着込んでいる。このふたりはおそらくコートなしでももとから大きいのだろうが、さらに加わったその一層でほぼ球体となっていた。彼らは縦一列で入口を通り抜けねばならなかった。フードを脱ぎ、パーカのジッパーを下ろすと、彼らは笑顔でこちらにやって来て、ミネソタ州のマイク・スウェンソンとベッキー・スウェンソンだと自己紹介した。この人たちが、うちの店がときどき獲得するあるタイプのお客――ボストン旅行の際は忘れずここに来ようと思うミステリー小説の熱狂的ファンであることは、すぐにわかった。〈オールド・デヴィルズ〉は有名店ではないが、ある種の読者のあいだでは有名なのだ。

「ミネソタのお天気も一緒に連れてきたんですね」わたしが言うと、ふたりは笑い、自分たちは何年も前からボストンに来ようと思っていたのだと言った。

「〈チアーズ〉に行って、クラムチャウダーを食べてみないと。それに、何がなんでも〈オールド・デヴィルズ〉に来ないとね」男のほうが言った。

「ネロはどこかしら？」男の妻が言うと、絶妙のタイミングで、ネロが新刊の棚を回って現れ、夫婦に挨拶しに来た。わたしたちはみんなで彼に何か贈るべきなんだろう。

　マイクとベッキーは一時間半後に帰った。雑談が九十パーセント、買い物は十パーセントだったが、それでも彼らはハードカバーのサイン本を百ドル相当分買い、それらの本の郵送をたのんでイースト・グランド・フォークスの自宅の住所をわたしに教えた。「スーツケースに余裕を残すのを忘れてしまって」ベッキーは言った。

　ふたりが帰るころには、雪はもうやんでいた。彼らは記念に店の栞《しおり》をいくつか持っていった。また、わたしは、〈チアーズ〉よりいい近隣のレストランを二、三軒、彼らに教えた。ちょうどドアを押さえてふたりを送り出しているとき、ブランドンが現れた。フード付きのスウェットシャツという軽装だったが、手袋ははめていたし、フードの下にはウールの帽子もかぶっていた。その日、彼が来る予定だったのを、わたしは忘れていた。「驚いてます？」彼は言った。「きょうは金曜なんだけど」

「わかってるよ」わたしは言った。

「金曜でありがてー」語尾を思い切り伸ばして強調し、いつものよく響く大きな声で、彼は言った。「それに、仕事があって、ありがてー。おかげで一日じゅううちにいなくてすむんだもんな」

「授業は休講？」わたしは訊ねた。

「そうなんですよ」ブランドンは言った。彼は経営学の講座を取っている。だいたいは午前中に。うちの店で働きはじめたときから、ずっとそうだった。この前、訊ねたとき、本人はもうすぐ卒業だと言っており、それとともに彼が店を辞めることも、わたしにはわかっていた。大きな問題はないだろうが、彼のノンストップのおしゃべりが聞けなくなったらきっと淋しいだろう。それはエミリーの沈黙とよい対照を成していた。たぶん、わたしの沈黙とも。

ブランドンはスウェットの前ポケットから、ペーパーバックの本（リチャード・スタークの『人狩り』）を取り出して、わたしに手渡した。「めっちゃよかったです」彼は言った。ブランドンが店で働きだした当初、わたしは始終、お客がいるのだからと言って、その言葉遣いを注意しなければならなかった。そうして彼が彼なりの修正を行った結果がこれなのだ。返ってきた本はつい二日前、わたしのすすめで彼が店から借りたものだった。フルタイムで働き、学校に行ったうえ、（本人によれば）かなり忙しいいろんなつきあいもつづけつつ、彼はなんとか週にほぼ三冊のペースで本を読んでいた。わたしはそのペーパーバックに目をやった。一九六七年のリー・マーヴィンの映画に合わせ、タイトルが『ポイント・ブランク！』に変わっている版を。

「最初からそんなだったんですよ、マル」ブランドンは言った。これは本の状態のことだ。従業員への貸し出しの方針では、彼らはどの本でも持ち帰って読むことができるが、現状以上に本を傷めてはいけない、となっている。

「いや、問題なさそうだよ」わたしは言った。

「ですよね」ブランドンはそう答え、それから、一音一音均等にアクセントをつけて「エミリー」と叫んだ。エミリーが奥から出てくると、ブランドンは、この前、店に来てから二日も経っていないのに、ときどきやるように、彼女をハグした。ブランドンがわたしをハグするのは、忘年会のときと、たまに店を閉めたあと〈セブンス〉に軽く一杯やりに行ったときだけだ。同世代の男のあいだではいまや挨拶のかたちとしてそれが普通になっているが、わたしはもともとハグが得意なほうではない。どうもあの動きが習得できず、そのハグが男っぽく背中をたたきあうやつだと余計うまくいかなかった。妻のクレアは、わたしがこの特異な悩みを打ち明けると、一緒に練習してくれるようになった。しばらくのあいだ、わたしたちは家ではお互い男同士のハグで挨拶しあっていた。

ブランドンはエミリーにつづいて奥の部屋に行き、そこで通販のオーダーリストを取って、出荷する本を積み上げはじめた。このように長期間、同じ従業員がいてくれることの大きなメリットは、こちらから何をすべきか指示する必要がほとんどないことだ。彼らの忠誠心ゆえに、わたしは普通の店よりはるかに高いのではないかと思われる給料を彼らに支払っている。この店で大きな利益を出す必要などわたしにはないのだし、ブライアン・マーレイもさほど気にしてはいないと思う。彼はミステリー専門書店をひとつ所有している、あるいは、半分所有している、と言えるだけで幸せなのだ。

わたしは、ブランドンがエミリーに『人狩り』のすじをすっかり話してきかせるのに耳を傾けた。わたしのほうは新刊の棚の入れ替えをしていた。さらに四人のお客が、それぞれひとりで来店した。日本人観光客、ジョー・ステイリーという常連、いつもホラー・コーナーをぶらつくが何も買わない、顔だけ馴染みのある二十代の男、それに、明らかに外の寒さから逃れたいがために店に入ってきた女性だ。わたしは携帯で天気をチェックした。雪はもう去ったようだが、気温は今後数日間下がりつづけ、マイナス一〇度近くになるらしかった。積もった雪は凍結して氷の塊《かたまり》と化し、町の汚れで黒くなるだろう。

わたしはコンピューターのところに行ってEメールをチェックし、その後、もう一度ブログのサイトをのぞいた。画面にはまだ〈完璧なる殺人8選〉のリストが出ていた。記事のいちばん下には署名欄みたいな部分があって、執筆者の名を〝マルコム・カーショー〟と記したうえ、掲載の日時を表示し、さらにコメントが三件あることを知らせている。以前コメントが二件しかなかったことを思い出し、わたしはクリックしてそれらを見ていった。最新のコメントは、投稿されてからまだ二十四時間も経っていなかった。ユーザー名、ドクター・

シェパードからの午前三時の投稿。そこにはこう書かれていた――きみのリストの半分まで来たぞ。『見知らぬ乗客』スミ。『ABC殺人事件』ようやく完了。『殺人保険』参った。『死の罠』映画を鑑賞。リストを全部クリアしたら（もうまもなくだろうが）連絡するよ。あるいは、わたしが誰か、きみにはもうわかっているのかな？

第八章

その夜、まだ動揺が収まらないまま、わたしは冷蔵庫にあったポークチョップを調理し、結局、焼き過ぎてしまった。肉は縁《ふち》が縮みあがり、ジャーキーみたいに固くなっていた。

夕方から閉店時間の七時までずっと、わたしは〈完璧なる殺人８選〉に寄せられた第三のコメントのことばかり考えていた。一語一語分析しながら、三十回はそれを読んだだろう。コメントを書いた人物の使った〝ドクター・シェパード〟という名前が気になってならず、とうとうわたしはその名をグーグルで調べた。それはアガサ・クリスティの有名な小説、『アクロイド殺害事件』の語り手の名前だった。『アクロイド殺害事件』は、クリスティの名を世に知らしめた小説だ。一九二六年刊行のこの作品は、何よりもそのプロットの巧妙きわまるひねりによって知られている。物語は、エルキュール・ポワロの隣人である田舎の医師、シェパードの視点から一人称で語られる。正直に言うと、わたしは作中の犯罪のことは何も（被害者の名前だけはもちろん別だが）覚えていない。わたしが覚えているのは、物語の最後に語り手が犯人であることが明かされるということだ。

家に着くと、わたしはすぐさま本棚へと向かい、クリスティのその本を見つけ出した。わたしが持っていたのは、〈ペンギン〉のペーパーバック――一九五〇年代の、イラストがないシンプルな緑のカバーのやつだった。ちゃんとストーリーを思い出せないかと思い、ぱらぱらページを繰《く》ってみたが、記憶はよみがえらず、わたしはその夜、それを読むことにした。あのコメントの投稿者が本当にただの読者で、わたしのリストの作品をつぎつぎ読んでいるだけだということはありうるだろうか？　普通であれば、ごくわずかながらその可能性もあるとわたしは思っただろう。しかし、すでに読んだとされている本に関するひとつの事実がある。それらは、そのアイデアを基にすでに犯罪が行われている作品なのだ。『ＡＢＣ殺人事件』、『殺人保険』、『死の罠』、それに『見知らぬ乗客』もそうだ。グウェン・マルヴィはまだその事件の全貌を知らないが、わたしは知っている。そして、もうひとりの別の人物も。

　この文章が仮に誰かに読まれるとしたら、その読み手はすでに、わたしが自ら明かしてきた以上に、これらの犯罪と深くかかわっていることに感づいているはずだ。ヒントはなかったわけではない。たとえば、いちばん初めにグウェン・マルヴィが尋問に入ったとき、なぜわたしの鼓動は速くなったのか？

　なぜわたしは、エレイン・ジョンソンを知っていることをすぐに彼女に話さなかったのか？

　ＦＢＩ捜査官の訪問を受けた日の夜、なぜわたしはサンドウィッチをふた口しか食べられなかったのか？

なぜわたしはいつも追われる夢を見るのか？

なぜわたしは、ドクター・シェパードのコメントのことをすぐにグウェンに知らせなかったのか？

そして、炯眼《けいがん》な読み手なら、わたしの名前が略すとマルになることにも気づいているだろう――フランス語で、これはもちろん〝悪い〟という意味だ。もっともそこまでいくと考え過ぎになる。なぜなら、マルコムはわたしの本名なのだから。この物語を書くにあたって、わたしはいくつかの名前を変えたが、自分自身に関しては実名を使っている。

＊

そろそろ真実を語らねばならない。

そろそろクレアの話をしなければ。

彼女の名前もまた本名だ。クレア・マロリー。彼女は、コネチカット州フェアフィールド郡の富裕な町で、三人姉妹のひとりとして育った。両親は格別よい人たちではないが、この物語で重要な役を演じるほど悪い人たちでもない。彼らは裕福で、浅薄だった。特に母親は、三人の娘たちの容姿と体重に強いこだわりを抱いており、母親がそこにこだわっていたため、父親も（自分自身の考えは一切ない男なので）彼女に同調していた。夫婦は娘たちをメイン州のサマーキャンプやお洒落《しゃれ》な私立学校にやった。いちばん上のクレアは都会に出たいと思い、ニューヨーク・シティーとハートフォードはどちらも生まれ育った町に近すぎる気がしたため、ボストン大学を選んだ。

彼女はドキュメンタリー映画の制作者を志望しており、ボストン大学で映画とテレビのコースを取った。一年目はなんの問題もなかった。しかし二年生のとき、彼女は演劇学科の恋人の影響でドラッグ、特にコカインにのめりこんだ。そして、その習慣に深く染まるのにつれ、パニックの発作を起こすようになり、これが深酒につながった。彼女は授業に出なくなり、成績不振者として退学の警告を受け、一時復学した後、三年のときに落第した。両親は娘を実家に呼びもどすべく奮闘したが、彼女はボストンに留まって、オルストンでアパートを借り、〈レッドライン・ブックストア〉の仕事に就いた。わたしはちょうどその店でマネージャーに昇進したところだった。

あれは本当にひとめぼれだった。少なくとも、わたしの側は。面接のため店に入ってきたとたん、彼女が緊張しているのははっきりわかった。その両手はかすかに震えていた。そして彼女は絶えずあくびをしつづけた。これは奇異に思えたが、わたしにはそれが極度の緊張のしるしであることが理解できた。彼女は両手を膝《ひざ》に置いて、モートのオフィスの回転椅子にすわっていた。コーデュロイのスカートに、黒っぽいレギンス、上はタートルネックという服装だった。痩せていて、その細さは目を引くほどで、首は長かった。頭は胴体の割に大きすぎるように思え、顔はほぼ完璧な円を描いていた。目は黒く、鼻梁《びりょう》は細く、唇《くちびる》は嚙んで腫れているように見えた。髪は黒く、ボブと思しきスタイルにカットしてあった。わたしには、それは時代遅れのスタイルに見えた。一九三〇年代の大胆不敵な素人探偵を思わせる髪型に。彼女があまりにも綺麗なので、わたしのみぞおちには鈍い疼《うず》きが住みついた。

わたしは彼女に仕事の経験を訊ねた。経験はごくわずかだったが、過去数年、彼女は夏にコネチカット州の実家に近いモールの〈ウォルデンブックス〉で働いていた。

「好きな作家は？」わたしは訊ね、クレアはその質問に驚いたようだった。

「ジャネット・フレイム」彼女は言った。「ヴァージニア・ウルフ。ジャネット・ウィンターソン」そして、しばらく考えた。「詩も読むんです。アドリエンヌ・リッチ。ロバート・ローウェル、アン・セクストン」

「シルヴィア・プラスは？」そう訊ねたとたん、わたしは内心縮みあがった。馬鹿みたいな発言。忘れているぞと言わんばかりに、最高に有名な女性告白詩人に言及するとは。

「ええ、もちろん」クレアは言い、今度はわたしに好きな作家を訊ねた。

わたしは好きな作家を教えた。こんな具合にわたしたちはそれから一時間、作家の話をしつづけ、やがてわたしは、実際の仕事に関しては彼女にひとつしか質問していないことに気づいた。

「何時から何時まで働けますか？」わたしは言った。

「ああ」考えるとき、クレアはいつも自分の頬に触れた。わたしはすぐにそれに気づいたが、そのときはまだ、彼女のそのしぐさを何度、目にすることになるかは知らなかった。最終的に、自分がそれを、単に愛おしい独特の癖《くせ》としてでなく、気がかりなものとして見るようになることも。「どうしてそのことを考えなかったんでしょうね」彼女は笑いながら言った。「何時でも大丈夫です」

わたしが勇気を奮い起こし、実際に彼女をデートに誘ったのは、六週間経ってからだった。そのときも、わたしは所用の体裁を取った。ルース・レンデルがボストン公立図書館でイベントをやっていたので、そのイベントに一緒に行かないかと誘ったのだ。クレアは行くと言い、さらに付け加えた。「レンデルの小説は読んだことがないけど、あなたが好きなら読まないとね」――わたしがその後数日間、大学院生がシェイクスピアの十四行詩をつつきまわすように分析しまくった一文だ。「そのあとどこかで一杯やらない？」わたしは言った。その声はわたし自身の頭のなかではまあまあ平静に聞こえた。

「いいですね」彼女は言った。

それは十一月の夜のことで、わたしたちがコプリー・スクエアを斜めに渡って図書館に向かうころには、外は暗くなっていた。公園にはたくさん、かさかさの落ち葉が散らばっていた。わたしたちは小さな講堂のうしろのほうにすわった。ルース・レンデルは、地元のラジオ・パーソナリティーのインタビューを受けた。そのパーソナリティーはとにかく自分自身への興味が強すぎたが、それでもこの対談はおもしろかった。そのあとクレアとわたしは

〈ポアハウス〉に飲みに行き、隅のブース席にすわって、閉店時間までそこにいた。わたしたちはもちろん本の話をした。それと、〈レッドライン〉で働く他の従業員たちの話を。プライベートな話は何ひとつせずに。しかし午前二時に、ふたりがオルストンのクレアのアパートの前に立ち、風の冷たさに震えているとき、彼女はまだキスも交わさないうちにこう言った。「わたしはやめといたほうがいい」

「どういう意味？」わたしは笑った。

「わたしとどうなるつもりにせよ、それはやめといたほうがいいということ。わたしにはいろいろと問題があるの」

「平気だよ」わたしは言った。

「わかった」クレアは言い、わたしは彼女につづいてなかに入った。

大学時代、わたしはふたりの女性とつきあった。ひとりは一年間アマースト校に来ていたドイツ人の交換留学生、もうひとりはわたしが四年のときの一年生で、当時わたしが編集していた文芸誌のメンバーになったメイン州ホールトンの女の子だ。わたしはこのふたりのどちらにもだいたい似たような感情を抱いていた。わたしが彼女らに惹かれたのは、向こうがわたしに惹かれていたからだった。ふたりはともに神経質にしゃべりつづけるタイプで、わたしは無口なほうなので、どちらの関係もうまくいった。ペトラがドイツに帰るとき、わたしは彼女に、なるべく早く会いに行くからと言った。ところがペトラは、自分がアメリカを去ったあともわたしとの関係がつづくとは思ってもみなかったらしい。彼女の反応は、困惑とともにどういうわけか大きな安堵をもたらした。わたしは彼女に愛されているものと思っていたのだ。二年後、大学を卒業するとき、わたしは交際相手だった一年生、ルース・ポーターに、自分はボストンに行くし、彼女はこのままアマーストにいるわけだから、この関係は終わりにしようと言った。別に気にもしないだろうと思っていたのだが、彼女はまるでわたしに腹を撃たれたような顔をした。つらい話し合いを何度も重ねたすえ、わたしはやっとのことで彼女と別れることができた。それと同時に彼女の心を引き裂いてしまったことが、わたしにはわかっていた。これによってわたしは、自分は女心を読むのが（あるいは、人間全般の心を読むのが、だろうか）不得手なのだと思い知ったのだ。

だから、クレア・マロリーのアパートの部屋に足を踏み入れたとき――わたしたちがコートを脱ぎもせずキスを交わしだしたとき、わたしは彼女に言った。「きみも知ってのとおり、僕はちゃんと言葉で言ってもらわないと何もわからないたちらしいんだ。だから僕には何もかも話してくれなきゃいけないよ」

クレアは笑った。「ほんとにいいの？」

「うん。たのむよ」わたしは言った。それが、すでに彼女を愛していることを告げないためにわたしにできる精一杯だった。

「わかった。あなたには何もかも話すことにする」

クレアはその夜から始めた。ベッドのなかで、埃《ほこり》っぽい寝室のふたつの窓を満たす夜明けの光のもと、彼女はわたしに、中学時代、二年にわたり、科学の教師から猥褻《わいせつ》行為をされていたことを打ち明けた。

「誰にも話さなかったの?」わたしは訊ねた。

「うん」彼女は言った。「お決まりのパターンだけど、恥ずかしくて言えなかった。自分のせいだと思ったし。とにかくセックスしてるわけじゃないからって自分に言い聞かせていた。わたしたち、キスさえしなかったのよ。その教師はある意味わたしによくしてくれたの。本人もその奥さんもね。でもわたしとふたりきりになると、彼はいつもどうにかしてわたしのうしろに来てね、わたしを抱き寄せて、シャツのなかに片手を入れて、もう一方の手をジーンズにやるの。たぶんそうやって達していたんでしょうね。でも、わたしの服を脱がせたり、自分が脱いだりはしなかった。終わると、いつもちょっとうしろめたそうな顔をして、『よかったよ』みたいなことを言って、それから話題を変えるのよ」

「びっくりだな」わたしは言った。

「そんなの大したことじゃなかった」クレアは言った。「ひどいことは他にもいろいろあったから。それはそのなかのひとつでしかなかったの。ときどき思うんだけど、うちのママはあの変態以上にわたしをおかしくしたんじゃないかな」

クレアは両腕の内側と胸郭の両サイドにタトゥーを入れていた。ただの黒っぽい細い直線を。わたしがそのことに触れると、彼女は、タトゥーを入れてもらうときの感覚が大好きなのだけれど、永久的に肌に入れておきたい図柄がどうしても見つからないので、ただ一度に一本ずつ線を入れたのだと言った。彼女の体を、たぶん痩せすぎで不健康なのだろうが、美しいと思ったように、わたしはそれらを美しいと思った。わたしたちの関係が一時期とてもうまくいっていたのは、わたしが決して彼女を批判したり、彼女が話したことに疑問を呈《てい》したりしなかったためだと思う。彼女にいろいろと問題があることをわたしは知っていた。(ドラッグは一年近くやっていなかったが)飲み過ぎることも、食べる量が少なすぎることも。それにときどき、セックスのとき、わたしは彼女が物扱いされたがっていること、愛のあるノーマルなセックスだけでは充分とかぎらないこと、彼女がそれ以上の何かを求めていることを感じた。酒に酔うと、彼女はうしろ向きになって、わたしの両手を前に持っていき、背中をぐりぐり押しつけてきた。そうなるとわたしは、例の中学時代の教師のことを考えずにはいられなかったし、彼女もその男のことを考えているのではないかと思わずにはいられなかった。

しかしこういった闇の部分は、仮にそう呼べるとしても、ともに過ごした最初の三年間、わたしたちのあいだにあったもののほんの一部にすぎない。大部分の時間、わたしたちのあいだにあったのは、信じられないほどの睦《むつ》まじさだった。鍵が鍵穴に収まるように、自分の内部にぴったりはまる人を見つけたことによる幸せ——わたしが思いつくかぎり、それがいちばんふさわしい比喩《ひゆ》だ。確かに月並みな喩《たと》えだが、同時にそれは真実でもあった。そして、その種の絆をわたしが享受したのは、あとにも先にもそのとき一度だけだ。

わたしたちは、五分前に知り合ったブラックジャックのディーラーを立会人にして、ラスベガスで結婚した。駆け落ち婚にしたのは主として、クレアが自分の結婚式を母親に乗っ取られるのではないかという不安に耐えられなかったためだ。わたしのほうは駆け落ち婚でぜんぜんかまわなかった。わたし自身の母親はその三年前に肺癌《はいがん》で亡くなっていた。母は生涯に一度もタバコを吸ったことがなかったが、父のほうがチェーン・スモーカーで、こちらはもちろんまだ生きており、フロリダ州のフォート・マイヤーズで暮らしていた。わたしの知るかぎり、父は相変わらずアルコール中毒で、〈ウィンストン〉を一日三箱吸う喫煙者だった。結婚後、クレアとわたしはサマヴィルに移り、ユニオン・スクエアに近い三階建ての家のまんなかの階を借りた。クレアはこのときにはもう〈レッドライン・ブックストア〉を辞めて、サマヴィルのケーブルテレビ局で事務の仕事に就いており、そこで短篇ドキュメンタリー映画を作るようになっていた。一年後、〈レッドライン〉が閉店し、わたしは〈オールド・デヴィルズ〉に就職した。わたしは二十九歳になっており、一生涯の仕事を見つけたような気がしていた。

クレアのほうはそう簡単にはいかなかった。彼女はケーブル局での仕事が嫌いだったが、大学の学位は持っていなかったし、本人のやりたい仕事はどれも学位が求められていた。彼女は復学して、パートタイムでエマソン大学に通い、学士号を取ることにした。また、セントラル・スクエアの地下のクラブでバーテンダーの仕事も始めた。わたしは彼女を訪ねてよくその店に行き、長時間カウンター席にすわって、パンクバンドの大音響に耐えながら〈ギネス〉を飲み、黒縁眼鏡にスキニージーンズのサブカル好きの若いやつらが妻に色目を使うのを見ていた。やがてわたしは、轟音《ごうおん》を轟《とどろ》かすステージ上のアマチュアどもをよそに、小説を丸一冊、読めるようになった。バーの他のお客らと年齢は変わらなかったが、本だの白髪だののせいで、わたしには自分が年寄りのように思えた。バーテンダーたちはわたしをクレアの〝おじさん〟と呼び、そのうちクレアもわたしを〝おじさん〟と呼ぶようになった。妻も一時期はわたしがバーに行くのを喜んでいたのだと思う。シフトが終わると、彼女はわたしと一緒にビールを一杯飲み、そのあと、わたしたちは連れ立って家に向かう。腕を組み、ケンブリッジとサマヴィルのごみごみした暗い通りを歩いていくのだ。ところが二〇〇七年に何かが変わった。クレアの妹のジュリーが結婚することになり、クレアは妹と母親のクッションとなることを求められて、気がつけば家族のごたごたの渦中にふたたび投げ込まれていた。その何年かで増えていた体重は落ち、彼女の左の内腿《うちもも》にはタトゥーの新しい線が数本入った。

また同じころ、彼女はパトリック・イエーツという新しいバーテンダーと恋に落ちた。

第九章

ひどい夕食のあと、〈ペンギン〉版『アクロイド殺害事件』を持って早めにベッドに入ったが、集中することはできなかった。わたしは最初の一ページを繰り返し読みながら、頭では妻のことをあれこれ考え、ブログにあのコメントを書いたのはいったい誰なのだろう、と訝《いぶか》っていた。室内のむっとする空気を肺一杯に吸い込み、その後、ゆっくりと吐き出す。なぜそいつはドクター・シェパードと名乗ったのか？　彼が殺人者だからじゃないのか？　だとしても、わたしがその小説を読まなくてはいけないということにはならない。わたしはナイトスタンドに本を置いた。そこには、詩集が積んである。いまではそれが、就寝前のわたしの読みものなのだ。目下はまっているのは伝記文学（犯罪者の伝記はまず読まないものの、犯罪小説作家の伝記はよく読む）や、ヨーロッパ史関連の本だが、夜、眠ろうと努める前にわたしが読む最後の言葉は詩人らの言葉なのだった。詩はすべて――いや、芸術作品はすべて、わたしには救助の叫びのように思えるが、とりわけ詩はそうだった。それがよい詩であるとき――よい詩と呼べるものはごくわずかだとわたしは思っているのだが――読み手は遠い昔に死んだ見知らぬ者が耳もとにささやきかけ、声を届けようとしているように感じるものだ。

わたしはベッドを出て、詩のアンソロジーのひとつをさがしに本棚に行った。その本には、わたしが特に好きな一篇、サー・ジョン・スクワイアの「冬の黄昏《たそがれ》」が収められている。その詩はたぶんもう暗唱できるくらいなのだが、わたしは詩の句を目で見たかった。好きな詩が見つかると、わたしは何度も何度もそれを読む。シルヴィア・プラスの「雨のなかの黒いミヤマガラス」など、丸一年毎晩、寝る前に読んでいたと思う。最近、読んでいるのは、ピーター・ポーターの「葬列」だ。わたしにはその半分も理解できなかったけれども。詩に関しては、わたしは批判精神を持たず、ただ反応するだけなのだ。

ベッドにもどると、わたしはスクワイアの詩を読み、その後、目を閉じて、最後の節を中空に駆け巡らせた。呪文のように何度も何度も、「私の歩みの泥飛沫《しぶき》を、荒涼たるこの地の屍《かばね》じみた土に」という部分を。それからまた少し妻のこと、自分が下した決断のことを考えた。パトリック・イエーツが彼女の人生に登場したとき、わたしには即座に、何か重大なことが起こったのだとわかった。実はわたしはその年月日まで覚えている。それはわたしの誕生日、三月三十一日だったからだ。その日、クレアはわたしを連れて〈イースト・コースト・グリル〉に誕生祝いに行けるよう、午後のシフトを早く終えていた。「うちの店、ようやく新しいバーテンダーを雇ったのよ」

「へえ」

「パトリックっていう人。きょう、わたしが仕事を教えだしたの。あれなら大丈夫そう」彼の名前を言うときのその口調、ためらいと大胆さが入り混じったその言いかた――それでわたしにはすぐ、その男が妻にインパクトを与えたことがわかった。ほとんど感知できないほどの電流が体を駆け巡ったような気がした。

「彼、経験はあるの？」わたしは牡蠣《かき》の殻を傾けながら訊ねた。

「オーストラリアで一年、パブで働いてたってことだから、それなりなんじゃない？　ちょっとあなたのことを思い出した。右肩にエドガー・アラン・ポオのタトゥーを入れてるから」

わたしは嫉妬深い夫ではなかったが、自分とはちがい、クレアが一生涯この関係だけで満足するはずがないこともわかっていた。大学時代、彼女は大勢の男とつきあっている。そのうえ、これは本人が何度か認めたことだが、男と知り合うたびに、いや、それどころか、男と道ですれちがうたびに、その男が自分をほしがっているかどうか考えてしまい、彼らがどんな行為を想像するか気になってしかたなくなる時期もあったという。わたしはそういった告白に耳を傾け、話してもらったほうがいいんだと自分自身に言い聞かせた。その逆よりはいい。隠されるよりはいいんだ、と。

クレアにはセラピストもいた。彼女がドクター・マーサと呼ぶ女性で、クレアは二週に一度、その人に会っていた。しかしセラピーのあと、彼女は決まって、ときには何日も、鬱々《うつうつ》としているので、わたしはそれだけの価値があるのかどうか怪しんだものだ。

心のどこかで、わたしはずっと自分に言い聞かせてきた。いつかクレアは浮気するだろう。浮気しなくとも、きっと他の誰かにのめりこむだろう。そしてわたしはそれを受け入れる。パトリックの話を聞いたとき、わたしはその日が来たことを知った。怖くはなったが、どうするかはすでに決めていた。クレアはわたしの妻だ。彼女はいつまでもわたしの妻でありつづけるし、何があろうとわたしは彼女の味方だ。そう思うと、安らぎを覚えた。何があろうと自分はそこにいるのだと思うと。

クレアは実際、パトリックと関係していた。少なくとも気持ちのうえでは。また、少なくとも二回は体の関係も持ったのではないかと思う。わたしは辛抱強く待った。彼女が生きて嵐を切り抜けられるよう願いつつ、船長の妻のように。ときどきわたしは、もっと闘うべきだったのではないかと考える。バーの閉店から二時間後、あの男が吸う〈アメリカン・スピリット〉のにおいを服にしみつかせ、ジン臭い息をして、彼女が帰宅したときに、きみと別れる、と脅《おど》すべきだったのではないか――厳しくとがめるべきだったのではないか。だがわたしはそうはしなかった。それはわたしの選んだ道ではなかった。わたしは自分のもとに彼女がもどるのを待った。そしてある夜、八月の暑い夜に、彼女はもどってきた。わたしはちょうど書店から帰宅したところだった。クレアはうなだれ、目に涙を溜めて、ソファにすわっていた。

「わたし、大馬鹿だった」彼女は言った。

「まあちょっとね」

「許してくれる?」

「いつだって許すよ」わたしは言った。

その夜、彼女は詳しいことを知りたいかとわたしに訊ね、わたしは、もしきみがそれを言葉にする必要があるのなら、と答えた。

「まさか」クレアは言った。「もうすんだことだもの」

後にわたしは、クレアからではないが、パトリック・イエーツがある土曜の夜に店のレジを空にして消えたことを知った。また、彼の出奔により、同じ店の他の女性バーテンダーのうち少なくとも三名がそろって打ちのめされたという。

この事件のあと、クレアとわたしの仲は前よりもよくなった。だがその一方、彼女自身の状況は悪化した。彼女はクラブの仕事を辞め、エマソン大学を中退した。しばらくは〈オールド・デヴィルズ〉でパートタイムで働いていたが、その後、バック・ベイの高級レストランでまたバーテンダーの仕事に就いた。給料はよかったが、彼女は創造性に欠けた生活に不満を感じていた。「残る一生、バーテンダーなんていやなの。映画を作りたいのよ。でも、そのためには学校に行かなきゃならないし」

「学校に行く必要はないよ」わたしは言った。「ただ映画を作ればいいんだ」

そして、それがクレアのしたことだった。レストランで夜のシフトを務めながら、彼女は日中、短篇ドキュメンタリー映画を作った。タトゥー職人を取りあげたもの、デイヴィス・スクエアの複数恋愛《ポリアモリー》コミュニティーを取りあげたもの、そして〈オールド・デヴィルズ・ブックストア〉を取りあげたものまで。それらの作品を彼女はユーチューブに上げた。エリック・アトウェルはそこで彼女を見つけたのだ。アトウェルは、ボストンの郊外、サウスウェルの農家を改装した建物で、本人が〝イノベーション保育器〟と称するものを運営していた。若いクリエーターたちに無料で仕事場を（ときには寝る部屋を）提供し、見返りとして彼らの制作物の純利益の一パーセントを受け取るというのが、そのシステムだった。彼はクレアと契約を結び、彼女のタトゥーのドキュメンタリーを気に入ったと言い、自分の〝保育器〟のプロモーション・ビデオを作らないかと訊ねた。パトリック・イエーツのときとちがって、クレアが最初にエリック・アトウェルの話をしたとき、わたしは特にいやな予感は覚えなかった。彼女は、アトウェルをよくいるタイプ――三十歳みたいに振る舞う五十男だと言った。若い連中、できれば、おべっか使いに囲まれていたいのが見え見えのやつだと。

「変態っぽくないか」わたしは言った。

「それはどうかな。むしろ詐欺師って感じよ。彼はただ、あわよくば濡れ手に粟《あわ》の大儲けをしたいと願ってるだけなんじゃない？」

クレアはその農場の家で（彼の会社の名称は、〈黒納屋《ブラック・バーン》エンタープライズ〉だ）週末を過ごした。そして帰宅したとき、彼女のなかで何かが変わったのをわたしは感じた。彼女は神経質になっていて、ややいらいらもしていたが、同時に、普段より少しわたしに優しかった。その週末の数日後、彼女は真夜中にわたしを起こして訊ねた。「どうしてわたしを愛してくれるの？」

「わからない」わたしは答えた。「ただ愛してるだけだよ」

「何か理由があるはずでしょ」

「もし愛する理由があるなら、愛さない理由もあることになるよね」

「どういう意味？」

「わからないよ。疲れてるんだ」

「ううん、ちゃんと教えて。知りたいの」

「わかった。つまりね、仮に僕が、美人だからという理由できみを愛しているなら、僕はいつかきみを愛さなくなるかもしれない。たとえば、何かの事故で、きみの顔が変わったら――」

「あるいは、ただ年をとったら」

「そう、年をとったらね。そして仮に僕が、いい人だからという理由できみを愛しているなら、きみが何か悪いことをした場合、僕はきみを愛するのをやめることになる。だけど、そうはならないんだ」

「あなたはわたしにはもったいないね」そう言いながらも、彼女は笑った。

「きみは僕のどこが好きなの?」わたしは訊ねた。

「その若々しい素敵なルックス」クレアは言い、またちょっと笑った。「実は、わたし、若い男の姿をした年寄りだから、あなたが好きなの」

「そのうち、年寄りの姿をした年寄りになるけどね」

「待ち遠しいな」彼女は言った。

わたし自身はたいてい昼間働いていて、クレアのほうはレストランで夜のシフトに入ることが多かったので、彼女がその後も日中サウスウェルに行っていることにわたしが気づいたのは、しばらく経ってからだった。わたしは彼女のスバルの走行距離をチェックするようになった。そんなふうにスパイするのは気がとがめたが、わたしの疑いは正しかった。クレアが週に二、三度、サウスウェルに行っているのは明らかだった。わたしは、彼女がアトウェルか、アトウェルの家に間借りする誰かと関係しているのだと思った。少なくともその最初の数週間は、彼女が〈ブラック・バーン・エンタープライズ〉に別の理由で行っているとは思ってもみなかった。やがて気づいたのは、彼女が仕事に着ていくジーンズが、いつもぴちぴちだったのに、ウエストまわりがだぶついて見えるようになったことだ。わたしは彼女のコカインを見つけた。それとともに、さまざまな錠剤が入った小さなピルケースも。それらは、彼女が祖母からもらった宝石箱の仕切りのひとつに入っていた。

後に、わたしが問いただすと、クレアは〈ブラック・バーン〉でのあの最初の週、アトウエルが極上のワインを大量にふるまい、ディナー・パーティーを催したことを話してくれた。クレアがそろそろ休むと告げると、アトウェルはパーティーをつづけたいがために、彼女を説き伏せ、コカインを少量使わせたという。翌日、クレアが映画に必要な映像をすべて撮り終えたあと、アトウェルはお礼として、前夜、彼らが飲んでいた〈サンセール〉のボトル一本と、コカイン〇・五グラムを彼女に渡した。彼はまた、自分が考案した中毒にならないためのドラッグの使用法をクレアに教えた。科学的なそのスケジュールに従っているかぎり大丈夫だと、彼はクレアを納得させたのだった。

クレアのサウスウェル通いが男のためでなくドラッグのためだともし最初から知っていたら、わたしはもっと早く介入しようとしたかもしれない。しかし現実には、わたしがその話を聞いたとき、クレアはすでに完全な依存症者に逆もどりしていた。わたしはいつもと同じ方法を採《と》ることにした。彼女がいつかやめる気になることに、または、治療施設に行く気になることに望みを賭けて、待つことにしたのだ。これがどう聞こえるかはわかっている。もしわたしが手を打っていたら——本人に最後通牒を突きつけるとか、彼女の親たちに連絡するとか、友達を巻き込むとか、何かしらしていたら、結果はちがっていたかもしれない。いまでもわたしは始終そのことを考える。

ティーンエイジャーのころ、わたしは母になぜ酒飲みの父に我慢しているのか訊ねたことがある。

母は顔をしかめた。腹を立てたからではなく、わけがわからなかったからだ。「それ以外どうしろって言うの?」

「別れればいいじゃない」

母は首を振った。「父さんを待つほうがいいわ」

「ずっと待つことになっても?」わたしは訊ねた。

母はうなずいた。

クレアがわたしだけのものでなくなるとき、わたし自身もそういう気持ちだった。わたしは彼女を待っていたのだ。

二〇一〇年の元日の朝、二名の制服警官がアパートの部屋のドアをたたいたとき、彼らが口を開く前から、わたしにはクレアが死んだことがわかっていた。

「そうですか」午前三時、彼女が運転中に事故を起こした、即死だったと警官たちから告げられたあと、自分がそう言ったことをわたしは覚えている。

「他に怪我した人はいませんか?」わたしは訊ねた。

「ええ。奥さんはおひとりでしたし、他にその事故に巻き込まれた車もなかったので」

「そうですか」わたしはもう一度言い、用はすんだものと思って、ドアを閉めようとした。ところが彼らはそれを制止し、身元確認のため署まで来てもらわねばならないとわたしに言った。

＊

三カ月後、わたしはクレアがつけていた日記を見つけた。わたしたちの本棚の、彼女が占有していた場所――そこにたくさん収められた大きめのハードカバーの奥に、その日記は隠されていた。もう少しで読まずに焼き捨てるところだったが、好奇心には勝てず、ある雨降りの春の夜、わたしは〈ニューキャッスル・ブラウン〉の六本パックを買ってくると、腰を据えて、そこに書かれていることをすっかり読んだ。

第十章

同時代のミステリーはもう読んでいないものの、わたしもそのトレンドは常時追いかけている。ギリアン・フリンの『ゴーン・ガール』が業界を変えたこと、信頼できない語り手や、ドメスティック・サスペンス、人は誰かを、特に、いちばん身近な人間を本当に信じることができるのかという疑問を呈する小説が突如、人気を博したことも、わたしはよく知っている。わたしが読んだ書評のなかには、これが最近の現象であるかのような印象を与えるものもある。まるで、配偶者の秘密を知るというアイデアが斬新な作品の構成要件であるかのような、あるいは、叙述から事実を省くことが一世紀かけて造られた心理スリラーの基盤でないかのような。一九三八年に出版された小説、『レベッカ』の語り手など、自分の名前すら読者に明かさないというのに。

実を言えば（たぶん、虚偽をベースに建てられたフィクションの王国で何年も過ごしてきたため、偏《かたよ》ってしまったのだろう）、わたしは小説の語り手たちも、自分の世界にいる実在の人々もまったく信じていない。わたしたちが完全な真実を得ることはありえない——誰からであれ、絶対に。人と初めて出会うとき、まだ言葉が交わされもしないうちに、すでにそこには嘘と中途半端な真実がある。わたしたちが着ている服はわたしたちの体の真実を覆い隠しているが、それはまたわたしたちがこうありたいと思う姿を世界に呈示している。服は、比喩としても、文字どおりの意味でも、作り物なのだ。

だからわたしは、妻の秘密の日記を見つけたときも驚かなかったし、彼女から一度も聞かされていない事実がそこにあっても驚かなかった。その数は多かった。この物語のために――わたしの物語のために、日記を読んで知ったすべてをここで詳しく述べる気はない。彼女は世間に知られたくなかったのだし、わたし自身もそれは同じなのだから。

しかしクレアとエリック・アトウェルのあいだに何があったか、わたしは記録しなければならない。驚くまでもないが、彼らは性的関係を持っていた。それはロマンチックな関係ではなかった。クレアはコカインに依存するようになった。そしてアトウェルは、一時期それを無償で提供したあと、金を要求しはじめた。クレアとわたしは共同の銀行口座をひとつ(家賃や生活費や休暇のために)持っていたが、それぞれ別の口座も持っていた。そしてクレアの口座は約三週間のあいだに空っぽになった。その後、彼女はアトウェルへの支払いを性的サービスで行っていたのだ。それはアトウェルの思いつきだった。詳しくは述べないが、彼が求めた行為のなかには、実に屈辱的なものもあった。あるときクレアは、自分のつらい過去として、例の中学校教師、クリフトン先生のことを彼に話した。「その目を見て、わたしには彼が興奮しているのがわかった」彼女はそう書いている。

わたしは日記を最後まで読み、つぎの週末、サウスウェル経由でコンコードのウォールデン池まで車を運転していった。その地区内に人はほとんどいなかった。外気はマイナス一二度、池は凍結しており、頭上の空は白亜の色だった。わたしは池を見おろす峰への小道をたどり、開けた場所で灯油をかけてクレアの日記を燃やしたうえ、その残骸《ざんがい》を踏みつけた。やがてそれは、雪のなかの黒く煤《すす》けた穴と宙を舞う灰にすぎなくなった。

わたしはクレアの日記を焼いたことを悔やんではいない。しかし日記を読んだことは、今日に至るまで、ときどき悔やんでいる。サマヴィルのふたりのアパートからビーコン・ヒルのワンルームに引っ越すとき、わたしはその他の遺品を全部――衣類も、クレアがわたしたちの住まいのために買った家具も、彼女の学校の年鑑も――処分した。ただ本は少し取っておいた。クレアが子供時代に読んだ『五次元世界のぼうけん』、彼女がボストン大学の一年生のとき授業のために買ったペーパーバックの注釈付きアン・セクストン詩集。この本はいつもベッド脇のテーブルに置いてある。ときどきわたしはそのなかの詩を読むが、見ているのは主としてクレアのメモや落書き、彼女が引いた下線やその部分の言葉だ。ときどきわたしは彼女のボールペンがページに残したへこみに触れてみる。

近ごろはたいてい、その本をただそこに――すぐ手の届くところに置いておくだけで満足だった。クレアが死んでもう五年になるが、いまのわたしは彼女が死んだ直後よりも頻繁《ひんぱん》に、頭のなかで彼女に話しかけている。『アクロイド殺害事件』を持ってベッドに入った夜、わたしは彼女に話しかけ、リストのことやマルヴィ捜査官の来訪のことをすっかり彼女に話してきかせた。これらの本を再読するのがどんな気持ちかも。

＊

わたしは朝の八時半ごろに目を覚まし、自分がいくらかでも眠れたことに驚いた。カーテンを閉めるのを忘れていたため、室内はまぶしい日の光にあふれていた。窓辺に立って、わたしは道の向こうのでこぼこ連なる屋根のほうを眺めた。いまではどの屋根も雪に覆われ、雨樋はつららに飾られている。窓の外側には蜘蛛《くも》の巣状に霜《しも》が貼りついており、下の道は外の猛烈な寒さを示唆《しさ》する灰色っぽい白を呈していた。携帯で調べると、気温はマイナス一七度だった。エミリーとブランドンにメールして、きょうは一日休んでよい、出勤するには寒すぎる、と知らせようかとも思ったが、結局それはしなかった。

わたしはたくさん着込んで、チャールズ・ストリートへ、オートミールを出すあるカフェへと向かった。携帯電話が鳴ったのは、隅の席に着き、テーブルに載っていた昨日の〈ボストン・グローブ〉紙を読んでいるときだった。

「マルコム、グウェンです」

「どうも」わたしは言った。

「寝ていました？」

「いやいや。朝食を食べているところです。このあと店に出ますよ。そちらはまだボストンですか？」

「いえ、きのうの午後、帰ってきました。帰宅したら、注文した本が全部、届いていたんですよ。だからきのうの夜は、『見知らぬ乗客』を読みました」

「なるほど。それで？」

「ぜひその話がしたいんですが。ご都合のいい時はありますか？」

「店に着いてから、かけ直してもかまいませんか？」わたしは言った。たのんだオートミールがちょうど来たばかりで、湯気がその深皿から流れ出ていた。

「もちろん」グウェンは言った。「よろしくお願いします」

朝食を終えたあと、わたしは〈オールド・デヴィルズ〉に行った。エミリーが先に来ており、ネロはもう餌《えさ》をもらっていた。

「早く来たんだね」わたしは言った。

「きょうわたしが早退《はやび》きするの、忘れないでくださいね」

「ああ、そうか」わたしは言った。そのことは覚えていなかったが。

「ポポヴィッチさんからまたクレームがありました」エミリーは両手をこすり合わせながら言った。「この前、送った本を返品したいそうです」

「送ったやつを全部？」

「ええ。どの本も価格が適正じゃないんですって」

デイヴィッド・ポポヴィッチはニューメキシコ州在住のコレクターだが、うちの店ではみんな、彼がすぐ隣で暮らしているような気がしていた。この男はうちから大量に本を買い、少なくともその半分は返品するのだ。ときおり苦情の電話もかけてくるが、たいてい彼が寄越すのは意地の悪いEメールだった。

「あの人は切ろう」わたしは言った。

「え？」

「彼に返信して、どの本でも返品に応じるが、今後うちの店では彼の注文は受けないと言うんだ。もう用済みにするよ」

「本気ですか？」

「うん。わたしからメールしようか？」

「いいえ、わたしにやらせてください。CCでそちらにも送ります？」

「たのむよ」わたしは言った。ポポヴィッチ追放は、おそらく、最終的にうちの売り上げへの打撃となるだろうが、その瞬間そんなことは気にもならなかった。しかも、それはいい気分だった。

グウェンに電話をする前に、わたしはずっと無視していた〈ランダムハウス〉の宣伝担当者にメールして、三月に彼女の作家がうちに来て朗読を行う日にちを了承した。それから例のガラスのケースを開けて、店の所有する『見知らぬ乗客』の初版本を取り出し、電話のところに持っていった。本の表紙は紺色で、男の顔のクローズアップと病的な顔をした赤毛の女のけばけばしいイラストが入っていた。

グウェンは最初の呼び出し音で電話を取った。

「どうも、グウェン」わたしは言った。自分の口から初めて出てくると、そのファーストネームは奇妙に聞こえた。

「電話をくださってありがとう。それで、この本ですけど」

「ご感想は？」

「陰鬱《いんうつ》。ストーリーは知っていたんですよ。映画を見たので。でも小説はまたちがった。さらに暗い、と思いました。それと、映画でも両方の男が殺人を犯すんでしたっけ？」

わたしは思い出そうとした。「ちがったんじゃないかな」わたしは言った。「そう、確かですよ。映画では、主人公は――テニスの選手のほうですが――あの父親を殺しそうになるものの、結局、実行しないんです。あれはおそらく、ヒッチコックの希望というより、倫理規定の影響でしょうね。登場人物が殺人を犯して罪を免《まぬか》れるという筋書きが、許されたとは思えないので」もう何年もあの小説は読んでいないし、映画のほうも見ていないが、わたしは双方ともよく覚えていた。

「ヘイズ・コード（一九三四年にアメリカで映画製作倫理規定管理局が定めた規定）ですね」グウェンが言った。「現実もそんなふうにいけばいいのに」

「まったくです」

「それと小説では、彼はテニス選手じゃないんです」

「誰が？」

「ガイ。主人公です。彼は建築家なんですよ」

「ああ、そうでしたね」わたしは言った。「小説は参考になりましたか？」

「あなたのリストでは、あれが完璧な殺人のいちばんいい例とされていますが」わたしの質問には答えず、グウェンは言った。「それは要するにどういうことなんでしょう？」

「あれは完全犯罪なんです」わたしは言った。「なぜなら、殺す相手を他の誰かと——基本的には、赤の他人と、ですが——誰かと交換した場合、殺人者と被害者のあいだにはなんのつながりもないわけですから。これによって、犯人を見つけることは絶対不可能となるわけです」

「わたしがずっと考えていたのは、実はそのことなんです」グウェンは言った。「あの小説の殺人において利口なのは——」彼女はつづけた。「それを実行した人物が犯行に結びつけられる恐れがないという点です。それは手口とはなんの関係もないわけです」

「どういう意味です？」

「ブルーノはガイの妻を遊園地で殺します。首を絞めて殺すんですよ。でもこれに関しては利口な点など皆無です。ゆうべからチャーリーのルールについてまた考えていたんですけど。

つまりね、仮にあなたがチャーリーだったら――ちょっと話につきあっていただくとして――仮にそうだったら、『見知らぬ乗客』を基に殺人を犯す場合、あなたはどんなやりかたをします?」

「おっしゃる意味はわかりますよ。かなりむずかしいでしょうね」

「そうなんです。ただ遊園地で人を殺すことならできます。でも、それではあの犯罪のアイデアを踏襲していることになりませんよね」

「犯人は他に誰か一緒に殺人をやる相手を見つけなければなりませんね」

「わたしもそう思いました。でも実はそうとは限らないんです」グウェンは言った。「仮にわたしがチャーリーだったら――わたしが『見知らぬ乗客』を模倣しようとしているなら、もともと殺害されてもおかしくない誰かを犠牲者として選びますね。いまちょっと思いつかないんですが、たとえば、泥沼離婚を経験したばかりの人間とか……」

「ニューヨークのあの男、なんていいましたっけ? 大勢から金を盗んだやつ」わたしは言った。

「バーニー・マドフですか?」

「そう、その男です」

「彼も使えそうですね。でも、マドフの場合、死を願っている人が多すぎるかも。わたしなら泥沼離婚の当事者を選ぶでしょうね。多少世に知れているケースの元夫婦の一方を。そうして、踏みつけにされた配偶者がどこか遠くに行くのを待って、殺人を実行します。それがあの小説を讃《たた》えるいちばんいい方法じゃないでしょうか」

「理にかなっていますね」わたしは言った。

「わたしもそう思います。調べる価値はありますよ。そちらはどうです？　昨夜、何か新たに思いついたことはありませんか？」

「昨夜はかなり疲れていましたからね。前の晩、夜更かししたあとなので。残念ですが、何もなしです。でも、引きつづき考えてみますよ」

「ありがとう」グウェンは言った。「ほんとに助かります」それから、わずかに声の調子を変えて付け加えた。「去年の秋、ロンドンにいらしたときの飛行機の情報ですが、忘れずに送ってくださいね」

「きょう送りますよ」わたしは言った。

電話を切ると、硬材の床の上をネロがカチャカチャ歩いてきて、わたしの脚のそばに落ち着いた。うとうとする彼を見つめながら、わたしはいましがた交わした電話でのやりとりのことを考えていた。

「やりましたよ」エミリーの声に、わたしは振り返った。彼女はめずらしく笑みをたたえて、こちらにやって来るところだった。

「やったって何を？」

「ポポヴィッチにメールしました。きっとあの人、ショックを受けますよ」

「すごく満足そうだね」

「いや、そんな。ただね……ご存知でしょう。あの人がどれほど頭に来る人か」

「別にいいさ。実のところ、この店に彼が必要な以上に、彼にはこの店が必要なんじゃないかと思うよ。お客が常に正しいわけじゃないしね」

エミリーはふたたび笑みを見せ、それから言った。「ご気分は悪くないですか？」

「大丈夫だよ。どうして？」

「いや、別に。ちょっとぼうっとなさってるように見えたというだけ。なんでもなければ、それでいいんです」

わたしにそこまでの関心を見せるなど、まったく彼女らしくないことだ。おかげで、わたしの様子はよほど普段とちがっているのだと気づかされた。自分は冷静なタイプだとわたしは思っている。内面を過度にさらけだすことのない人間だと。そうではなかったのかもしれないと思うと、不安を覚えた。

「ちょっと散歩してきてもいいかな？」わたしは言った。「ひとりで店番してもらえる？」

「もちろん」

「すぐもどるよ」

外はなおも凍てつくような寒さだったが、太陽は出ており、空は鮮明な青一色だった。歩道は雪かきがすんでいた。わたしはパブリック・ガーデンまで行こうと思い、チャールズ・ストリートへと向かった。『見知らぬ乗客』に関するグウェンとのやりとりのことを、わたしは考えつづけた。あの小説のことは、何年も考えまいと努力してきたのだが。

気温を基にわたしが予想していたよりも、公園の人出は多かった。子連れの男性が、よちよち歩きの我が子を上に乗せて写真を撮るため、『かもさんおとおり』のブロンズ像のひとつから雪を払いのけている。わたしはもう千回もこのカモたちの前を通っていると思うが、そこには決まって父親か母親、またはそのペアがいて、子供の写真を撮っていたし、夏場には行列ができていることもよくあった。わたしはいつも不思議に思う。親たちはそこから何を得るのだろう？　なぜ特定の瞬間を記録することにここまでこだわるのだろう？　子供のないわたしには、よくわからない。実はそのことを――子供を持つことを、クレアとわたしは一度も話題にしなかった。わたしは自分に、それは彼女が決めることだと言い聞かせていたが、クレアはわたしがその話を持ち出すのを待っていたのかもしれない。

風が枯れ葉をくるくると舞わせるなか、わたしは凍りついた池をぐるりと一周し、その後、店に向かって来た道を引き返しはじめた。わたしは潔白ではない。ときとして潔白だという甘い考えを抱くことはあっても。そして、グウェン・マルヴィが真相を解明したときは、わたしはそれを受け入れなければならない。

第十一章

クレアの日記を読み終えたとたん、わたしには自分がいずれエリック・アトウェルを殺すことがわかった。しかし、そのことを自らに認める勇気を呼び覚ますには、それから何カ月もかかった。

また、アトウェルが死ねば、自分がただちに容疑者となることも、わたしにはわかっていた。車の事故で死んだ夜、妻はあの男の家から帰ってくる途中だったのだ。アトウェルは、彼女の体内から検出されたドラッグが自分の提供したものであることを認めてさえいる。警察は当然、クレア・カーショー、旧姓マロリーが〈ブラック・バーン・エンタープライズ〉の裕福なオーナーと不倫していたものと結論づけたはずだ。

わたしは、アトウェル殺害のために人を雇い、犯行時、自分はどこか遠いところ（国外とか？）にいるようにしてはどうかと考えた。しかしこれはうまくいくはずがなかった。その理由は山ほどある。第一に、プロの殺し屋を雇えるほどの金が自分にあるとは、わたしには思えなかった。仮にどうにか必要なだけかき集められたとしても、突如穴のあいたわたしの銀行口座を見れば、何があったかは一目瞭然だろう。また、殺し屋を雇うには何から始めればよいのかも、わたしには皆目わからなかった。そもそも、そういう業種の連中のお客になること自体、気が進まないのだし。金のために人を殺す人間となど、かかわりたくはない。なおかつ、それは他人にこちらの人生を支配する強大な力を与えることになる。

だからわたしは、殺し屋を雇うことはできないと判断した。しかしエリック・アトウェルが殺されるとき、遠いところにいるというアイデアは気に入った。

その一年前、二〇〇九年のあるとき、すごい価値のある初版本をひと山携え、若い女が〈オールド・デヴィルズ〉を訪れたことがあった。ミステリー小説は少なかったが、なかには一八九二年に出た〈ハーパー・アンド・ブラザーズ〉版の『シャーロック・ホームズの冒険』もあり、わたしはそれがほしくてたまらなくなった。持ち込まれた本は全部で十冊ほどで（マーク・トウェインの初版本二冊は、数千ドルの価値があったにちがいない）、よれよれの髪をした唇《くちびる》にかさぶたのあるその女は、買い物袋にそれらの本を入れていた。わたしは女にどこで本を入手したのか訊ねた。

「その本、いらないんですか？」彼女は言った。

「そうですね——どこで入手されたのか教えていただけないなら」

女は入ってきたときと同じくすばやく出ていった。あとになって、わたしはレジの金を全部はたいてでも、とにかく本を買い取ればよかったと後悔した。そうしておいて、あとで持ち主を見つけ（あの女は誰かの家で盗みを働いたにちがいないから）、本を返却するという手もあったのだ。とにかくわたしはこの一件を通報し、警察は書籍の盗難届に目を光らせると言った。それっきり警察から連絡はなく、わたしがその若い女を見ることも二度となかった。当時、〈オールド・デヴィルズ〉には、週末だけシフトに入る、リック・マーフィという従業員がいた。リックは主にホラー関連のものに興味があるコレクターだった。

わたしは希少な初版本を持ってきたその女のことをリックに話した。

「そいつ、その本をネットで売ろうとするかも」リックは言った。

「ネットを活用するタイプには見えなかったがなあ」

「でも調べる価値はあるでしょ」リックは言った。「ちょっとおもしろいサイトがあるんですよ。ウェブ上のヤバい店って感じの。そこじゃコレクターズ・アイテムが秘かに売られているんです」

平日は保険会社のIT部門で働く男、リックは〈ダックバーグ〉というそのサイトをわたしに見せてくれた。わたしには、それはインターネット時代の初期の掲示板みたいな、理解不能なものに見えたが、リックはレアなコレクターズ・アイテムが売りに出されているセクションへと進んだ。そこは完全匿名《とくめい》制だった。わたしたちは店に持ち込まれた本をいくつか検索したが、ヒットはなかった。

「このサイト、他に何があるんだ?」わたしは訊ねた。

「ははあ、興味をそそられたな。まあ大部分は、ただ匿名で雑談するってだけの場所ですね。

実を言うと、本格的にヤバいサイトってわけじゃないんです。でも、ヤバいことはヤバいですよ」

リックはいつもの巨大なソーダを買いに行き、わたしはそのページを手早くブックマークに加えた。あとでチェックしようと思ったのだが、結局それはしなかった。

二〇一〇年の終わりごろ、アトウェル殺害を決意すると、わたしは自分のブックマークをチェックし、そこにまだあのリンクがあることを知った。ある夜、店を閉めたあと、わたしは数時間かけてサイト内のあちこちを見て回り、〝バート・クリング〟の名で偽の身分を作った。それから、具体的な中身はわからないが、要するにセックスがらみのものらしい〝交換〟というメニューを選んだ。当方六十歳。千ドルで着衣のままのあなたを買います。セクシーな若い女性限定。更衣室に一緒に入れてくれること。見るだけ。タッチなし。その一方、こんなオファーもあった。掃除婦募集。オクシー（鎮痛剤オキシコドンの略称）で支払います。わたしはチャットのボックスを開いて書き込んだ。見知らぬ乗客のファンはいませんか？双方の利益になる取引を提案したいと思います。送信すると、すぐにログアウトした。

再度ログインするまで二十四時間は待たなくてはいけないと自分自身に言い聞かせたが、二十時間待つのがやっとだった。その日は店も忙しくなかった。そこで、あの偽名でふたたび〈ダックバーグ〉にログインしてみると、返信が一件来ていた。あの小説の大ファンです。ぜひ話しましょう。プライベート・チャットでどうです？

わたしは了解、と答え、人に見られず二者間で会話できるよう四角にチェックマークを入れた。二時間後、新たなメッセージが届いた。どういう計画ですか？

わたしは書いた。この地球上から消滅すべき人間がいるのです。自分でやるわけにはいかないのですが。なぜか〝死〟という言葉を使う気にはなれなかった。

こちらも同じです。すぐにそう返信が来た。

助け合いましょう。

了解。

心臓が激しく鼓動しており、耳は火照《ほて》っていた。これは罠だろうか？　その可能性はある。しかしわたしが明かさなければならないのは、エリック・アトウェルの情報だけで、自分自身のものではない。約五分後、わたしはやってみる価値はあると判断した。

わたしは書いた。エリック・アトウェル、マサチューセッツ州サウスウエル、エルシノア・ストリート二五五。二月六日から二月十二日のあいだに。その週、わたしは古書販売者の会議のためフロリダ州サラソタに行くことになっていた。チケットもすでに購入ずみだった。

一時間も画面を見つめていたような気がするが、たぶんそれはほんの十分だったのだろう。ついにメッセージが現れた。ノーマン・チェイニー、ニューハンプシャー州ティックヒル、コミュニティー・ロード四三。三月十二日から十九日のあいだに。そのメッセージのあと、三十秒後にもうひとつメッセージが出た。やりとりはこれっきりにすべきですね。

わたしは書いた。賛成。それから、〈オールド・デヴィルズ〉の栞《しおり》の裏にノーマン・チェイニーの住所を書き留め、ログアウトした。〈ダックバーグ〉の規約に関するわたしの理解によれば、その通信はそれで永遠に消えるはずだった。本当かどうか疑わしく思ったものの、それは心安らぐ考えだった。

ひとつ大きく息を吸い、わたしはその二十分、自分がほとんど呼吸をしていなかったことに気づいた。書き留めた名前と住所を、わたしはじっと見つめた。それからコンピューターにそれを打ち込もうとし、危ないところで踏み留まった。もっと用心しなくては。この人物のことを調べる方法は他にもある。とりあえずは名前だけで充分だ。こればかりは認めざるをえないが、わたしは殺すべき相手が男だったことにほっとしていた。また、順番が二番になったことには、大いにほっとしていた。わたしがこの取引の自分側の務めを履行せねばならないのは、わたしがサラソタにいるあいだにエリック・アトウェルが死んだ場合のみなのだ。

＊

二〇一一年二月、わたしは前述の会議に出席した。サラソタにはそれまで行ったことがなく、そのダウンタウンの古い煉瓦《れんが》の街並みにわたしは恋した。シエスタ・キー地区にあるジョン・D・マクドナルドのかつての家も訪れて、鍵のかかった門のこちらから豊かな緑に囲まれた世紀半ばのモダンな建物をのぞいて見たりもした。また、講演のいくつかは実際聴きに行ったし、古書業界の数少ない友人のひとり、シェリー・ビンガムとは夕食をともにした。この人は以前、ハーバード・スクエアで古書店を営んでいたのだが、いまはフロリダ州ブラデントンに〝引っ込み〟、毎週アンナ・マリア島のフリー・マーケットで古本を売っている。

わたしたちは〈ゲイター・クラブ〉でマティーニを飲んだ。そして、二杯目を飲み終えたとき、シェリーが言った。「マル、去年クレアのことを聞いたときは、愕然としたわ。あなた、大丈夫なの?」

わたしはしゃべろうとして口を開いたが、何も言うことができず泣きだした。何人かの人が振り返って見るほどの慟哭《どうこく》。その唐突さ、その激しさは、衝撃だった。わたしは立ちあがって、暗いバーの奥の化粧室に行き、そこで気を鎮《しず》めてから、席にもどって言った。「すみません、シエル」

「いいえ、謝らないで。思い出させてごめんなさい。もう一杯飲んで、いま読んでいる本の話をしましょうよ」

わたしがノートパソコンにログインし、〈ボストン・グローブ〉紙のウェブサイトをチェックしたのは、その夜、ホテルの部屋にもどってひとりになってからだ。トップ記事は、レッドソックスが敢行したオフシーズンのトレードに関するニュースだった。しかし二番目の記事では、サウスウェルで起きた殺人事件が取りあげられていた。警察は被害者の氏名をまだ公表していなかった。わたしはパソコンの前にすわってページを更新しつづけたかった。被害者としてエリック・アトウェルの名が出てくるまでそうしていたかったが、その欲求は退け、眠れるかどうか強いて試してみた。わたしはホテルの部屋の窓を開け、シングルのシーツの下でベッドに横たわり、軽い風の音に、また、近くのハイウェイをときおり通っていくトラックの轟音《ごうおん》に耳を傾けた。明け方、わたしは眠りに落ち、数時間後に目を覚ました。シーツは体にからまり、肌はじっとり汗に濡れていた。わたしはふたたび〈グローブ〉紙のウェブサイトにログインした。発見された遺体の身元は、地元の著名な起業家で、エンジェル投資家でもあるエリック・アトウェルと特定されていた。ホテルのトイレで嘔吐《おうと》したあと、わたしはしばらくベッドにあおむけになり、感慨に耽《ふけ》った。アトウェルがついに当然の報いを受けたのだ。

ボストンにもどるころには、わたしはすでに、アトウェルの失踪届が火曜の夜、同居人のひとりによって出されたことを知っていた。アトウェルはその日、日課の散歩に出かけたきり、帰らなかったのだ。翌朝、警察が捜索を行い、彼の遺体は本人の家から一マイルほどの自然保護区の遊歩道に近いところで見つかった。彼は数回、銃で撃たれ、その財布は奪われていた。それとともに高価なヘッドフォンも、携帯電話もだ。警察は物取りの可能性を調べており、近隣住民に情報提供を呼びかけていた。不審者を見かけたかたはいませんか？　銃声を聞いたかたはいませんか？

記事はさらに、アトウェルが有名な篤志家だったことや、地域の芸術活動に強い関心を寄せていたこと、自身の再建したサウスウェルの農場で頻繁《ひんぱん》に交流会や資金集めのパーティーを催《もよお》していたことにも触れていた。記事はドラッグのことやゆすりのことには触れていなかった。クレア・マロリーの自動車事故に関するアトウェルの責任についても何ひとつ。わたしにはそのことがありがたかった。一週間が過ぎ、わたしは自分とアトウェルを結びつける者はいなかったのだと信じはじめた。ところが、ある日曜の午後、風邪を引いて休んでいるさなか、玄関のブザーの音がわたしに不意討ちを食らわせた。ドアに出る前から、わたしにはそれが自分を連行しに来た警察だという確信があった。わたしは身構えた。そして実際、それは警察だった。背の高い、悲しげな顔の、ジェイムズという刑事だ。しかし彼女は、誰かを逮捕しに来た警官らしくは見えなかった。ちょっと質問をさせてほしいのですが、と彼女は言った。わたしは彼女をなかに通した。自分はボストン市警の刑事で、サウスウェルの未解決殺人事件の手がかりを追っているのだと彼女は説明した。

「エリック・アトウェルとはお知り合いでしたか？」ソファに浅く腰かけてから、彼女はそう訊ねた。

「いいえ。でも妻は彼と知り合いでした。あいにくなことに」

「あいにくというのは、なぜでしょう?」

「もうご存知なんですよね? 刑事さんはそれでここにいらしたわけですから。わたしの妻はエリック・アトウェルの依頼で動画を制作し、その後、ふたりは友達になった。彼女は……クレアは……わたしの妻は、サウスウェルの彼の家から帰る途中、車の事故で死んだんです」

「その事故の責任はエリック・アトウェルにあるとお思いですか?」

「思いますよ。少なくとも責任の一部は。妻は彼と知り合ったあと、またドラッグをやりだしたわけですからね」

刑事はゆっくりとうなずいた。「そのドラッグはアトウェルが提供していたんですか?」

「そうです。ねえ、刑事さん、この話がどこに行き着くかは、わかっていますよ。わたしはアトウェルを憎んでいる……憎んでいたわけですが、彼の死とはなんの関係もありません。実を言うと、妻はドラッグとアルコールの問題をずっとかかえていて、よくなったり悪くなったりを繰り返していたんです。アトウェルは妻に無理やりドラッグを始めさせたわけじゃない。彼女にドラッグを教えたわけでもない。結局のところ、それは妻自身が決めたことです。わたしはアトウェルを許しました。骨は折れましたけどね。あの事故のあと、最終的にわたしは彼を許すことにしたんです」

「では、彼が殺されたと知ったいまは、どんなお気持ちですか？」

わたしは考えているふりをして天井を見あげた。「よくわかりません。アトウェルを許したというのは本当ですが、だからと言って、彼を好きになったわけではないので。悲しくはないし、うれしいというのもちょっとちがう。まあ、しょうがないですよね。正直言って、自業自得じゃないかと思いますよ」

「すると、アトウェルが殺されたのは、そういうことだと……復讐のためだと思っていらっしゃるんですね？」

「わたしが彼は意図的に殺害された……単に強盗に遭っただけじゃないと思っているか、という意味ですか？」

「ええ、そういう意味です」ソファのなかの刑事はほとんど身動きせず、非常に静かだった。

「それも考えましたよ。ええ、確かに。アトウェルがドラッグを提供していた相手がわたしの妻だけだったとは到底思えませんから。それにたぶん、中毒になってから金を請求しだした相手も妻だけじゃなかったでしょうし。彼は他の人にも同じことをしたにちがいありませんよ」これらの言葉を口にするやいなや、自分がここまで話すつもりではなかったことにわたしは気づいた。刑事の静かなたたずまいには、つい話をしたくなるような何かがあった。

彼女はふたたびうなずいていた。そして、わたしが口をつぐんだことに気づくと、こう言った。「奥さんはアトウェルに多額の金を渡すようになったわけですか？　ご夫婦が持っていないほどのお金を？」

「妻とわたしはそれぞれに口座を持っていたので、当時は知りませんでしたが。でも、そうです。彼女はドラッグをもらうためにアトウェルに金を渡すようになっていました」

「こんなことをうかがうのは心苦しいんですが、カーショーさん、奥さんとアトウェルのあいだに性的な関係があったかどうかご存知ですか？」

わたしはためらった。心の一部で、わたしはこの刑事にクレアの日記で知ったことを何もかも話してしまいたいと願っていた。だが同時に、話せば話すほど、自分にアトウェルを殺すきわめて大きな動機があることが明らかになるのもわかっていた。わたしは言った。「実を言うと、知らないんです。可能性はあると思いますが」そう言っていると、泣きだす直前のように、少し喉が詰まってきた。わたしはてのひらの付け根で一方の目を押さえた。

「わかりました」刑事は言った。

「妻は本来の彼女じゃなかったから」自分を抑えることができずに、わたしは言った。「ドラッグのせいですよ」わたしは頰の涙をぬぐった。

「そうですよね。すみません、カーショーさん、おうちに押しかけて、いろいろ思い出させてしまって。もうひとつお聞かせください。こんな質問をするのは本当にいやなんですが、こういう捜査では多くの場合、可能性のある人物を消去していくことが何よりも重要ですので。二月八日の午後、どこにいらしたか覚えていますか？」

「実はフロリダに行っていたんです。会議があって」

「ああ」ジェイムズ刑事は言った。その様子はうれしそうにさえ見えた。「どういう会議ですか？」

「古書販売者の会議です。わたしはここボストンで古書店をやっているんです」

「ええ、〈オールド・デヴィルズ〉ですよね。わたしも行ったことがあるんですよ」

「本当に？　刑事さんはミステリー・ファンなんですか？」

「ときどき読みます」刑事はそう言って、うちに足を踏み入れて以来初めて本当の笑顔を見せた。「お店には、サラ・パレッキーの朗読を聴きに行ったんです。一年くらい前でしたっけ？」

「そんなもんでしょう」わたしは言った。「パレッキーは上手でしたよね。確か」

「上手でした。彼女を紹介した人が、カーショーさんだったんですか？」

「そうです。わたしを覚えていないとしても、許されますよ。わたしは人前で話すのは得意じゃないので」

「うまくこなしていらしたと思いますけど」刑事は言った。

「ありがとう。ご親切に」わたしは言った。

両手を膝《ひざ》に置くと、ジェイムズ刑事は言った。「そちらから他に何もなければ、これで全部だと思います」

「何もありません」わたしはそう答え、わたしたちは同時に立ちあがった。ジェイムズ刑事の身長はわたしとほぼ同じだった。

「フロリダの会議に関しては、裏付けが必要になりますが」彼女は言った。

わたしはフライト情報を送ると約束した。また、シェリー・ビンガムの名前と住所も教えた。

刑事は名刺を置いていった。彼女のファーストネームはロバータだった。

第十二章

ニューハンプシャー州ティックヒルの入口でわたしを迎えた歓迎の看板は、その総人口が七百三十名であることも告げていた。

それは二〇一一年三月十四日月曜日のことだ。わたしがボストンを出たのは朝の五時過ぎ、到着時の時刻は八時半だった。ティックヒルの村はホワイト山脈のすぐ北に位置している。この村のことはすでに調べてあった。それに、わたしがそこで殺す男、ノーマン・チェイニーのことも多少。だが、詳細に、とは言えない。そして、調べえたことのすべてを、わたしは図書館のコンピューターで、利用者のひとりがログアウトせずに去ったあと、デスクトップの一台に飛びついて調べたのだ。わたしはノートを持っていったので、メモを取ることができた。ティックヒルに関してわかったのは、そこに食堂が一軒、近くにいくつかスキー場があることで人気の朝食付きの宿が二軒あるということだ。わたしは地図を画面に出して、コミュニティー・ロードのノーマン・チェイニーの家の正確な位置をつかんだ。その家は、少なくともその地図によれば、かなり淋《さび》しい場所にあった。ノートに地図をスケッチしたあと、わたしはノーマン・チェイニーについて調べはじめた。彼はティックヒルのその家を三年前に二十二万五千ドルで購入していた。それ以外、ノーマン・チェイニーの検索結果で関係がありそうなのは、マサチューセッツ州西部ホルヨークの教師、マーガレット・チェイニーが住宅火災で亡くなったという二〇〇七年の死亡記事だけだった。この女性は死亡当時、四十七歳で、あとには二十二歳と十九歳のふたりの子供、フィンとダーシーと、二十三年連れ添った夫、ノーマン・チェイニーが遺されている。大した情報ではないが、わたしは考えさせられた。ノーマン・チェイニーが妻の死に関与していた可能性はあるだろうか？　もしそうだとしたら、この男が殺害の標的となったのはそのためではないだろうか？　また、彼がホルヨークを離れ、人口千人足らずの村に住むことにしたのも、そのためではないだろうか？

本当にノーマン・チェイニーを殺す必要などないのだ。わたしはそのことにも気づいていた。わたしが交換殺人を手配したサイト、〈ダックバーグ〉に、もしその約束どおりの匿名性があるのなら、わたしの通信相手には、わたしが誰なのかを知るすべはない。いや、これは完全に本当とは言えない。たとえわたしについて何も知らないとしても、あの人物――わたし自身の影の化身には、わたしについてひとつだけ知っていることがある。彼はわたしがエリック・アトウェルの死を願っていることを知っているのだ。だから、わたしには長い名簿に載る可能性がある。また同時に、載らない可能性も。わたしは取引の自分側の務めを履行することに決めた。そうするのがいちばん安全なように思えたからだが、同時にそれは、そうするのが、歪《ゆが》んだ意味で、たぶん正しいことだからでもあった。

図書館のコンピューターをシャットダウンする前に、わたしはフィン・チェイニーとダーシー・チェイニーについてざっと調べた。父親とはちがって、彼らはネットの世界に顕在していた。わたしが見つけたのが正しい人物だとするならば、フィン・チェイニーは現在、ピッツフィールドの小さな銀行に勤めている。また彼は、地元のパブで雑学クイズの司会もしていた。ダーシー・チェイニーは目下、ボストン郊外に住み、ケンブリッジのレスリー大の大学院で学んでいた。写真はどちらのものもあり、ふたりはまちがいなく兄妹《きょうだい》だった。真っ黒な髪、濃い眉毛、青い目、小さな口。どちらも父親と同居してはいないらしい。そして、それこそがわたしの得たなかでもっとも重要な情報だった。ノーマン・チェイニーがひとり暮らしだとすれば、仕事はかなりやりやすくなる。

ティックヒルに入ったのは、ちょうど雪が降りはじめたときで、軽い雪片が地面に落ちる様子もなく宙を漂っていた。やがてコミュニティー・ロードが見つかった。雑に舗装された、くねくねと丘を登っていく道。道ぞいの人家はまばらだった。四二番地が近づくと、わたしは速度を落とした。唯一、黒に白字の郵便受けだけが、そこに私有地があることを示している。ゆっくりと通過しながら、未舗装の私道に目をやったが、森のなかのその家はほとんど見えなかった。コミュニティー・ロードの果てまで行くと、わたしはUターンし、その後、決断を下した。今回、わたしは私道に入った。道は左に急カーブしており、やがて家が姿を現した。それはA字フレームの建物で、木部より窓の面積が広く、ミニチュアのスキー・ロッジに似せた造りになっていた。ガレージがなく、車（SUVの一種）が一台だけ表に駐めてあるのを見て、わたしは大いに安堵した。ノーマン・チェイニーがひとりでいる見込みは、ぐんと高まったわけだ。

手袋をはめ、頭にかぶった目だし帽は顎の下まで下ろさずに、わたしは車を降りた。一方の手には、脚にそわせてバールを提げていた。家に近づき、二段の階段をのぼって、玄関のドアの前に立つ。それは硬い木製のドアだったが、その左右には細長く、面取りされたガラス板がはまっていた。呼び鈴を鳴らしてから、わたしは暗い屋内をのぞきこんだ。なかは、ガラスのさざなみ効果で歪んで見えた。誰であれ、中年男ではない人間がやって来たら、目出し帽を下ろし、車に引き返そうとわたしは決めていた。ナンバープレートにはすでに、ナンバーも州の名もよく見えないよう、泥をたっぷり塗ってあった。

ドアには誰も出てこなかった。わたしは再度、呼び鈴（四つの音のチャイム）を鳴らした。すると、がっちり体形の大柄な男が階段をどすんどすんと下りてくるのが見えた。ガラス越しでも、男がグレイのスウェットパンツにフランネルのシャツという服装なのはわかった。その顔は赤らんでおり、密生する黒い髪は、ずっと洗っていないのか、束になって突っ立っていた。

男はドアを開けた。表情に恐れはなかった。ためらいの色さえも、まったく。「ああん？」

彼は言った。

「ノーマン・チェイニーさん？」わたしは訊ねた。

「ああん？」男はまた言った。少し猫背で、一方の肩は明らかにもう一方より下がっているが、それでもその身長は六フィートを超えていた。

わたしは側頭部を狙ってバールを振るったが、チェイニーは身をそらし、バールの先が彼の鼻梁《びりよう》に当たった。バリッと音がし、チェイニーはよろよろ後退した。血がさらさらと顎《あご》へ流れ落ちている。彼は両手を顔にやり、水っぽい声で言った。「くそ」

家のなかに踏み込んで、ふたたびバールを振るったが、チェイニーは肉付きのよい左腕であっさりそれをブロックすると、右手でわたしに殴りかかった。肩に拳がたたきこまれた。痛くはなかったが、束の間わたしはバランスをくずし、そこへチェイニーが襲いかかってきた。彼は両手でトラックスーツをつかんで、わたしを壁に押しつけ、上へとぐいぐい押しあげた。何かが——おそらくはコート掛けのフックが、背中の上のほうに突き刺さった。チェイニーの鼻からは温かな血が飛び散っており、それがわたしの顔にもかかった。何かの記憶、たぶんイアン・フレミングの小説で読んだ何かが、パニック状態の頭をよぎり、わたしは右足を上げて、チェイニーの足の甲《こう》を重たいブーツで思い切り踏みつけた。チェイニーはひと声うめいて力をゆるめ、彼がよろよろあとじさるのとともに、わたしは前に突き進んだ。数歩行ったところで、両者はわたしを上に、折り重なって激しく倒れた。チェイニーの顔が歪んだ。陸に引き揚げられた魚よろしく、その口がぱくぱく開閉している。わたしは彼から身を引き離すと、その胸に片膝をつき、ふたたび彼にのしかかった。彼は息をしようともがいたが、わたしは手袋をはめた両の手をその太い首に回し、親指で力一杯圧迫して、ぎゅうぎゅうと締めつけた。彼はわたしの手を引きはがそうとしたが、すでに弱りはじめていた。わたしは目を閉じて、首を絞めつけつづけた。約一分後、あるいは、もっと長かっただろうか、わたしは手を止めて、荒い呼吸をしながら、ごろりと横に転がった。口のなかが塩辛く、血でねとついているのが意識された。歯のまわりを舌でさぐってみたが、裂けて痛んでいるのは、その舌の先だった。格闘中に嚙んでしまったにちがいない。血は口のなかを満たしつつあり、わたしはそれを飲み込んだ。口一杯の自分の血を犯行現場に吐き出すのは、いい考えとは思えなかった。もっとも、わたしはＤＮＡを含む痕跡をすでに一式、残しているのだろうが。

チェイニーの前にしゃがみこみ、その姿は直視せずに、わたしは彼の首と手首、両方の脈を取った。脈はなかった。

立ちあがると、周囲の世界がひとときぐらついた。わたしは身をかがめて、バールを拾いあげた。チェイニーが死んだあとは、家のなかを物色し、貴金属をいくつか奪わねばならないと事前に決めていたが、そんな度胸が自分にあるかどうかわからなかった。わたしはとにかく車に乗り込み、たったいま起きたことからできるかぎり遠ざかりたかった。

向きを変えようとしたとき、視野の隅で何かが動き、わたしはホワイエの先の間仕切りのないリビングのほうに目をやった。トラ猫が一匹、カットされていない爪で硬材の床をカチャカチャ鳴らし、ゆっくりこちらに向かってくる。そいつは足を止め、チェイニーの遺体のにおいを嗅ぎ、それからふたたびわたしを見あげて、大きな声でニャアと鳴いた。そうして、さらに二歩近づくと、パタンと横になり、四肢をのばして、ふさふさの毛の生えた白い腹を見せた。麻痺《まひ》するほどの寒けの波が全身を駆け抜けた。それはひとつの予感だった——この光景、死んで床に横たわる飼い主をよそに愛撫を求めるこの猫の姿は、残る一生ずっと頭を離れないだろう。何も考えずに、わたしはかがんで猫を抱きあげ、一緒に車に連れていき、その場から走り去った。

雪は激しくなっており、路面に残りはじめていた。わたしはゆっくり運転して、来た道を引き返し、ティックヒルの中心部を通り抜け、その後、ホワイト山脈を南へ、マサチューセッツ州へと向かうハイウェイに入った。車内のわたしの動きは緩慢《かんまん》に感じられ、車自体も、固体に似たものと化した空気のなかを動いているように思えた。時間の流れも遅くなり、何もかもが非現実感に覆われていた。わたしは助手席のあのおとなしい猫を見おろした。脳の一部は、なんであろうと犯行現場から持ってくるなどもってのほかだ、ついさっきおまえは自らの死刑執行令状に署名してしまったのだ、と叫んでいたが、わたしは運転しつづけた。猫はいま、窓を見あげている。車のそばを舞う雪片を。首輪はない。わたしは手を伸ばして、猫の背をなでた。思っていたよりそいつは痩せており、その嵩《かさ》の大部分はオレンジ色の分厚い被毛だった。わたしには、喉を鳴らす小さな震動が指先に伝わってくるように思えた。

山脈を通過し、頭がいくらか明晰になりだしたところで、わたしは決断を下した。どこか適当な町に寄って、商店か旅館、ドアに鍵がかかっていないところをさがし、猫をこっそりなかに入れよう。この子は発見され、保護してもらえるだろう。リスクはある――人に見られる大きなリスクが。しかしやってみるしかないのだ。猫など連れてくるべきではなかった。そもそもなぜそんなことをしたのかも、もう思い出せない。だが、現に猫は車内にいるのだし、ただそいつを道ばたに追い出す気にはどうしてもなれなかった。それが賢明なやりかたなのだろうが、その場合、猫が生き延びられる見込みはとても薄い。

わたしは運転しつづけた。ニューハンプシャー州南部のどこかを走っているとき、猫は頭を伏せて、眠りに就いた。わたしはまだどの町にも寄っていなかった。そして突然、自分にその気がないことに気づいた。ビーコン・ヒルに着き、アパートの真正面に駐車スペースを見つけたとき、猫は相変わらずわたしと一緒にいた。わたしは猫を抱きあげ、上の階に連れていった。時刻は午前十時半だった。

わたしの小さな部屋を猫がパタパタ歩き回り、すべての家具を嗅ぎ、そのひとつひとつに頬をこすりつけているあいだに、わたしは着ていたものを全部脱いで、バールと一緒に頑丈なゴミ袋に入れた。そのあとわたしはシャワーを浴び、お湯がなくなりだすまで、少なくとも三回、全身を石鹼《せっけん》で洗ってはすすいだ。

その日の当初のプランでは、チェイニーの家を出たあと、少し北進して、以前から知っている、古い納屋を改装して店舗にした古書店に行くつもりだった。わたしは以前に何度かその店を訪れており、過去には運に恵まれて、犯罪小説の稀少な版を見つけたこともあった。もしなんらかの理由で、チェイニーの死をめぐって疑いをかけられたとしても――もし誰かにわたしの車を見られたとしても、そうしておけば、いちおうそれが、その月曜日にニューハンプシャー州に行った理由になる。非常に弱いアリバイではあるが、何もないよりいいはずだった。そして、いまの自分には、気に入っている古書店に行くつもりだったが、雪のために引き返したのだという言い訳ができる――わたしはそう考えた。

もちろんそのどれを取っても、殺された男の猫がわたしのうちにいる説明にはならない。当の猫はいま、わたしのくるぶしに顎をこすりつけている。わたしはツナ缶を見つけて深皿に流し込み、もうひとつのボウルに水を注いだ。また、ボール箱の蓋《ふた》を見つけて、うちのオリヅルランの鉢の土を少し撒《ま》き、それがトイレの用をなしてくれるよう願った。

猫に食事をさせておいて、わたし自身はコンピューターに向かい、グーグル検索で猫の雄雌を見分ける方法を調べた。ちょっと詮索したすえ、わたしはその猫を雄と断定した。わたしと猫はその日の残りをうちで過ごし、一時《いっとき》はソファでともに眠った。猫は下のほうの、わたしの足のそばにいた。黄昏《たそがれ》が迫るころ、彼はベッドにたどり着いていた。そして彼は、わたしがそのとき読んでいた本、レックス・スタウトの『料理長が多すぎる』の上で丸くなった。わたしは猫をネロと名付けた。

＊

一カ月後――ニューハンプシャー州ティックヒルにノーマン・チェイニーの遺体を置いてきてから一カ月後、ふたつのことが明らかになった。その一、警察はわたしをつかまえに来ない。チェイニーの事件についてネットで調べることはしなかったが、それでもわたしには、自分が逃げおおせたことが直感的にわかった。明らかになったことのふたつめは、新しいうちにすっかりなじんではいたものの、ネロには周囲にもっと人がいる環境が必要だということだ。わたしはしばしば一度に十二時間、家を空ける。そしてわたしが帰宅すると、ネロはひどく淋しがってドアのすぐ前で待っているのだ。同じアパートの下の階の住人、メアリー・アンは、日中ネロが鳴いているのが聞こえるとわたしに教えてくれた。

ネロは〈オールド・デヴィルズ〉の看板猫として最適なのではないか――わたしはそう考えるようになった。

第十三章

少年時代、ミステリー小説の熱心な読者であっても、そのことは実社会への備えにはならない。大人になってからの自分の人生について、わたしは本気で、後に知ったこの現実よりもはるかに小説に近いものを想像していた。たとえば、誰かを尾行するためにタクシーに乗り込む瞬間が何度かはあるだろうとわたしは思っていた。また、もっと頻繁に遺言の読みあげの場に立ち会うことになるものと思っていたし、錠前をこじあける方法を知っておく必要があるとも思っていた。休暇に出かければ（特に、床がギシギシ鳴る古い宿や湖畔の貸し別荘に泊まるなら）、必ず何かしら不可解なことが起こるだろうとも。列車に乗れば必ず殺人事件に巻き込まれ、結婚式の週末には不吉な出来事に見舞われ、昔の友人が絶えず助けを求めてきて、命が危ないんだと訴えるだろうとも。わたしは流砂にも気をつけねばならないとまで思っていた。

こういったことすべてに備えができていたのとは裏腹に、わたしには、退屈きわまる日常の些事への備えがまるでできていなかった。日々の請求。食事の支度。大人というやつはお手製のつまらないバブルのなかで生きているのだと徐々にわかってくること。人生は謎に満ちてもいなければ、冒険に富んでもいない。もちろん、わたしがこの結論に至ったのは、自分が殺人者になる前のことだ。ともあれ、わたしの犯罪歴が、子供時代のわたしが人生に抱いていた夢をかなえたとは言えない。わたしの空想のなかでは、わたし自身が殺人者であったことはないのだ。わたしはいいやつ、探偵役（たいていは素人探偵）、犯罪を解決する側だった。悪者だったことはない。

大人になったらもっと使うだろうとわたしが思っていたスキルのもうひとつは、人を尾行する能力だ。それと、その逆の、尾行を察知する能力。これらを使う事態もまた現実には生じなかった。だがその土曜の夜、店を閉めたあと——わたしは衣類を刺し貫《つらぬ》く風のなか、ボストン・コモンを横切って〈ジェイコブ・ワース〉のバーにたどり着き、ドイツ・ビールを飲み、ウィンナー・シュニッツェルを食べた。もう二月半ばだったが、ビアホールの高い天井にはまだクリスマスの電飾が渡されていた。そしてどういうわけか、その場所はひとりで食べてもいいんだという安心感を与えてくれた。わたしはそういう観点から近所のレストランを査定する。世の中には、バック・ベイにひしめきあう高級店のいくつかのように、ひとりで食べていると淋しい気分になるレストランもある。その一方、〈ジェイコブ・ワース〉や〈ストッダーズ〉というレストランのような）充分にぎやかで、充分薄暗いけれども、ひとりでいることがさほど気にならない店もあるのだ。

誰かに見られているとわたしが確信したのは、〈ジェイコブ・ワース〉を出て、寒気のなか家に向かって歩きだしたときだった。本当に小説の読みすぎだったのかもしれない。しかしわたしは首すじにそれを感じた。視線が自分に注がれているというほとんど物理的な感覚だ。振り向いて、着ぶくれした近隣住民や観光客に目を走らせたが、怪しげな者は見当たらなかった。しかしその感覚はチャールズ・ストリートに至るまでずっと消えなかった。自宅アパートのあるリヴィア通りに入ったとき、わたしはふたたび振り返った。すると、ガス灯のおぼろな光のなかに、交差点をゆっくりと渡っていく男の姿が見えた。その視線はこちらに向けられ、顔は陰になっている。わたしにわかった特徴といえば、男が帽子を——つばの小さなやつをかぶっていることだけだ。男はゆっくりと左右に揺れながら歩きつづけ、束の間、わたしは回れ右して、そいつと対決しようかと思った。だが男は建物のうしろに消え、わたしは考えを変えた。チャールズ・ストリートを行く人はみな、脇道の住宅街に目をやるのだ。それらの道が最高に美しい冬場なら、なおさらだろう。

うちに入ったあと、わたしはまた少し通りにいた男のことを考え、自分は妄想に駆られていたのだと判断した。文字どおりの意味においては、わたしを尾行している者はいなかったのだ。しかしだからと言って、わたしが監視されていない、弄《もてあそ》ばれていないということにはならない。

グウェン・マルヴィが〈オールド・デヴィルズ〉に現れ、〈完璧なる殺人8選〉のことを訊ねて以来、わたしはずっと、自分の影《シャドウ》のことを考えてきた。『見知らぬ乗客』にからめて匿名のメッセージを出したとき、わたしが知り合った男（わたしはいつもその人物を男として考えていた）。わたしの代わりにエリック・アトウェルを殺した男。そして、ノーマン・チェイニーの死を願った男。

もしもそいつが、わたしの身元をさぐり出したとしたら？　それはさしてむずかしいことではない。たぶん彼はエリック・アトウェルに関する情報をチェックして、わたしを見つけたのだ。少し調べれば、クレアの自動車事故のことは出てくるだろう。それに、あとに残された夫、ミステリー書店で働く男のことも。しかもその男は、かつて自分の好きな完璧なる殺人をテーマにブログを書いていて、そのひとつとして『見知らぬ乗客』を挙げている。そう、わたしを見つけるのは造作もないことだ。そしていざ見つけたら、そのあとは？　エリック・アトウェル殺しは彼にとって楽しいことだったのかもしれない。だから、もっとつづけたいと思っているのかも。もし彼が、さらなる殺人の青写真としてわたしのリストを使うことに決めたとしたら？　それはわたしの注意を引く手段になる。実際、注意を引けたではないか？　これはすべて何かのゲームなのだろうか？

ＡＢＣ殺人と『殺人保険』の列車殺人を模倣《もほう》してみせ、おそらくはメイン州ロックランドのエレイン・ジョンソンをショック死させた男、チャーリー。考えれば考えるほど、このチャーリーと、わたしの代わりにエリック・アトウェルを撃ち殺した男とは同一人物だという確信は強まった。

彼はわたしを知っているのだ。

そしてその行動は、わたしのもとにFBIをもたらした。たぶんそれも彼の狙いだったのだろう。

チャーリー、おまえは何がほしいんだ？

わたしはまた少し『見知らぬ乗客』のことを考えた。あの話は殺された人たちを描いたものではない。あれは、殺人者たち、ブルーノとガイの物語、彼らの関係性を描いたものだ。誰かは知らないが、ウェブサイトを通じてわたしが接触した人物は、わたしたちもあれと同じ関係にあるような気でいるのだろう。わたしのブログに書き込みをしたコメンター、ドクター・シェパードのことが頭によみがえった。彼がわたしのことを知りたがっているのは明らかだ。また、わたしに知られたがっていることも。

携帯電話が鳴った。画面を見ると、それはグウェンだった。

「こんばんは」わたしは言った。

「こんな遅くにすみません。起きていました？」

「大丈夫」わたしは言った。「起きていましたよ」

「よかった。二点あるんです。心臓発作で死んだエレイン・ジョンソンの事件をまた少し調べてみたんですよ」

「なるほど」

「現場に行った刑事と話したんですが、家のなかは本だらけだったそうです」

「そうでしょうね」

グウェンはちょっと間を取り、それから言った。「実はひとつお願いがありまして。おかしなお願いなのはわかっていますが、プラスになると思うんですよ。わたしは明日の午後、車でロックランドに行く予定なんです。一緒に来ていただけないでしょうか？」

「行けるとは思いますが」わたしは言った。「なんのお役にも立てないんじゃないかなあ。あなたが気づかないことで、わたしが気づくことなんてありますかね？」

「これについては、もうよく考えてみたんです」グウェンは言った。「あなたが気づくことなど何もないかもしれない。その一方、いろんなことに気づく可能性もある。あなたは彼女を知っていたわけですから。確実にプラスになるとは言い切れませんが、害にはならないはずですよ。おわかりになります？」

「まあ、なんとなく」わたしは言った。

「では、来ていただけますよね？」

「ええ、たぶん。出発は何時です？」

「ああ、よかった。わたしは午前いっぱいここ、ニューヘイヴンにいないといけないんですが、そのあと、正午ごろには出発できると思います。途中でボストンに寄って、一時半ごろあなたをピックアップして、ロックランド到着は午後の五時ごろ。そんなスケジュールでいかがです？」

「了解」わたしは言った。「店のほうは誰かに見てもらいますよ。向こうで一泊することになるのかな？」

「そこまではまだ考えていませんでした。この出張のことは、つい五分前に決めたばかりなので」グウェンはしばらく考えていた。「ひと晩泊まるつもりでいましょう。向こうの刑事は、五時に現場で会おうと言っていますが、家のなかをじっくり見たくなるかもしれませんし、翌日、わたしが聴取できる証人もいるかもしれませんから。一泊するかたちでも大丈夫ですか？」

「大丈夫です」わたしは言った。

「よかった。では、ニューヘイヴンを出るときに、メールしますね。お店に迎えに行きますか？　それともご自宅がいいですか？」

わたしは店にいるからと言い、わたしたちは通話を終えた。

わたしはしばらくその場に立っていた。それから冷蔵庫に行って、ビールを取り出した。なぜグウェンがエレイン・ジョンソンの家にわたしを連れていきたがるのか、わたしにはよくわからなかった。それは藁《わら》をつかむのにも等しい。もしかすると彼女は手柄を立てたがっていて、連続殺人犯を仕留めるのにわたしが役立つと思っているのかもしれない。もしくは、わたしが秘密を漏らすこと、犯行現場に対峙《たいじ》させられ、正体を明かすことを期待しているのか？　もちろん彼女の直感は正しい。エレイン・ジョンソンの事件は、リストの殺人のひとつだ。わたしの影、エリック・アトウェルを殺した男が人を殺しつづけようと決め、わたしのリストを使おうと決めたのだ。そして彼は、わたしへと魔手を伸ばしている。彼がエレインを犠牲者のひとりに選んだことで、それははっきりした。しかし彼はどのようにして彼女のことを知ったのか？　どのようにして、彼女が始終うちの店に来ていたことを？　彼はどこまでわたしに迫っているのだろう？

これらの疑問に対する答えは、わたしにはわからなかった。しかしグウェン・マルヴィがいずれ真相を解明することは、直感的にわかっていた。彼女はここまですべてを組み立ててきたし、これからも組み立てつづけるだろう。それは最終的にわたしへ、エリック・アトウェル殺しへ、わたしがニューハンプシャー州でノーマン・チェイニーにしたことへとつながるだろう。彼女はいずれわたしをつかまえる。これはつまり、こちらが先に自分の影をつかまえなければいけないということだ。わたしは彼女の先を越さねばならないのだ。

第十四章

翌朝、わたしは早起きして、一泊用のバッグに荷物を詰め、その後、〈オールド・デヴィルズ〉に行った。前夜はあまり眠っていなかった。もちろん、ずっと〝彼〟のことを考えていたのだ。そう言えば、そろそろこの男の正式な名前を決めなくてはならない。わたしは常に彼のことをわたしの〝影《シャドウ》〟として考えていたが、この響きはちょっと漫画のキャラクターっぽすぎる。だから、ここから先は、グウェンとわたしが一緒に考案した名前、チャーリーでいこうと思う。チャーリーならちょうどいい。

店の入口の鍵を開けると、半地下に通じる猫用の出入り口からネロがぴょんと出てきた。彼はときどきその半地下の暖房炉のそばで眠るのだが、店に人がいれば、そこで過ごすことは絶対にない。ネロはわたしの前で身を沈めて、だらんと寝転がり、わたしはかがみこんで、その胸や顎をなでてやった。いつか、ネロが気を引こうとして寝転がっても、ノーマン・チェイニーの血まみれの遺体を思い出さずにすむ日が来るのではないか――わたしはそう思っていたが、いまだその日は来ていなかった。

わたしは店のコンピューターに向かって、Eメールをチェックした。それから、ブランドンにひとつ短いメールを送って、午後のシフトのあと店を閉めてもらえないかと訊ねた。彼がやってくれるのはわかっていたが、念のためだ。日曜の朝なので、すぐの返信は期待していなかった。

わたしはコーヒーを飲み、その朝の自分の予定についてまた少し考えた。九時になれば、あるいは、八時半でも、マーティ・キングシップに電話するのに早すぎはしないだろうと思った。彼はわたしの知り合いの元警官で、現在は、ダウンタウンの大きなホテルで非常勤の警備顧問をしている。わたしがマーティと出会ったのは、三年前、店で催したデニス・ルヘインのサイン会に彼が来たときのことだ。ルヘインが帰ったあとも、マーティは長いこと店に留まり、犯罪小説についてわたしにあれこれ質問したり、自分もいつか警察勤めの経験を活かして小説を書きたいと思っているなどと話したりした。その夜、立ち去るとき、彼はいつか一緒に一杯やらないかとわたしを誘った。わたしは、そうしようと言い、彼がすぐさま日時と場所を提案したのに驚いた。つぎの木曜の夜八時に、公園の向こうの〈マーリエヴ〉というバーで、と彼は言った。

それはわたしが行ったことのない店だった。〈マーリエヴ〉――ダウンタウン・クロッシング駅に近い、脇道にある隠れ家的な店。入口は狭く、その奥は元警官が飲みに行きそうな店というよりフレンチ・ビストロみたいな感じの、板石の床のバーになっていた。マーティ・キングシップは長いカウンターの前にすわって、バーテンダーのひとりと話していた。

わたしが隣の席にすわると、彼はまるで会う約束を忘れていたかのように、ちょっと驚いた顔をした。

「来たのか」マーティは言った。

「そりゃ来るさ」

「何を飲む? こっちは〈ミラーライト〉を飲んでいるんだが、ここにいるロバートは――」彼はバーテンダーを指し示した。「――俺の好みは最悪だって言うんだよ」

わたしはヘーフェヴァイツェンをオーダーした。マーティももう一杯ビールをもらい、料理を数品オーダーした。エスカルゴ、ミートボール・スライダーひと皿。

わたしは友達を作るのが得意だったためしがない。ときどきわたしはこの事実を自分がひとりっ子だったことや、親たちが、酔っ払ったときの父は別として、あまり社交的でなかったことのせいにする。だが実は、それはもっと根が深く、本当の人間関係を築く能力の欠如に由来するのだと思う。長く交流すればするほど、わたしはその人との隔《へだ》たりをより強く感じるようになる。十分間、うちの店を訪れ、サイモン・ブレットの小説の古本を一冊買った年配のドイツ人観光客にものすごく大きな親愛の情を抱くことはできるけれども、本当に誰かと親しくなりかけるたびに、その人は霞《かすみ》がかかりだすかのように――どんどん厚みを増すガラスの向こうにいるかのように思えてくるのだ。相手をよく知れば知るほど、その姿は見えにくく、声は聞こえにくくなり、意味を失ってしまう。ただし例外はある。まず第一に、クレア。それと中学時代の親友で、八学年の終わりにブラジルのどこかに引っ越していったローレンス・ティボー。そしてもちろん、小説の登場人物たち。それに、詩人たち。わたしは彼らを知れば知るほど好きになる。

わたしが初めて会ったとき、マーティは友達をさがしており、しばらくはわたしもその役割を果たそうと努めた。彼はマサチューセッツ州西部で警官をしていたのだが、子供たちが家を出てまもなく仕事を辞めており、同じころ、妻に離婚を申し立てられている。マーティはダッドリー・スクエアに近いコンドミニアムの寝室ひと部屋の住まいに移り、ときおり警備の仕事をしつつも、また、まず書くことはないと思うが、小説の構想を練りつつも、自分は半引退の身だと考えていた。彼はおもしろい男だった。それに、短い角刈りに折れた鼻に洋ナシ体形というその外見のイメージよりも、はるかに頭がよく、本も週に五冊程度は軽く読んだ。しばらくのあいだ、彼はよく閉店間際に店に来て新しい本をまとめ買いしており、わたしたちはそのあと一緒に飲みに行くのが習いだった。彼にはいつも話のネタや笑えるエピソードがあり、彼とわたしが一緒にいるときは、沈黙がつづくことなど絶対になかった。最初はそれでよかったのだが、わたしの人間関係の常で、しばらくすると、わたしはふたりのあいだに壁ができるのを感じた。それはまるで、わたしたちの友情が自然な安定期に至ったかのようだった。それがその先、発展することは絶対にないのだ。最近のわたしたちは、クリスマスの時期に一緒に一杯やるだけになっている。

マーティがわたしの力になれるのかどうかはわからなかったが、わたしはやってみる価値はあると思った。彼には時間があるし、ノーマン・チェイニーの情報を得るための伝手《つて》もある。リスクはあるが、これは冒すべきリスクだった。何者であるにせよ、チャーリーはノーマン・チェイニーの死を願っていた。また、チャーリーが他の誰かにその仕事をさせたがっていたこともわたしは知っている。これはつまり、彼がその殺人の容疑者になりえたということだ。

わたしは九時にマーティに電話した。

「おう、ひさしぶり」彼は言った。

「起こしてしまったかな」

「いや。たったいまシャワーから出てきたとこだ。約二十分、細くなった古い石鹸を新しい石鹸にくっつけようと奮闘してたんだ。きっと別の銘柄のを買っちまったんだろうな。やつらときたら、どうがんばっても、一緒にいようとしないんだから。別にかたっぽが緑色で、かたっぽが茶色だとか、そういうことじゃないんだぜ。色はほぼおんなじだってのに、互いに一切かかわりあいたくないんだと。あんたが電話してきたのは、その件なんだよな？　俺のシャワーの話が聞きたかったんだろ？」

「いや。でもいまのはすごくいい話だったよ。あんたの人生は波瀾万丈みたいだな」

「そうなんだよ。春休みにはシンディがうちに泊まりに来ることになってるし。別に幻想を抱いちゃいないがね——彼女が気に入ってるのは、ボストン大の男なんだ。それでも、楽しみなことに変わりはないよ」

シンディというのはマーティの娘で、彼がいまも定期的に連絡を取り合っている唯一の家族だ。

「それはよかったな、マーティ。なあ、実はあんたにひとつたのみたいことがあるんだが」

「ほう？」

「もし無理な相談だったり、それはまずいと思うようなら、遠慮なくそう言ってくれよ。別に大事《おおごと》にはならないだろうから」

「誰か殺してくれってのか？」マーティはそう言って笑った。

「いや。でも、殺されたある人物に関する情報がほしいんだよ。あんたならそういうこともできるんだろう？　元警官なんだから？」

「どういう情報がほしいんだ？」

「ここだけの話にしてくれよ」わたしは言った。「他言は無用だ」

「いいとも。ヤバいことになってるのか？」

「いやいや」わたしは言った。そうして話しているうちに、このたのみごとには何か理由が必要だとわたしは気づきはじめていた。そこですばやく決断し、真実をひとひねりして話すことにした。「ＦＢＩが古い殺人事件のことでわたしに連絡してきたんだ。四年ほど前、ニユーハンプシャー州に住む男が殺された事件だよ。男の名は、ノーマン・チェイニー。C、H、A、N、E、Y。FBIは何もかも話してくれたわけじゃないが、どうやらその男はうちの本をたくさん持っていたらしい。それで連中は何かつながりがあるんじゃないかと思ってるわけだ」

「どんなつながりだよ？」

「具体的なことは聞かされていない。それで……とにかくわけがわからなくなってしまってね、この件を調べて、その男のことを教えてもらうわけにはいかないかな。どうも連中はすべてを話してない気がするんだよ。これは何かクレアに関係あることなのかもしれない」

「そうだな、何本か電話をかけてみてもいいが」マーティは言った。ちょっと困惑ぎみの声だ。「たぶんなんでもないんじゃないか、マル。ときどき誰かが未解決事件を渡されて、まだ調べ尽くされていない道を見つけることがある。たとえば、被害者がどこから本を買ってたとかな。それでそいつは、そこを調べる気になるわけだ。藁にもすがるってやつだよ。会いに来たのはFBIだって言ったよな？」

「そうなんだ。妙だろう？」

「心配するな。何本か電話をかけてみるよ。きっとなんでもないさ」

「ありがとう、マーティ」

「それ以外、最近はどんな調子なんだ？」

「変わりないよ。本を買ったり本を売ったりだ」

「近いうち、ビールでも飲みに行こうや。そのドナルド・チェイニーってやつの情報をつかんだら、電話するから。そのときに会おう」

「ノーマン・チェイニーだよ」

「そうそう、ノーマン・チェイニーな」

「うん、そうしよう」わたしは言った。「一杯やりに行こう」

　わたしは電話を切り、そうしてから初めて、自分の肩がガチガチに凝《こ》っていることに気づいた。それに、顎が痛くなっていることにも。ノーマン・チェイニーというのは、わたしが何年も忘れようとしてきた名前だった。声に出してその名を言うだけで、それはわたしの体に変化をもたらした。またしても、わたしは疑念を抱いた――マーティをこの件に引き入れるのは、まちがいだったのだろうか？　だがわたしには、チェイニーの死を願ったのが誰なのか知る必要があるのだ。わたしはぐるぐると肩を回して凝りをほぐした。ちょうどそのとき、長いマフラーを首から巻き取りながら、エミリーが店に入ってきた。開店の時間だ。わたしは店内の明かりを全部点け、〝営業中〟の看板を入口に出しに行った。店の奥には棚に収めるべき新着の本が山ほどあり、エミリーがコート類を全部脱いだあと、わたしたちは作業にかかった。ふたりともほぼ無言だったが、言葉を交わしたとき、わたしは彼女の声が、風邪の引きはじめか、前夜しゃべりすぎたときのように、少しかすれているのに気づいた。

前の日、彼女に予定があったことは覚えていたが、それでもエミリーが誰かとしゃべりすぎるなどということは想像しがたかった。そもそもエミリーに予定があること自体、想像しがたいのだ。

「最近どうなの？」わたしは訊ねた。

「どうって何がですか？」エミリーは言った。

「いや別に。ちょっと、何か変わったことはないのかなあ、と思ってさ。いまもケンブリッジに住んでるの？　つきあっている人とかいるのかな？」

「ああ」エミリーは言い、わたしはつづきを待った。

「何かいい映画は見てない？」沈黙が気づまりなほど長引いたところで、彼女に逃げ道を与えるだけのために、わたしは言った。

「『アンダー・ザ・スキン』を見ました」エミリーは言った。

「ああ、あれね。スカーレット・ヨハンソンがエイリアンになるやつだ」

「そう、それ」

「どうだった？」

「すごくよかったです」

「そうか」わたしは言い、それ以上、質問はしないことにした。わたしには子供がいないので、突然無口になったティーンエイジャーと暮らすのがどんなものなのか知ることはないだろう。だがときどきわたしは、自分とエミリーの関係こそそれなのだという気がした。

わたしたちは棚差しの作業にもどった。そしてわたしはマーティとのやりとりのことを考えている自分に気づいた。ノーマン・チェイニーについて調べてほしいと彼にたのんだのは、たぶんまちがいだったのだろう。しかしそれはどうしても必要なことのように思えた。チェイニーはわたしをチャーリーにつなぐ唯一のリンクなのだ。まあ、エレイン・ジョンソンもそうなのだろうが、チャーリーが彼女を選んだのは、わたしが彼女を知っているのを知っていたからにちがいない。そして他の殺人をほぼ無作為なものと仮定するなら、チャーリー特定の決め手となる殺人は、ノーマン・チェイニー殺しということになる。彼はチェイニーの死を願っていた。それがなぜなのかがわかれば、チャーリーは見つかるはずだ。

正午ごろ、携帯がブーブー鳴った。それは、いまそちらへ向かっているというグウェンからのメールだった。わたしはエミリーに、きょうは早く帰るが、店はブランドンが閉めるから、と言った。また、明日の朝は彼女が店を開けなければならないかもしれない、とも言った。ブランドンとエミリーはどちらも〈オールド・デヴィルズ〉の鍵を持っている。エミリーは、わたしがどこに行くのか興味を持ったとしても、そんな様子は見せなかった。

一時ごろになると、わたしはベリー・ストリートの見える店のドアを注視しはじめた。バッグには一泊することになってもよいように衣類と洗面用具が詰めてあった。いまの状況に、また、グウェンが何を見つけ出すかに不安を感じつつも、わたしはこの旅を楽しみにしていた。ハイウェイが、雪景色が、行ったことのない場所を訪れることが、楽しみだった。

一時半。ドアから顔を出すと、ちょうどグウェンがベージュのシボレー・エクイノックスを消火栓の前に停めるところだった。エミリーに別れを告げ、外に向かったとき、携帯が鳴りだした。画面を見ると、グウェンの番号だったので、電話には出ず、道を渡って助手席のドアまで行き、窓をコツコツたたいた。グウェンはこちらを見て電話を切り、わたしは車に乗り込んだ。車内は新車のにおいがした。これは公用車なのだろうか――そう思いながら、わたしはシートベルトを締め、小さなバッグを足のあいだの床に置いた。

「どうも」グウェンが言った。「念のため、ロックランドの宿にふた部屋取っておきました。いるものは全部持ってます？」

「持ってますよ」わたしは言った。

グウェンはベリー・ストリートをストロー・ドライヴに向かって進んでいった。ふたりとも無言だった。グウェンはボストン市内から脱け出すことに集中しているのかもしれないと思い、わたしは自分からは話しかけないことにした。しかし北93号線に出ると、彼女はわたしの同行に対する礼を述べた。

「よその町に出かけるのもいいんじゃないかな」わたしは言った。車に乗り込んでから初めて、わたしは頭をめぐらせてグウェンを見た。彼女は運転しやすいようコートを脱いでおり、ケーブルニットのセーターに黒っぽいジーンズという服装だった。両手はハンドルの正しい位置（十時十分）に置き、眼鏡が必要な人のように、前の道にじっと目を据えている。とにかく集中しきっているので、こちらは少しその顔を観察することができた。横顔のほうがより特徴が出ているため、わたしにとっては見やすかった。わずかに反った鼻、広い額《ひたい》、すべすべの白い肌、そのところどころに赤みが散っている。ちゃんと人を見るとき、わたしはいつも幼いころや年をとってからのその人を思い描かずにはいられない。グウェンを見てわたしが頭に浮かべたのは、五歳の彼女だ。大きな目をして、唇を噛みしめ、親の脚のうしろに隠れている女の子。それからわたしは、お婆さんになった彼女を想像した。灰色の髪を編んで背中に垂らし、肌はお年寄りによくあるように薄紙っぽくなっているものの、大きくて知的な目が美しい人を。また彼女には――その卵形の色白の顔には、どことなく前に見たような気のする部分もあった。ただ、具体的にそれがどこなのかはわからなかったが。

「わたしたちは、六時にエレイン・ジョンソンの家でチフェリという刑事に会うことになっています。お昼はもう食べました？」

わたしは遅い朝食を取ったと言い、最終的にわたしたちはメイン州ケネバンク付近のサービスエリアに寄ることになった。そこには、〈バーガーキング〉と〈ポパイズ〉があった。わたしたちはそれぞれバーガーとコーヒーを買って、窓際のブース席で大急ぎで食事をした。空は雲ひとつなく、地面は先日積もった雪に覆われており、外はまぶしいほどだったため、ふたりとも食べながら目を細めていた。

自分のバーガーを食べ終えたあと、コーヒーの蓋のタブを開けて、グウェンが言った。

「ダニエル・ゴンザレスの事件で逮捕者が出ました。昨夜のことですが」

「ああ」わたしは言った。「犬の散歩中に撃たれたというあの男の事件ですね？」

「ええ。彼が勤め先の大学で学生たちにＭＤＭＡ（合成幻覚剤）を売っていたことも判明しています。彼を撃ったのは競争相手の売人でした。どうやらわたしたちはまちがっていたようです」

「とはいえね」わたしは言った。

「そう。わたしたちには確かな事案がたくさんある。『ＡＢＣ殺人事件』は堅い、『殺人保険』も堅い。それに、ロックランドのエレイン・ジョンソンの家で見つかるものも関連性を裏づけるにちがいない。わたしは確信しています」

「何が見つかるというんです？」

「何かです。彼は何かを残していったはずです。あの男——チャーリーは劇場型ですから。名前に共通点がある人間三人を殺すだけでは飽き足らず、羽根を送りつけたわけですからね」

「羽根というと？」わたしは訊ねた。

「ああ、このことはお話ししていませんでしたね。それは、ロビン・キャラハンとイーサン・バードとジェイ・ブラッドショーが殺されたあと、各警察署に届いたものなんです。警察は鳥の羽根がひとつ入った封筒を受け取っています。本当はこの話をあなたにしてはいけないんですが。報道機関にも出していない情報ですので。でもあなたのことはもう信用してもいいんじゃないかと思います」

「それはよかった」わたしは言った。

「さっき劇場型と言ったわけがこれでおわかりでしょう？　わたしが犯行現場で何か見つかるはずだと思うのは、だからです。それと、あなたと被害者が知り合いだったことから、ですね。何者にせよ、あのリストをなぞっている人物はあなたを知っているわけですから。あ、な、た、がその人物を知っている、という意味ではありませんよ……その可能性もありますが。でも向こうはあなたを知っている。チャーリーはあなたを知っているんです。だからわたしはきっと現場で何か見つかると思うんです……何か犯行をリストに結びつけるもの、確実なものですね。その点では、わたしは自信を持っています。まだ食べていますか？」

わたしはこの二分間、食べかけのバーガーをただずっと持っていたことに気づいた。「ああ、すみません」もう空腹ではなかったが、わたしはひと口大きくバーガーにかぶりついた。グウェンの言っていることがすべて正しいのはわかっていたが、自分の頭のなか以外からそれを聞くと、やはり気味が悪かった。

「よかったら、残りはそのままお持ちください。でもそろそろ出発しないと。ロックランドまではまだ少なくとも二時間かかりますから」

第十五章

エレイン・ジョンソンの家のなかは、ほぼわたしの想像どおり、乱雑で埃《ほこり》だらけで、いたるところに本があった。

その家は、外壁のグレイの塗装がところどころ剝げているケープコッド様式の住宅だった。場所はルート1から半マイルほどの道ぞい。家は松の木々を背に小さく見え、降り積もった雪のせいでほとんど到達不能となっていた。グウェンは轍《わだち》のついた道にエクイノックスを駐めた。すぐ前には警察の車が一台、中年の女性、ローラ・チフェリ刑事とともに待っていた。その丸い綺麗な顔は、大きなコートの毛皮付きフードでほぼ見えなくなっている。すでに夕暮れ時で、淡い色の太陽は低く地平線上にあり、わたしたちの息は気温零下の大気のなかで白く渦を巻いていた。三人は急いで挨拶を交わし、その後、雪をかきわけえっちらおっちら玄関まで歩いていくと、五分とも思える時間そこに立ったまま、チフェリ刑事がポケットのひとつから鍵を取り出すのを待った。私道には車が一台あった。たまに見かける古いタイプの四角張ったリンカーン——たぶん家に付属する一台用のガレージには大きすぎるのだろう。なかに入ると、チフェリ刑事は、この前自分が聞いたところでは、エレイン・ジョンソンが遺言を残さずに亡くなり、近親者もいないため、現時点では家は所有者不明となっているのだと言った。

「電気は点きますか?」グウェンがそう訊ねると、チフェリ刑事はいちばん近くのスイッチを入れ、天井照明のまぶしい光がキッチンにあふれた。

「水道や電気はまだ止められていません」彼女は言った。「パイプが凍結しないように、暖房も低温で入れてあるんじゃないかしら」

キッチンを見回したわたしは、タイル張りのアイランドの上に蓋が開いてナイフが刺さったままのピーナッツバターの瓶があるのを見て驚いた。わたしはエレイン・ジョンソンを好きではなかったが、だからと言って彼女がひとり淋しく死んだことを喜べはしなかった。

「鑑識から報告書は上がっていますか?」グウェンが訊ねた。

「いいえ。検屍官のだけですね。故人は自然死と断定されています。心臓発作。遺体が搬出されてから、わたしの知るかぎりでは、誰もここには来ていません」

「あなたもここに来ました?」

「ええ。通報を受けたのはわたしなので。遺体は寝室にありました。クロゼットとベッドの中間あたりに。よかったら、ご案内しますけど。遺体は一週間以上、ここに放置されていたんです。キッチンのこのへんまで来たらもう、死体があるってわかりましたよ」

「うわっ——失礼」グウェンが言った。「通報したのは誰です?」

「向かいの家の住人が、郵便物が溜まっていると知らせてきたんです。二軒の郵便受けが隣り合わせなんですよ。確認に来てみると、玄関のドアが施錠されていませんでした。だからなかに入ったんです。すぐに、何かあったとわかりましたよ」

「その住人は他に何か言っていませんでしたか？　近所に不審者がいたとか？」

「わたしの知るかぎりでは、何も。もっとも、うちではこれを不審死とはみなさなかったので、彼女はそういう質問をされてもいないわけですが。ぜひご自身でその住人に訊いてみてください。明日でどうです？　今夜はこちらにお泊まりですか？」

「その予定です」グウェンは言った。「それと、検屍官からも話を聞いたほうがいいかもしれません。この家のなかで何が見つかるかによりますが」

わたしはふたりのやりとりをずっと見守っていたが、同時にキッチンを見て回りだしていた。キッチンの奥の壁には、調理用品や食品を置く場所らしい棚がふたつ付いていたが、エレインはそこにハードカバーの本を詰め込んでいた。わたしはその背表紙をチェックした。エリザベス・ジョージの小説が多数。それと、アン・ペリーのなかの、彼女が特に好きだった二作。しかし何冊か、わたしならロマンス小説寄りのロマンチック・サスペンスに分類するような小説もあった。エレイン・ジョンソンが大嫌いだと言っていた類《たぐい》のやつだ。

「たぶん大丈夫でしょう」チフェリ刑事は言い、さらにつづけた。「さて、どうしましょうか。よかったら、わたしもここに残って、おふたりがなかを見て回るお手伝いをしますが？

あるいは、明日の午前中にご返却いただけるなら、鍵をお渡しして、ご自由にごらんいただいてもいいですし」

「残っていただくには及びません」グウェンは言った。「もう充分ご協力いただきましたから」

「ありがとう。ではお先に失礼します。明日、署にいらっしゃるのは、午前のいつでも大丈夫ですからね」

「了解です」グウェンとわたしはさよならを言い、雪のなかをえっちらおっちら引き返していく刑事を見送った。

グウェンがこちらを向いた。「始めますか」彼女は言った。

「そうですね。攻撃計画を立てるべきかな？　それとも、ただ見て回ります？」

「あなたには本に専念していただいて、わたしはそれ以外のものを見ようかと思っていたんですが」

「いいですよ」わたしは言った。

わたしたちはダイニングとして造られたものらしき部屋に足を踏み入れた。グウェンが照明のスイッチを見つけ、そのスイッチでちかちかするシャンデリアが点灯した。室内は本に埋め尽くされており、大部分の本はただ、床か長方形のダイニングテーブルの上に乱雑に積み上げられていた。「本を見るのにも手を借りる必要がありそうだな」わたしは言った。

「ひとつひとつチェックする必要はないんです。ただ何かおかしな点がないか見ていってください。わたしは二階の寝室を見てきますから」

わたしはダイニングに残った。その価値について考えずにエレイン・ジョンソンのミステリー本のコレクションを見るのは、容易ではなかった。彼女は価値のない本もたくさん持っていた――状態に難ありのマスマーケットを幾山も。しかしわたしは、パトリシア・コーンウェルの『検屍官』の初版本にすぐに気づいた。それに、マイクル・コナリーの『ナイトホークス』にも。これらの本はどうなるのだろう――わたしはそう思い、それから、ここには仕事で来たわけじゃないのだと自分自身に言い聞かせた。

「マルコム」それはグウェンの声だった。彼女が二階から下に向かって叫んでいる。

「はあい」わたしは叫び返した。

「上がってきてもらえませんか？」

わたしは各段の端に本が積まれている階段をのぼっていき、寝室でグウェンを見つけた。彼女は釘に掛かった一対の手錠を見つめていた。わたしは手錠を指さした。

「どこにも触らないで」グウェンが急いで言った。「たぶん指紋を採らなきゃならないので」

「『死の罠』には、壁に掛かった手錠が出てくる。あの芝居ではそれが重要な役割を果たしているんです」

「知っています」グウェンは言った。「きのうの夜、またあの映画を見ましたから。それにほら、下を見て」

壁には額《がく》が――灯台の写真がひとつ立てかけてあった。「チャーリーが手錠を持ってきて、その写真を下ろし、そこに手錠を掛けたんだろうか？ これが『死の罠』へのオマージュだとわれわれにちゃんとわかるように？」

「そうだと思います」グウェンは言い、クロゼットのほうに顔を向けた。「彼はおそらくそのクロゼットに隠れていた。たぶん仮面をつけて。それから飛び出してきて、彼女を驚かせ、ショック死させたんですよ」

「妙だな」わたしは言った。「われわれの知るかぎりでは、彼がリストを指し示すために物を仕込んだのは、これが初めてでしょう」

「彼があなたの知り合いを殺したのも、これが初めてですから」

わたしたちはクロゼットのほうに顔を向け、その場に立ち尽くしていた。グウェンが言った。「正直言って、これだけ見ればもう充分ですよ。とにかく手錠の写真を撮らせて、指紋を採取させないと」

「彼はおそらく手袋をしてたんじゃないかな」

「調べてみないと、わかりませんが。でも確かに。たぶん手袋をしてたでしょうね」

グウェンが携帯を取り出して、たったいま入ったメールと思しきものを見ているあいだに、わたしは室内を見て回った。そこには、ざっと整えてある、シュニール織りのピンクのベッドカバーが掛かった古い四柱式ベッドがあった。硬材の床には、年月を経て色褪《いろあ》せた織物がいくつか敷かれている。ベッドの下のやつは一面、動物の毛だらけだった。

「エレインはペットを飼っていたんですか？」わたしは訊ねた。

「報告書でペットについて読んだ記憶はありませんけれど」グウェンは言った。

わたしは、エレイン・ジョンソンが〈オールド・デヴィルズ〉に来ていたころのことを思い出そうとした。彼女がネロに注意を払ったことがあっただろうか？　そんな記憶はなかった。たぶんこれは、彼女の姉が犬か猫を飼っていて、その敷物の掃除を一度もしなかったというだけのことなのだろう。実のところ、その家には清潔なものなどひとつもなかった。わたしは整理箪笥のところに行って、その上に掛かった額入りの写真を眺めた。額縁は白いのだが、上部だけひどい汚れで黒光りしていた。なかの写真は休暇中の家族を写したものだった。ゴルフシャツを着た父親、格子縞《こうしじま》の短いワンピースを着た、鼈甲縁《べっこうぶち》の眼鏡の母親。子供は四人、上の男の子がふたりと下の女の子がふたりいる。一同はカリフォルニアのどこかで、一本の巨木、たぶんセコイアの前に並んでカメラに向かっていた。わたしは顔を近づけて、思春期前の女の子たちのうちどちらがエレインなのか見極めようとした。写真は少しピンボケなうえ、年月を経て色褪せていたが、それでもわたしは、ふたりのうち小さいほう、お人形を脇にかかえている眼鏡をかけた子がエレインだろうと思った。子供たちのなかで笑顔でないのは、その子だけだった。

「行きますか」グウェンが言った。

「ええ」

階段の下までおりると、わたしはリビングをのぞいた。なかには本棚がずらりと並んでいた。「この部屋の本をざっと見てもいいですか?」そう訊ねると、グウェンは肩をすくめてうなずいた。

エレインの姉もまた読書家だったことは明らかだった。それに、リビングの棚を埋める本の大半がその姉のものだったことも。そこにはノンフィクションや歴史小説が多数あり、棚の一段は丸ごと、ジェームズ・ミッチェナーの作品に充てられていた。しかし部屋の片隅には、エレインが持ってきたものなのか、背の高い本箱がひとつねじこんであった。その棚のひとつは、埃をかぶった年代物のガラスのペーパーウェイトでいっぱいだったが、それ以外の棚には、またもやミステリー小説が、著者別に並べられ、ぎっしり詰め込まれていた。エレインがかつて〝過大評価された変態〟と評していた作家、トマス・ハリスの作品が収集されているのを見て、わたしは驚いた。また、『溺殺者』を見たときも驚いたが、それはその本が『見知らぬ乗客』と『死の罠』のあいだに差されていることに気づくまでのことだった。小さな震えが体を駆け抜けた。全部の本がそこにあった――わたしのリストの八作がすべて、あの順番どおりの並びで。グウェンを連れてくると、その目は大きくなった。彼女は携帯で一枚、写真を撮った。

「この本は彼が持ってきたのか、それとも、最初からここにあったのか、どっちだと思います?」グウェンは訊ねた。

「彼が持ってきたんだろうな、おそらく。エレインが全部持っていた可能性もなくはないが、わたしにはそうは思えない」

「これらの本から何かわかることはあるでしょうか?」グウェンは言った。

「たぶんね」わたしは言った。「彼はこれらの本をどこかで——わたしの店か、他のどこかで購入したわけだから。通常、古本を買うと、最初のページに値段が鉛筆で記入してあるんですよ。場合によっては、販売者名のシールも貼ってあるし」

「本に手を触れてほしくはないんですが、背表紙から何かわかることはありませんか?」

わたしはそれらを見つめた。わたしのリストの全八作が、糾弾《きゅうだん》するように並んでいるのを。

唯一、目を引いた背表紙は、『殺意』のやつだった。わたしにはそれが、十年ほど前、テレビのミニシリーズとのタイアップ版としてイギリスで刊行されたペーパーバックであることがわかった。それはまちがいなくうちの店で売ったものだった。その版をいかに気に食わなかったか、わたしは覚えていた。概《がい》してわたしはタイアップ版のカバーが嫌いなのだ。わたしはグウェンに、本のひとつはうちの店にあったものだと思うと告げた。

「なるほど」彼女は言った。その声からは興奮がうかがえた。「指紋を調べさせたあとで、写真を撮らせますよ。そうすれば、ふたりで本を見られますから。では、ホテルに行ってチエックインしましょう」

＊

グウェンは、ロックランドの中心部から一マイルほどの〈ハンプトン・イン＆スイーツ〉に部屋をふたつ取っていた。その宿は〈マクドナルド〉の真向かいに当たり、わたしはそこで夕食を食べるはめになるんじゃないかと不安を覚えたが、グウェンは候補として、メイン・ストリートにある自分の好きな店を挙げた。「二名で予約を入れてあるんですが……もしどこか別のところに行きたければ……」

「いやいや」わたしは言った。「喜んでお供しますよ」

わたしたちはチェックインし、一時間後にまたロビーで落ち合って、車で町に行った。シーズンオフなので、レストランが何軒か開いていたことにわたしは驚いた。わたしたちは二階建ての煉瓦の建物の真正面――〝エールと牡蠣《かき》の店〟を自称する〈町の居酒屋〉の入口からほんの数歩のところに車を駐めた。日曜の夜ということもあり、カウンター席にふたり連れがふた組いたものの、店はやはりすいていた。ブルーインズ（ボストンを拠点とするプロのアイスホッケー・チーム）のスウェットシャツを着た若めのウェイトレスが、わたしたちをブース席に案内した。

「ここで大丈夫ですか？」グウェンは言った。

「もちろん。さっき、以前来たことがあるって言ってましたね」

「祖父母の別荘がメガンティクック湖のほとりにあるので。ここからそう遠くないんですよ。

わたしは毎年、夏に少なくとも二週間は沿岸中部に滞在しています。実を言うと、この店が好きなのは、わたしのお祖父ちゃんなんですよ。牡蠣の焼きかたが好みに合うんですって」

ウェイトレスが来た。わたしは〈グリッティー・マクダフ〉（メイン州のビール醸造会社）の英国風ビターとロブスター・ロールをオーダーした。グウェンは〈ハープーン〉とハドック（タラ科の海水魚）のルーベン・サンドだ。

「焼き牡蠣は？」わたしは訊ねた。

グウェンはウェイトレスを振り返った。「手始めに牡蠣を六つもらえます？」

ウェイトレスが立ち去ると、グウェンは言った。「お祖父ちゃんのためにね。今度、この話をしてあげよう」

「お祖父様とお祖母様は、夏以外はどちらにお住まいなんです？」

「ニューヨーク州北部。でも、こっちに移って一年中暮らそうかって、いつも話しているんですよ。その場合は、新しく家を買わなきゃならないんですけどね。湖の家は冬に住めるようにはなっていないんです。メイン州のこのあたりにいらしたことはありますか？」

「カムデンに来たことがある。一度ね。あそこはこの近くでしょう？」

「ええ、隣町です。いついらしたんです？」

「いつだったかなあ。十年前ですかね。休暇で来ただけなんです」もちろん、クレアと一緒にだ。当時、わたしたちはよくニューイングランドのあちこちを車で旅していた。

ビールが来た。それとともに、パンのバスケットも。それぞれがちょっとビールを飲んだところで、グウェンが言った。「奥さんのことをうかがってもいいでしょうか？　差しつかえなければ？」

「かまいませんよ、ええ」わたしはそう言って、普通に振る舞おうとした。しかしテーブルの向こうとこちらで自分たちの目が合わなくなったのを、わたしは意識していた。

「亡くなられたのは、いつですか？」

「もう五年になります。そんなに経った気はしないけれど」

「そうでしょうね」そう言いながら、グウェンは指の節《ふし》で上唇から泡をぬぐいとった。「さぞつらかったでしょう。あの若さでお亡くなりになるなんて。それもあんなかたちで」

「調べたんだね」

「ええ、少しだけ。あなたのお名前を知ったとき――あのリストを見つけたときに、あなたのことをひととおり調べたんです」

「エリック・アトウェルが殺された事件で、わたしが聴取を受けたことも知っていた？」

「ええ、知っていました」

「チャンスがあれば、わたしがやっていただろうな。でも犯人はわたしじゃないんです」

「わかっています」

「信じなくてもかまいませんよ。それがあなたの仕事なのはわかっています。一連の殺人とわたしがどう関係しているのか、考えているのもわかっているし。でも本当のところ、わたしはまったく関係ないんです。少なくとも自分の知るかぎりでは、まったく。妻が死んだあと、わたしはとにかく仕事をして、本を読んで、ひとりでやっていこうと自分に言い聞かせました。わたしは静かに暮らしたいんですよ」

「信じていますよ」グウェンは言った。そして彼女は、わたしにはよく読み取れないなんらかの感情とともにわたしを見た。それは優しさのように見えた。あるいは、憐《あわ》れみだったのかもしれない。

「ほんとに?」

「そうですね、今回の犯行現場、エレイン・ジョンソン殺しで確かに局面は変わります。これは他の事件とはちがう。直接あなたを、あのリストを指し示していますから」

「わかっています。そう考えると、すごく変な気持ちになるな」

「ブライアン・マーレイのことをもっと教えてください。彼はエレイン・ジョンソンを知っていたんでしょうか?」

「知っていましたよ」わたしは言った。「そうだなあ——言葉を交わしたことがあるかどうかはわからない。でも知っていたのは確かです。ブライアンはうちでやる朗読会には必ず来るし、エレインのほうも来るので——来ていたのでね」

「あなたたちはどうして一緒にあの書店を買うことになったんでしょう?」

「もともと友達だったんですよ。すごく親しかったわけじゃないが、彼は店によく来ていてね、ときおりふたりで飲みに行っていたんです。前の店主が店を売ることにしたとき、きっとわたしがブライアンにその話をしたんでしょう。金があったら自分が店を買うのに、とかね。それで彼がすぐに力を貸そうと言ってくれたんじゃなかったかな。彼は弁護士に契約書を作らせた。自分が資金の大半を出し、わたしが店を経営するということで。あれは理想的な取り決めでしたよ。いまもそうだしね。彼は一連の殺人にはなんの関係もありませんよ」

「どうしてわかるんです?」

わたしはビールをひと口飲んだ。「ブライアンはアル中だからね。生活はできているものの、それも、かろうじて、なんですよ。彼は毎年一作、約二カ月で小説を書き、あとは仕事をしないでただ飲んでいる。実年齢は六十でも、見た目は七十だし、ふたりで飲みに行くたびに、まったく同じ話をするしね。とにかく考えられない。たとえ何かの理由で誰かに殺意を抱いたとしても、実行するのは到底無理でしょう。彼は車の運転すらしないんだから。どこへ行くにもタクシーだからね」

「なるほど」

「信じてくれます?」

「彼のことも調べてみます。でも、ええ、信じますよ。実はわたし、十代のころ、よく彼の小説を読んでいたんです。エリス・フィッツジェラルドは、わたしが警察に入った理由のひとつなんですよ」

「初期の作品はいいよね」

「ほんとにおもしろかった。一日で丸一冊、読めたのを覚えています」

牡蠣が来た。その後まもなく、他の料理も全部。わたしたちはそれ以上、犯行現場の話もブライアン・マーレイの話もせず、プライベートなことにも一切、触れなかった。わたしたちは食事をし、グウェンは翌日の自分のプランを確認した。彼女は地元のＦＢＩ支局に行き、鑑識にエレイン・ジョンソンの家を調べさせる手配をする予定だった。また、近所の人たちから話を聞きたいとも思っていた。エレインの死亡時刻の前後に、誰かが不審な人物か、少なくとも不審な車くらいは見ているかもしれない。

「あなたが先に帰れるようにボストン行きのバスを調べましょうか？」グウェンは言った。「わたしと一緒に帰っていただいてもいいんですが、それだと夕方になってしまうかもしれません」

「待ちますよ」わたしは言った。「もう一泊することにならないかぎり。本も持ってきているし」

「それもリストの一冊ですか？」グウェンは訊ねた。

「そう。『殺意』を持ってきたんです」

食後、わたしたちは再度、車に乗り込むと、無言でホテルに引き返し、がらんとしたロビーのまぶしい光のなかに立った。「一緒に来てくださって、ありがとう」グウェンは言った。

「ご迷惑だったでしょう」

「いや、楽しんでますよ」わたしは言った。「ボストンを出て……」

「殺人の現場に行って……」

「そう」わたしは言った。

わたしたちは少しのあいだ、ぎこちなくその場に立っていた。わたしは束の間、グウェンはわたしにちょっと気があるんじゃないかと思った。彼女とわたしの年の差はほんの十歳程度だ。それに、わたしは見てくれも悪くない。髪はもうすっかり灰色で、むしろ銀色に近いけれども、まだ薄くなってはいない。体形はスリムで、顎にたるみはなく、目は青い。わたしは一歩うしろにさがった。ふたりのあいだにあのきらきらするガラスの壁があるのを、わたしは感じた。幽霊以外の人とわたしが親しくなるのを妨げるあの壁だ。グウェンもそれを感じたにちがいない。彼女は、おやすみなさいと言った。

わたしはホテルの部屋にもどって、本を読みはじめた。

第十六章

大学を出た直後に初めて『殺意』を読んだとき、わたしに強い印象を与えたのは、作中の殺人者の冷たい決意だった。

この小説の冒頭で読者が出会う男、エドマンド・ビクリーは、文句の多い専横な自分の妻を殺そうと決意する。彼は医師であり、さまざまな薬物を手に入れることができる。物語の前半で、彼は徐々に妻をモルヒネ中毒にしていく。妻のお茶にある薬を混ぜ、ひどい頭痛を引き起こしてから、モルヒネで治してやるというのがその手口だ。そうした後に、彼は妻に与えるモルヒネの量を減らし、妻は自分でそれを入手するために夫の署名をまねて処方箋《しょほうせん》を偽造するようになる。やがて彼女が中毒であることは、村の住人たちにも知れ渡る。あとは簡単だ。ある日、彼は妻にモルヒネを過剰摂取させる。この犯罪で彼が指差されることはありえない。

わたしはその夜、この小説の大部分を読み、翌朝に読み終えた。集中するのは容易ではなかったが、読んでいる途中（実際とてもおもしろかったので）物語に引き込まれていることもあった。いつものように、わたしは前にこの物語を読んだときのことを思い返した。自分がとても若かったことや、同じ文言にちがう反応をしていたことを。大学を出て、ハーバード・スクエアの〈レッドライン・ブックストア〉に勤めだしたとき、わたしは店主の奥さんのシャロン・アブラムズから彼女の好きな本(一冊をのぞいて全部ミステリー)の手書きのリストをもらった。リスト自体はだいぶ前になくしてしまったが、その中身をわたしはそらで覚えている。『殺意』の他に、彼女が挙げていたのは、ドロシー・L・セイヤーズの『学寮祭の夜』と『ナイン・テイラーズ』、ジョセフィン・テイの『時の娘』、ダフネ・デュ・モーリアの『レベッカ』、スー・グラフトンの最初の二作、フェイ・ケラーマンの『水の戒律』、ウンベルト・エーコの『薔薇の名前』だ。ただし彼女は、エーコのこの小説は最後まで読んだことがない(「とにかく冒頭が大好きなの」)と言っていたが。彼女のもうひとつの好きな本は、チャールズ・ディケンズの『荒涼館』だった。これもやはり、ミステリーの要素があると言えるのではないだろうか。

シャロンが自分のためにリストを書いてくれたということに感激し、わたしは約二週間のあいだにリストの本を残らず読破した。前から知っていた作品は、わざわざもう一度、読んだ。当時『殺意』を読んでいて、そのおぞましい人間観に興奮したことをわたしは覚えている。基本的にそれは、ロマンチックな考えをずたずたに引き裂く風刺文学なのだ。ロックランドの〈ハンプトン・イン〉で再読している今回、それはむしろ恐怖小説のように感じられた。ビクリーは、自分には得られない人生に執着し、残酷なやりかたで妻を殺し、自らの人生をも破壊してしまうのだ。彼は殺すという行為によって永遠に毒されたのである。

正午前、グウェンがメールで、四時にはメイン州を出発できると伝えてきた。わたしは、必要なだけ時間を取ってください、と返信した。歩いて町まで行ってみようとわたしは決めていた。その日は天気がよく、気温もここ数日より高めだったし、前夜、町に行ったときの道順も頭に入っていた。

ホテルをチェックアウトし、一日バッグをあずかってもらえないかとフロントでたのんだあと、わたしは徒歩でロックランドの中心部へと向かった。着いた先では小さな古書店を訪れ、そこでテッド・ヒューズの『雨のなかの鷹』を買い、その本を持って前夜、グウェンと夕食を取ったのと同じレストランに行った。カウンター席にすわって、ビールとクラムチャウダーをオーダーすると、それはやわらかな白いロールパンと一緒に来た。わたしは詩を読み、過去数日の心配事を頭から追い出そうと努めた。気がかりなのは、グウェンがいずれ、エリック・アトウェルとノーマン・チェイニーの死におけるわたしの役割に照準を合わせるだろうということだけでなく、この捜査がクレアの記憶、永遠に忘れたつもりでいた、彼女の死後一年の記憶を浮かび上がらせるのではないかということだった。クラムチャウダーを食べ終えたあと、わたしはもう一杯、ビールをたのんだ。一台だけあるテレビは、「チアーズ」の古い回を無音で流していた。初期のころのどれか、コーチとダイアンが出てくるやつだ。

ポケットのなかで携帯がブーブー鳴り、わたしはグウェンがいつでも出発できると知らせてきたのだと思った。しかしそれは、マーティ・キングシップからだった。

「やあ」わたしは言った。

「いまちょっといいか?」

「ああ」わたしは言った。店の外に出ようかとも思ったが、カウンターにいるのはわたしだけだったし、バーテンダーはわたしの席から遠く離れたところでワインのケースを開けている最中だった。

「チェイニーって男のこと、調べてやったよ。これがなかなかすごいやつでね」

「どんなふうに?」

「つまり、そいつの死を願ってた人間をさがしてるなら、死を願ってない人間のリストを作ったほうが早いってことさ。十中八九、そいつは自分のかみさんを殺してる」

「〝十中八九〟というと?」

「住宅火災があったんだ。そいつは、そいつはなんとか逃げ延び、かみさんは逃げ遅れた火事が。チェイニーの義兄、かみさんの兄貴が、チェイニーがかみさんを寝室に閉じ込めて火をつけたんだと言って告訴状を提出してるよ。そのときその兄貴は捜査の担当者たちに、妹のマーガレット、つまり、チェイニーのかみさんは旦那と別れようとしていた、そして旦那のほうもそれを知っていたと話している。チェイニーは不倫の常習者で、彼女は証拠を握っていたから、最低でも金の半分は手に入れてたはずなんだと」

「その夫婦は金持ちだったのか？」

「それなりに持ってたさ。まちがいなく。チェイニーはガソリンスタンドを三つ所有していたんだ。だが同時に、資金洗浄《マネーロンダリング》の疑いで調べられてもいた。結局、証拠は出なかったがな」

「彼は誰の資金を洗浄していたのかな？」

「ああ、地元の麻薬密売グループのさ。だがどの時点かで、勝手なまねをしたんだろうよ。彼のスタンドのひとつが強盗の被害に遭い、従業員のひとりが撃たれてるんだ。ただ、誰も普通の強盗事件とは思わなかったがな。たぶんそれは何かの仕返しだったんだろう。事件があったのは、チェイニーのかみさんが死ぬ半年ほど前のことだ。さっき言ったとおり、ノーマン・チェイニーを始末したがっている人間は山ほどいた。やつは腐った林檎だったのさ」

「家が焼けたあと、彼はどうしたんだ？」

「スタンドを売っ払って、ニューハンプシャー州のちっぽけな町に家を買ったんだ。スキー・リゾートの近くだよ。だが誰かがそこで彼を見つけて殺したわけだ。たぶん例の義兄だな」

「どうしてそう言えるんだ？」

「俺が言ってるんじゃない。俺と話した警官が言ってるんだ。チェイニーは自宅で殴り殺されてる。格闘があったんだよ。たぶんドラッグは無関係だな。売人に狙われたなら、ただ誰

かが行って撃ち殺して終わりだったろう。犯人は素人《しろうと》だ。ということは、おそらく義兄って
ことになる」
「しかし逮捕されてはいないんだろう?」
「アリバイでもあったんだろ」
「その義兄の名前は?」
「ニコラス・プルイット。ニューエセックス大学の英文学の教授だよ。ほらな……いかにも
人を殺しそうだろ?」
「そのイメージは、どういうタイプの本が好きかによるよ」
マーティは笑った。「確かに。モース警部のシリーズだったら絶対、犯人なんだが。実社
会じゃそうでもないか」
「調べてくれてありがとう、マーティ」わたしは言った。
「馬鹿言うなよ。きのうのシャワー以来、こんなに楽しかったことはないんだから。それに、
これはほんの序の口だ。もっといろいろ調べてやるからな」
「そうしてくれるか? とっても助かるよ」わたしは言った。
マーティは咳払いし、それから言った。「別に穿鑿《せんさく》する気はないがね、まさかあんた、ヤ
バいことになってやしないだろうな?」
「いや。この前、話したとおりだよ。FBIが聞いたこともない男のことを、その男が〈オ

ールド・デヴィルズ〉の栞《しおり》と一緒に、ミステリーの古本をたくさん持っていたからと言って、質問してきたんだ」

「その話を信じてるのか？」

わたしは声を低め、平静な口調を心がけた。「どうかな、マーティ。よくわからない。亡くなったとき、クレアはまたドラッグにはまっていたから……そのことはあんたも全部知ってるよな。彼女はノーマン・チェイニーと知り合いだったのかもしれない。それで連中は、そいつがクレアにドラッグを売っていたとか何かそんな理由で、わたしがそいつを狙った可能性を考えたんじゃないだろうか。それがわたしの推測だよ。やはり、あんたにこんなことをたのんだのは――」

「いやいや」マーティはあわてて言った。「そんなやつら知ったことか。俺にはわかってる。あんたはなんの関係もない。だがいちおう訊いてみないとな」

「正直なところ、わたしも普通なら気にしてないんだよ。だが、何かクレアと関係があるんじゃないかと思いだしたら、どうしてもあれこれ考えずにはいられなくてね」

「その男のことは、引きつづき調べてみる。だがこれまでのところ、クレアは浮かんできていない。この先も浮かんできやしないさ、マル。絶対だ」

「ありがとう、マーティ」わたしは言った。「すごい成果だよ。お礼に一杯おごらないとな」

「近いうちにやろうや。もうちょい嗅ぎ回ってみて、報告を入れるからさ。水曜日でどうだ？」

「いいね」わたしはそう答え、わたしたちは正式に約束した。〈ジャック・クロウズ〉で六時。

電話を終えると、バーテンダーがビールがまだあるかどうか確かめに来た。わたしは注文はせず、ペンを貸してもらって、バーのナプキンにニコラス・プルイットの名前をメモした。体は興奮でじんじんしていた。ニコラス・プルイットはなぜかぴったりの男に思えた。もしノーマン・チェイニーがプルイットの妹を殺したのなら、プルイットには確かな動機があることになる。それに彼は英文学の教授なのだ。これはつまり、おそらく彼が『見知らぬ乗客』をよく知っているということだ。わたしはあの男を見つけたような気がした。チャーリーを見つけたような気が。

マーティと飲みに行ったら、チェイニーを調べるのはもうやめるよう彼に言わなくてはならない——わたしはそう判断した。マーティは退職警官なのだ。未解決事件を調べてくれと彼にたのむのは、腹ぺこの犬の目の前に肉をひと切れぶら下げるのにちょっと似ている。わたしには彼を確実に止める必要があった。

まだ二時にもなっていなかったが、それ以上そのバーにすわっている気はしなかった。わたしはまた外に出て、ロックランドのメイン・ストリートをぶらついた。煉瓦《れんが》の建物に入った、シャッターを下ろした土産物店。数少ない営業中のレストラン。わたしはマフラーをしっかり巻き直して歩いていき、海に向かってのびる長さ一マイルの突堤に護られた波止場のほうを眺めた。ひどく寒いので、海上には乳白色の氷の塊《かたまり》が浮かんでいた。もっと遠いところでは、陽光に照らされ、海の水がきらめいている。重ね着の服を刺し貫《つらぬ》く海風のなか、わたしはその場にたたずんでいた。するとそのとき、携帯がふたたびブーブー鳴った。今回それはグウェンからのメールだった。もうホテルにもどっていて、いつでも出発できるという。わたしは三十分でもどると返信し、来た道を引き返しはじめた。

＊

ボストンへの帰路の車内で、グウェンはわたしに、町の警察との言い合いに費やされた自分の一日について語った。どうやら彼らは、エレイン・ジョンソンの死を優先事項とはみなしていないらしい。それでも彼女はどうにか科学捜査班の連中に、手錠と一階の本箱の本八冊をメインに、あの家を調べさせたという。

わたしは、自分にもあの八冊を見る機会——その出所《でどころ》をチェックする機会はあるだろうかと訊ねた。

「本は証拠として回収されましたが、あなた宛に写真を送らせましょう。それで〈オールド・デヴィルズ〉にあったものかどうか、おわかりになるでしょうか？」

「たぶん、見ればね。棚に差す本はどれも値段が入っているから。わたししか、うちの従業員の誰かが、一ページ目の右上に書き込むんですよ。ただし、棚までたどり着かない本もある。ネットで直接、販売されるやつだね。そういう本の場合、その版のその一冊を記憶していないかぎり、見分けることはできないな」

「でもチャーリーがあなたの店に行って、あの八冊、もしくは、そのうちの何冊かを買ったとすれば……」

「彼はうちのお客だということになる」

「そのとおり」グウェンは言った。

わたしたちはちょうどメイン州からニューハンプシャー州に入ったところだった。あたりはすでに暗くなっており、グウェンの顔はすれちがう車のライトにときおり照らし出されていた。

「そうそう、訊くのを忘れてた——目撃者はいました？」

「なんのことです？」

「ほら、エレイン・ジョンソンが殺されたころ、彼女の家の周辺で不審者か不審な車を見た人。誰か見つかったかな？」

「ああ、あれね。いいえ。エレインの郵便物が回収されていないと通報したお向かいの住人と話してみたんですが、その女性は何も見ていませんでした。お年寄りだし、道に誰がいようと気づかないんじゃないかと思いますよ」

「じゃあ、そっちはだめか」わたしは言った。

「別に驚きもしませんが。一連の事件にもうひとつ——あのリスト以外に——共通点があるとしたら、それは目撃者がひとりもいないことですからね。手がかりなし、ほんとにまったく。抜かりなし、です」

「何かしらあるはずだがなあ」

「ジェイ・ブラッドショーの殺害の現場には、凶器が残されていましたが」

「ABC殺人のひとつの？」

「そう、彼は自宅のガレージで殴り殺されたんです。いくつかの点で、彼の事件はちょっと他とはちがっています。第一に、現場がめちゃくちゃだった。彼は反撃していて、あたりは血だらけだったんです。ガレージには工具類がたくさんあり、どれが凶器であってもおかしくなかったんですが、結局、使われたのは、少なくとも最初の段階では、野球のバットだったとわかりました」

「どうして警察には、それがガレージにもともとあったのではなく、持ち込まれたものだとわかったんだろう？」

「わかったわけじゃありません。確証はないので。でもブラッドショーの家には、それ以外スポーツ用品はひとつもなかったんですよ。それに、ガレージの工具はすべて、大工道具でしたし。それが彼の仕事だったんです。彼は大工でした。ただ十年前に、ある離婚女性の家で本棚を作っている際、その女性を襲い、強姦《ごうかん》未遂の罪を問われていますが。それ以来、彼はほとんど仕事をしていません。家の前にはずっと〝中古工具販売中〟という看板を出していて、唯一の友人によれば、一日の大半をガレージで過ごしていたということです。彼を襲うのは簡単だったでしょうね。見つかった証拠品のなかで、彼のガレージにもとからあったものじゃなさそうなのは、そのバットだけでした」

「特別なやつだったのかな？」

「何が？　そのバットですか？」

「そう、どこか普通とちがうところがあったのかな？　たとえば、一九五〇年代のものだとか？　ミッキー・マントルのサインが入っているとか？」

「いいえ、新しいものだったし、ほぼどこのスポーツ用品店でも売っているブランドの品でした。それはどこにもつながりませんでした。なおかつ、致命傷を与えたのもそのバットではなかったし。ブラッドショーはそのバットで殴られてはいましたが、彼の命を奪ったのは大型ハンマーだったんですよ。それが頭を直撃したわけです。すみません、いやな想像をさせて」

書店の前に車を停めると、グウェンは言った。「さあ、着きましたよ」それから、あわてて先をつづけた。「ああ、ご自宅まで行ったほうがよかったかもしれませんね。すみません、訊きもしないで」

「大丈夫です」わたしは言った。「店に顔を出したほうがいいような気もするし。自宅はほんの数ブロック先だからね」

「同行してくださって、ありがとう。本の写真が届いたら、そちらにお送りしてもいいでしょうか？」

「もちろん」わたしは言った。

閉店までにはまだ十五分あり、外からはブランドンが開いた本を前に置き、フロントデスクの向こうにすわっているのが見えた。ドアを開けて入っていくと、彼は顔を上げた。「ああ、ボス」彼は言った。

「やあ、ブランドン」

彼はわたしにカバーが見えるように、読んでいた本を少し起こした。それは、しばらく前に実はJ・K・ローリングであることが明かされた作家、ロバート・ガルブレイスの『カッコウの呼び声』だった。「なかなかですよ」彼は言い、読書にもどった。

「ちょっと寄ってみただけなんだ。留守中、変わったことはなかった？」

ブランドンは、昨日の午後、毛皮のコートを着た女性が入ってきて、新着のハードカバーを二百ドル分購入し、マリブの自宅への配送を手配したことを語った。また、従業員用化粧室のずっと水漏れしていた蛇口《じゃぐち》をようやく直せたと思うと言った。

「ありがとう」わたしは言った。

ネロの哀しげな鳴き声を耳にし、わたしは身をかがめて彼を迎えた。

「たぶんそいつ、淋《さび》しいんじゃないかな。ボスが店にいないとね」ブランドンが言い、その言葉の何かが、ときおりわたしを襲ってくるあの深い悲しみの波をまたも呼び起こした。いきなり立ちあがると、目の前で明かりがぐらついた。それで自分が空腹なのがわかった。もう遅かったし、ロックランドで昼食を食べたきり、わたしは何も食べていなかったのだ。

　わたしはうちに車を取りに行った。それから川を渡って、クレアとともに暮らした町、サマヴィルまで運転していくと、何年も行っていなかった店、〈R・F・オサリヴァン〉のカウンター席にすわって、〈ギネス〉を飲み、この店オリジナルのソフトボール大のバーガーを食べた。そのあと、サマヴィル公立図書館へと車を走らせたが、この図書館がまだ開いているのを見たときは、うれしかった。わたしは二階に上がって、インターネット・ブラウザが開かれているコンピューターを見つけ、その日マーティから教わった名前を打ち込んだ。

〝ニコラス・プルイット〟

　彼はニューエセックス大学の英文学教授であるだけでなく、『小さな魚』という短編小説集を上梓《じょうし》していた。ネット上では、彼の写真がふたつ見つかった。まず著者近影、それと、学部教員のカクテル・パーティーで撮影されたスナップ写真だ。その風貌はおおよそ、人が大学の英文学教授として思い描くイメージどおりだった。背が高く猫背で、少しお腹が出ており、絶えず指で掻《か》きあげているせいなのか、前髪は突っ立っている。頭髪は茶色っぽい黒だが、短く刈り込んだ頬髯《ほおひげ》にはちらほら白髪が交じっている。著者近影の彼は、斜め前から撮影され、承認を求めるような表情でカメラをじっと見つめていた。わたしを軽く見るなよ。

その顔はそう言っている。ひょっとすると、わたしは天才かもしれない。たぶんこんな評は手厳しすぎるのだろう。だが、それがわたしの見たものだった。わたしは昔から、不朽であろうとする文芸作家たちに疑いを抱いていた。スリラー作家や詩人のほうがはるかに好きなのも、そのためだ。わたしは、負け戦を承知で戦っている作家たちが好きなのだ。

ネット上には、（どうやらニックで通っているらしい）ニコラス・プルイットの情報がたくさんある一方、彼の私生活に関する情報はほとんどなかった。結婚しているのかいないのか、子供はいるのかいないのか、その点について裏付けは得られなかった。わたしが見た彼に関する情報のうち、いちばん有益なやつは、学生たちが匿名《とくめい》で教授たちを評価できるようになっているあるサイトで見つかった。プルイットに対する論評の大多数は、彼がときおり厳しい成績を付ける真っ当な教授であることを示していたが、ひとりのユーザーはこう書いていた。正直、プルイット教授ってキモい。マクベス夫人へのこだわりがすごいもんね。なんであの役を最初から最後まで演じなきゃ気がすまないわけ？

小さな情報だが、なかなか興味深い。わたしはすでに、何がニコラス・プルイットをチャーリーに変えたかという物語をすっかり作りあげていた。わたしの想像はこうだ――プルイットの妹マーガレットはノーマン・チェイニーと結婚した。ところが、この男はいやなやつであるばかりか、犯罪者でもあった。やがて彼はプルイットの妹を殺したが、その罪は問われなかった。プルイットはノーマン・チェイニーの殺害を決意する。しかしそれを実行すれば、自分が第一容疑者となることはわかっている。そこで、人を雇ってチェイニーを殺せないかと考え、〈ダックバーグ〉にログインして、『見知らぬ乗客』にからめたわたしのメッセージを見つけたのだ。英文学の教授である彼は、あの小説をよく知っていた。彼にはわたしが何を示唆《しさ》しているかがわかり、わたしたちは標的の名前と住所を交換した。彼はエリック・アトウェルを殺し、結果は上々だった。つかまらずにすんだというだけでなく、その行為が楽しかったという意味においても。それは彼に、ずっと切望していた力を与えた。ノーマン・チェイニーが死んだとき、プルイットはアリバイ工作のためどこか離れたところにいたが、自分の力がさらに増すのを感じた。殺しは快感だった。彼は取引の相手、チェイニー殺しを代行した人物を見つけ出すことにする。それはむずかしくはなかったろう。少し嗅ぎ回れば、エリック・アトウェルが、ある自動車事故に関して聴取を受けたことはわかるはずだ。その事故では、マルコム・カーショーという男の妻が死んでいる。しかも、そのマルコム・カーショーはミステリー専門の書店で働いているのだ。彼はかつて、小説における完璧なる殺人のリストをブログに載せたことさえある。そしてそこには『見知らぬ乗客』も入っている。

年月が過ぎた。プルイットは、命を奪ったとき自分がどれほど活力を感じたかを忘れることができずにいる。毎学期、「マクベス」を教えるとき、彼は自分のなかの流血への渇望がまた少しふくらむのを感じる。もう一度やらねばならない。人を殺さねばならない。彼はそう思う。完璧なる殺人のリストに刺激され、彼は犠牲者をさがしはじめる。たぶん、やるときははっきりわかるようにやるだろう。いつかマルコム・カーショーと自分が出会えるように。

理にかなった筋書きだ。わたしは恐怖の入り混じった興奮でいっぱいになった。わたしにはニック・プルイットに会い、彼がどう反応するか見る必要があった。しかしその前にまず、彼の短編集を読みたかった。わたしは〈ミニットマン図書館ネットワーク〉にログインし、どこでその本が借りられるか調べた。ここサマヴィルで借りられるよう願っていたのだが、そうはいかなかった。しかしその本は、ニュートン公立図書館に一冊あった。この図書館はすでに閉まっているが、翌朝十時に開館することになっていた。

第十七章

翌朝、わたしは店で『シークレット・ヒストリー』を読みはじめた。ただ待つことには、もううんざりだった。ニコラス・プルイットの『小さな魚』を借りるためにニュートン公立図書館が開くのを待つことにも、グウェンからの連絡を待つことにも、マーティ・キングシップからのノーマン・チェイニー殺しに関する続報を待つことにも。

第一章のプロローグを読むと、わたしはたちまち引き込まれた。架空の学校、ハンプデン大学で古典を学ぶ学生の小グループ。彼らに対して語り手が抱く強い執着。リチャード・パーペンと同じく、わたし自身も常に、親密なグループ、結束の固い家族、きょうだいの絆に憧れを抱いてきた。しかしリチャードとはちがい、わたしには自分の加わるグループを見つけることはできなかった。わたしがもっとも親しいのは、稀覯本《きこうぼん》販売者の仲間たちだが、会合で彼らのなかにいると、たいていの場合、自分が詐欺師のように思えてしまう。

その日は気温が上がっており、町じゅうで雪が解けだしていた。あちこちに水溜まりができつつあり、側溝はいまにもあふれそうだった。人も大勢、外を歩いていた。午前中、店は忙しく、絶えずひやかしの客が入ってきて、硬材の床に滴《しずく》を落としていた。

正午前、わたしはエミリーに、うちで昼を食べてくるので、レジに入ってくれないか、とたのんだ。車はメーターの前に駐めてあったので、すぐ乗り込んでストロー・ドライヴをニュートン方面に走っていき、裏道をいくつか抜けて、カモンウェルス・アベニューに近い、巨大な煉瓦の建物の主要図書館に到着した。わたしは図書館の二階で『小さな魚』を見つけ、その薄いペーパーバックの本をフロアの片隅の詩のコーナーの近くに置かれたやわらかな革椅子に持っていった。たぶん犯罪小説を示唆する何か、殺人、または、殺意が含まれるものを見つけたかったのだろう、目次のページで各短編のタイトルに目を通したが、タイトルのほとんどはありきたりか、妙に文学的で自意識過剰に思えるかだった。「ガーデン・パーティー」「そのあとに残ったもの」「ゆえにピラミッドがある」「プラトニック・キス」。格別、目を引くものがなかったので、わたしは表題作「小さな魚」を読むことにした。それがなんの参考にもならないことは、半分ほど読んだ段階でわかった。この物語では、ボウディン大学とすぐわかる某大学の四年生が、十歳のとき父親に連れられてニューヨーク州北部に釣りに行ったことを回想する。この旅の教訓は——小さな魚を川にもどすことがもっとも顕著な教えなのだが——語り手の現在の人間関係に反映されている。それはどうということのない物語だった。少なくともわたしは特に感銘も受けず、途中でやめてしまった。そのあと、他の物語もざっと見たが、大したものはなかった。実のところ、何をさがしていたのかは、自分でもわからない。たぶん、報復や正義に対する不健全な姿勢が表れた物語がひとつでもないかと思ったのだろう。わたしはページを繰《く》って本の頭にもどり、献辞の有無を確認した。献辞はあった。簡単なのがひとつ――「ジリアンに」と。わたしは立ちあがってあたりをぶらつき、使用者のいないコンピューターをひとつ見つけると、ブラウザを開いて、〝ジリアン〟〝ニューエセックス大学〟と入力した。頻出度がもっとも高い名前は、ジリアン・ヌエンだった。この女性は以前、ニューエセックス大学で英文学の教授をしており、その後、ここボストンのエマソン大学で職を得ていた。わたしはこの名前を頭に入れ、彼女に連絡しようと決めた。だがそれは、ニック・プルイットについてもっと調べてからだ。

そのあと、わたしは本のページをうしろへと繰っていき、著者近影があるのに気づいた。それはネットで見つけたのとはちがう写真だった。前と同様に（どうやら本人が映りのよい角度だと思っていると見え）斜め前から撮ったものだが、今度の写真では彼は帽子をかぶっていた。フェルトの中折れ帽――古い映画で探偵たちがかぶっているような帽子だ。それを見たとたん、わたしは土曜の夜、うちの通りの先にいた男のことを思い出した。わたしをつけているように思えたあの男。彼はこれとそっくりの帽子をかぶっていた。

立ち去る前、わたしは盗難防止タグが付いていないかどうか確かめるため、本のページをぱらぱら繰った。タグは付いていなかった。トイレに行って、シャツの下に本を隠してこようかとも思ったが、図書館は人の出入りが多く、混み合っていたので、すでに手続きがすんだような顔をして、ただ本を持って出ていくことにした。図書館もこの本を惜しがりはしないだろうし、ニコラス・プルイットの本を借りた記録を自分の貸出カードに残すのは賢明とは思えなかった。

わたしはセンサーを通過し(警報は鳴らなかった)、暖かな午後の日差しのもとに出ていった。

店にもどると、エレイン・ジョンソンの家で見た本の写真をもう送ってくれたかどうか確認するため、グウェンにEメールした。それからまた少し『シークレット・ヒストリー』を読もうとしたが、どうも集中できなかった。結局は、つぎに何をしたものか決めかね、棚の整理をしたりしながら、店内をうろうろ歩き回るばかりだった。

午後のシフトのブランドンが来ると、わたしはもううちに帰ってもよかろうと判断した。その日は火曜日で、お客も少なかった。なおかつ、わたしはグウェンと話すつもりだったし、それは人目のあるところではしたくないことだった。わたしはメッセンジャー・バッグに『シークレット・ヒストリー』を入れ、ブランドンにひとりで店番をしてもらえないだろうかと訊ねた。

彼は顔をしかめ、それから言った。「いいですよ、別に」

「それじゃたのむよ。何かあったらすぐ電話して」

「そうします」

気温が下がったため、解けた雪はいまや全部氷に変わっており、歩道には泥と塩が散らばっていた。午後の日差しは明るく、すでに日が長くなりつつあることをわたしに気づかせた。とはいえ冬は、少なくともあと二カ月は衰えずにつづくだろう。個人的にはそれも気にならなかったが、家までの帰路、わたしには道行く人々の顔を読むことができた。青白い、暗い顔——この灰色の町と、春に向かう長いぐしょぐしょの行軍にひたすら耐えている顔だ。

いつもの癖《くせ》で、わたしは〈ビーコン・ヒル・ホテル〉のガラスの窓越しに、ホテル内の居心地のよいバーをのぞきこんだ。書店の共同経営者のブライアンがご滞在ではないかと思い、必ずわたしはそうするのだ。その日、彼はそこにいた——お馴染みのハリス・ツイードの上着を着て、楕円形のカウンターの向こう端に陣取っている。合流すべきかどうか決めかね、わたしは二の足を踏んだ。するとそのとき、彼があの大きなもじゃもじゃの頭をもたげ、ガラスのこちらのわたしに気づいた。

「やあ、ブライアン」彼の隣のスツールにすわりながら、わたしは言った。カウンターの上の、縁《ふち》に口紅のついた半分残ったマティーニのことが気になった。

「テスが来てるんだよ」ブライアンは言った。そしてこの言葉と同時に、振り向いたわたしは、十年来の彼の妻、テス・マーレイが、おそらくは化粧室から、もどってくるのを目にした。その唇《くちびる》の口紅は塗り直したばかりだった。

「ああ、すみません、テス」わたしはそう言って、彼女がもとの席にすわれるよううしろにさがった。

「いいから、そこにすわって。わたしたち、あいだにクッションが入ってくれれば、いつだって大喜びなんだから。そうよね、ブライ？」彼女は自分のマティーニを向こうにずらし、わたしはふたりのあいだにすわった。わたしがテスに会う機会はブライアンに会う機会よりはるかに少ない。また、彼女が外に彼と飲みに行くのは、特に火曜の午後の早い時間となると、きわめて異例のことだった。テスはブライアンの二度目の妻で、少なくとも二十歳は彼よりも若かった。誰もが、彼女はかつてブライアンのパブリシスト（クライアントと契約してさまざまな宣伝活動を行う広報のプロ）であり、それがふたりの出会いなのだと言っているが、わたしはこれが事実でないことを知っていた。テスは確かにパブリシストだ――というより、フルタイムで働いていた当時は、そうだったが、ブライアンに雇われてはいなかった。ふたりが出会ったのは、ブライアンが毎年開かれるミステリー作家の世界大会、バウチャーコンに、一度だけ出席したときだ。ブライアンは普通は行かないのだが、その年は大会が彼を主賓《しゅひん》にしたため、出席せざるをえなかったのだ。

ブライアンは、自分たちの結婚を持続させる唯一の方法は、テスが一年の半分をロングボート・キーの彼らの別荘でブライアン抜きで過ごし、彼が一年のもう半分をメイン州東部の彼らのキャビンでテス抜きで過ごすことだと、何度もわたしに言っている。ふたりはときおりボストンで互いに出くわすのだ。

「どうしたんですか、テス？　この時期にフロリダに行っていないなんて？」わたしは訊ねた。

「聞いてないの？　ねえ、ブライアン、その腕を見せてあげてよ」

振り返ると、ブライアンがちょっと生物機械っぽく見える装置に包まれた左腕を持ちあげてみせた。「わあ、大変だ」

「大したことはない」彼は言った。「一週間前、まさにこのスツールから下りようとして転んだんだ。痛くもなんともなかったよ。ただ、プライドの名残りが体から抜け出ていくのを感じただけだ。しかしどうやら骨が二箇所折れているらしくてね、この年齢の隻腕《せきわん》の酔いどれがいかに不自由かは驚くばかりだよ」

「いま現在、執筆中なんですか？」

「クリスマス前に新作を送ったところだが、ゲラを見なきゃならんし、スープが飲みたきゃ缶を開けにゃならんからな。それでテスが犠牲を払ってくれてるわけだ」

「フロリダに来るように説得したんだけどね。この人がどんなか、あなたも知ってるでしょ？」テスが言った。「わたしたち、あなたに連絡しようと思っていたのよ、マル。飲みに行こうって誘うつもりだったの。そしたらこうして、あなたが現れたわけ」

「どこに行けばわたしに会えるか、この男にはわかってるのさ」ブライアンはそう言うと、ほぼいつも、ロックグラスに氷二個のスコッチ＆ソーダと決まっている、彼の酒を飲み干した。

わたしは〈レフトハンド〉のスタウトをオーダーし、さらに、ブライアンとテスを説き伏せて、ふたりに一杯ずつおごらせてもらった。ブライアンにはもう一杯スコッチ、テスには〈グレイ・グース〉のマティーニだ。

「景気はどう?」テスが訊ねた。「いつもブライアンに訊くんだけど、この人ったらなんにも知らないのよ」

「通常どおり」わたしは言った。「悪くはないね」

「何が売れてるの?」

もうパブリシストの仕事はしていないものの(わたしがこの前聞いた話では、彼女はフロリダに自分のブティック・ジュエリー店を持っているという)、テスはいまでもこのビジネスの話を聞くのが大好きなのだ。わたしはテスに好感を持っており、出版業界の他の人々の前で何度となく彼女を擁護《ようご》してきた。業界には、彼女を金めあてで結婚したうえ、年上のリッチな夫と長い時間ともに過ごすたしなみすらない女とみなす連中もいる。しかし彼女はいつもわたしによくしてくれるし、ブライアンも何度か、自分がこの結婚をとても大切に思っていることを、わたしに語っている。テスが、彼にとってひとりの時間がどれほど重要であるかよく理解していることや、彼女なりのかたちで彼を深く愛していることも。

わたしはビールを二杯飲む時間だけ、そこにいた。そのあいだもずっと、いまにも携帯が鳴るのではないか、グウェンからメッセージが来てブザー音がするのではないかと気にしながらだ。ブライアンとテスが食事をオーダーすると、わたしはそろそろ引きあげる、うちに料理すべき食べ物があるから、と言った。これは嘘だったが、ブライアンの呂律《ろれつ》が少々怪しくなりだしていたので、わたしとしてはいつもの独演会が始まる前に脱出したかったのだ。

立ち去る前に、わたしは言った。「エレイン・ジョンソンのことは聞きました？」

「誰だって？」ブライアンは訊き返した。

「エレイン・ジョンソン。以前、毎日店に来ていたお客ですよ。その後、メイン州に引っ越したんですが。ほら、瓶底眼鏡の」

「ああ」ブライアンは言った。わたしの右隣では、テスも一緒にうなずいており、これは意外だった。

「彼女、亡くなったんですよ。心臓発作で」

「どうして知っているんだね？」

もう少しで彼に――いや、ふたりにだろうか――マルヴィ捜査官のことやリストのことを打ち明けるところだったが、なぜかわたしは思い留まった。

「他のお客さんから聞いたんです」わたしは嘘をついた。「それでちょっと、あなたが興味を持つんじゃないかと思ってね」

「いい厄介払いよね」テスが言い、わたしは驚いて、彼女を振り返った。

「エレインを知っていたんですか？」

「もちろん。一度、ブライアンの朗読会のときに、わたしをつかまえて、彼をヘボ作家呼ばわりしたんですからね。わたし、あの人の妻なんですけどって言ってやったら、彼女、大笑いしてね、彼の本を読んでから結婚したのか、なんて訊いてきたのよ。あのことは一生忘れない」

ブライアンは笑みを浮かべていた。「実のところ、彼女にはなんの問題もなかったよ。いますっかり思い出したがね。好きな作家はジェイムズ・クラムリーだと言ってたな。だからわたしは、そんなに悪いやつじゃあるまいと判断したんだ。あの人は確か、メイン州のロックランドに引っ越したんじゃなかったかね?」

「どうして知っているんです?」

「この前、わたしが店に出たときに、エミリーが話してくれたんじゃなかったかな。あの娘《こ》はわたしのために厄介なお客の情報を常時追っかけているんだよ」

「へえ」わたしは言った。エミリーに会うのは三月《みつき》に一度程度だろうに、ブライアンはわたしよりも彼女とよい関係を築いているらしい。そのことが、ほんの少し気に障った。

テスはわたしを見送りに来た。なぜなのか不思議に思っていると、歩道に出たとき、彼女が言った。「この馬鹿な事故のおかげで、あの人はすっかり変わってしまったの。いまじゃあらゆることが怖くてたまらないみたい。歩くのも。ベッドから出るのも。何をするのもよ。わたしが付いててあげてもいいけど、永遠にとはいかないでしょ。フロリダのお店のこともあるし、そもそもずっと彼と一緒なんてわたしには我慢できない。それに向こうだってわたしに我慢できるかどうか」

「プロの手を借りるべきじゃない？」

「そうでしょう？　何百回もそう言ってるんだけど、あの人は聞こうとしないのよ。ねえ、いつか夕食にお招きするから、あなたからその話をしてみてくれない？　よその人に言われれば、あの人も耳を貸すかもしれないから……」

「いいですよ」

「ありがとう、マル。ほんとに助かる。誤解しないでね、わたしはブライアンのためならなんだってするし、彼のほうもわたしのためならなんだってすると思う。でも、バスタブから出るあの人に手を貸したりするのは、また別の話なの」テスは黒っぽい長い髪を耳のうしろへ掻きあげると、身を乗り出してわたしの唇にキスし、さらに、わたしを抱き寄せてハグした。彼女は前にもこうしたことがあった。ブライアンの前でもかまわずに。また、彼もまったく気にしていないようだった。

ハグのさなか、テスはわたしの腕のなかで身を震わせた。「どうしてこんなお天気に耐えられるの？」彼女はそう言って抱擁を解いた。うちに歩いていくとき、わたしには彼女のにおいが肌に残っているのがわかった。レモンの香りの香水と、マティーニのオリーブのにおいだ。

その夜、わたしは夕食にシリアルを食べ、また少し『シークレット・ヒストリー』を読み、グウェンからの連絡を待った。ベッドに入る前には再度、彼女宛に、何も変わりがなければよいのですが、とメールを打った。そしてベッドに横たわったとき、わたしが思い浮かべたのは、妻の顔ではなく、彼女の顔だった。

第十八章

翌朝、ちょうど八時を回ったとき、ドアのブザーが鳴った。わたしはすでに起きて、服を着替え、コーヒーを淹れようとしていた。

インターコムのボタンを押すと、男の声が聞こえてきた――FBIのベリーという者だが、上がっていってもいいだろうか？　二対の足が騒々しく階段をのぼってくるその間隙《かんげき》のひとき、わたしには質問が来たときどうするか考える時間が充分にあった。わたしはすばやくいくつかの仮説を立てた。彼らがここに来たのは、わたしを逮捕するためか、エリック・アトウェルもしくはノーマン・チェイニー、またはその両方の死に関して、わたしを尋問するためである。昨日、グウェンがわたしのメールに返信してこなかったのは、わたしが殺人事件の容疑者となったからである。

わたしは歩いていってドアを開けた。ベリー捜査官は背が高い猫背の男で、ピンストライプのスーツを着ていた。彼はFBIの身分証を呈示し、もう一度、名前を名乗り、自分はニューヘイヴン支局の者だが、いくつか訊きたいことがあるのだ、と言った。ベリー捜査官の背後には、やはりスーツ姿の、彼よりずっと背の低い女性がいた。彼はこの女性をボストン支局のペレス捜査官だと紹介した。わたしはふたりを招き入れ、ちょうどコーヒーを淹れるところなのだが、おふたりも飲まないかと訊ねた。ベリー捜査官は、いただきますと言った。ペレス捜査官は、窓から外を眺めていて、なんとも答えなかった。

わたしはコーヒーを淹れはじめた。心は驚くほど落ち着いていた。ブザーが鳴った直後、全身にあふれたアドレナリンは彼らの到着とともに消え失せていた。すぐそこにある椅子まで歩いていき、ふたりにソファをすすめたときも、ふわふわした気分で、まるで夢のなかにいるようだった。

ベリー捜査官は腰を下ろす前に、スーツのズボンの膝《ひざ》のあたりを軽く引きあげた。彼の手は巨大で、加齢によるしみが浮き出ていた。頭も大きく、分厚い二重顎のせいで顔は長くなっていた。彼は咳払いしてこう切り出した。「グウェン・マルヴィとのご関係について、少しお話を聞かせていただけないかと思いましてね」

「わかりました」わたしは言った。

「初めて彼女と会ったのがいつなのか教えていただけますか?」

「いいですとも」わたしは言った。「先週の木曜日、書店に――わたしが働いている店、〈オールド・デヴィルズ〉に電話があったんですよ。いくつか訊きたいことがあるので店に行ってもいいだろうか、ということで。あの人は大丈夫なんですか?」

「彼女が訊きたかったことというのは、どんなことです?」ベリー捜査官は訊ねた。ペレス捜査官はまだひとこともしゃべっていないが、螺旋綴《らせんと》じの手帳を取り出して、ペンの蓋《ふた》を取っていた。

「マルヴィ捜査官は、わたしが作ったリスト——昔、ブログに載せた記事について訊きたいことがあったんです」

ベリーは自分の手帳を取り出して、なかのページをじっと見つめた。「〈完璧なる殺人8選〉というやつですね？」その声からは軽蔑めいたものが聞き取れた。

「そう、それです」わたしは言った。

「で、彼女の質問はどういうものだったんでしょうか？」

どうも彼らは、グウェンとわたしの会話の内容を全部知っているようだったが、わたしは彼らの知りたがることはなんでも教えてやることにした。そう、すでにグウェンに教えたことならなんでも。だからわたしは話を始め、マルヴィ捜査官が二〇〇四年にわたしが作ったリストとここ数年のいくつかの事件の関連に気づいたことを説明した。当初、自分がその関連性に懐疑的で、単なる偶然だろうと思ったことや、グウェンと自分がロックランドのエレイン・ジョンソンの家でリストの本、八作すべてを発見したことにも触れた。

「マルヴィ捜査官がＦＢＩの職務遂行に当たってあなたの同行を求めたことをおかしいとは思いませんでしたか？　行き先は、犯罪が行われた可能性のある現場だというのに？」この質問をしたのは、ペレス捜査官だ。彼女が言葉を発するのをわたしが聞いたのは、このときが初めてだった。質問しながら、彼女が身を乗り出すと、最近太ったせいなのか、スーツの上着の前ボタンが少し突っ張った。彼女は年齢は三十そこそこ、黒い髪は短く、顔は丸顔で、大きな目と濃い眉《まゆ》が際立っていた。

「別に」わたしは言った。「あのリストを書いたこと、リストの作品を全部読んでいることから、彼女は本当にわたしをエキスパートだと思っていたんだと思いますよ。わたしがエレイン・ジョンソンの家で何かに気づく可能性があると、彼女は考えたんです。それに、わたしはあの人と知り合いでしたから。エレイン・ジョンソンを知っていたわけですからね」

「それで、どんな発見がありました？　エレイン・ジョンソンの家に行った結果？」

「わたしが発見したのは——わたしたち、マルヴィ捜査官とわたしとが発見したのは、本当に何者かがわたしのリストを基に人を殺しているという確かな証拠です。また、その犯行はほぼまちがいなく、わたしに関係していて——」

「ほぼまちがいなく？」ベリー捜査官が二重顎を震わせて言った。

「エレイン・ジョンソンはわたしの知り合い、わたしの書店に始終来ていた人物ですから。彼女の死がわたしとのつながりを示唆しているのは明らかですよ。直接的なつながりではなく、これをやっている人間はわたしを知っているか、自分のしていることをわたしに気づかせたがっているか、なんらかの理由でわたしをはめようとしているかでしょう」

「そういったことをすべてマルヴィ捜査官と話し合ったわけですか？」

「そうです。わたしたちはあらゆる可能性について話し合いました」

ベリー捜査官は手帳に目を落とした。「確認ですが、あなたたちはロビン・キャラハン、ジェイ・ブラッドショー、イーサン・バードの殺人事件についても話していますね?」

「ええ」わたしは言った。

「ビル・マンソーの事件についても?」

「線路際で殺されていた男ですか?……ええ、話しました」

「エリック・アトウェルについては?」捜査官はそう言いながら、目を上げてわたしを見た。

「エリック・アトウェルについても少し話しました。彼はわたしとつながりがあるので。しかし、この一連の事件の被害者として話題にしたわけではありませんよ」

「彼のあなたとのつながりとはどんなことです?」

「エリック・アトウェルの、ですか?」

「ええ」

「そういうことは全部、マルヴィ捜査官が書き留めていたはずですよね」わたしは言った。

「わからないな。どうして直接、彼女と話すか、彼女のメモを見るかしないんです?」

「とにかくあなたからお聞きしたいんです」ペレス捜査官が言った。彼女が何か言うたびに、ベリー捜査官が居心地悪そうに、まるで恥ずかしくて掻《か》けないところに痒《かゆ》みがあるかのように、ソファの上で身じろぎすることに、わたしは気づいていた。

「エリック・アトウェルは、わたしの妻が死んだ当時、彼女とかかわっていました。彼は妻をドラッグ漬けにしたんです。車の事故で死んだ夜、妻は彼の家から帰る途中でしたし」

「その後、エリック・アトウェルは殺されたんですよね？」

「そう、撃たれたんです。警察は強盗事件とみなしたと聞いていますが。それに、マルヴィ捜査官がその事件を〈完璧なる殺人8選〉と関連づけていないのは明白でしたよ」

「なるほど。もうひとつだけ」ベリー捜査官が言った。「あなたたちはスティーヴン・クリフトンの死についても話しましたか？」

わたしは束の間、啞然としていた。スティーヴン・クリフトンというのは、かつて、中学生だったクレア・マロリーに猥褻《わいせつ》行為を行っていた科学の教師の名前だ。しかしグウェンが彼に言及するのを聞いたことはない。わたしは首を振って言った。「いいえ、その名前は聞いたことがありません」

「本当に？」

「覚えがありませんね」わたしは言った。

「わかりました」ベリー捜査官はそう言って、手帳のページをひとつめくった。わたしがスティーヴン・クリフトンの名を知らなかったことを気にしているふうはない。彼は訊ねた。

「一連の殺人事件の犯人に関し、マルヴィ捜査官があなたに、自分が誰を疑っているか話したことはありますか？」

「いいえ」わたしは言った。「そもそも彼女がわたしを訪ねてきたのは、そのためですから。彼女は、わたしのまわりに――たとえば、店のお客や以前の従業員のなかに――疑わしい人物がいないかどうか、聞き出そうとしていたんです」

「それで、誰かいましたか？」

「いませんでした」わたしは言った。「いまもです。少なくとも、わたしには心当たりがありませんね。うちのお客のなかでいちばんの変人は、たぶんエレイン・ジョンソンだったんでしょうが、彼女が犯人じゃないのははっきりしていますしね」

「あなたはマルヴィ捜査官に、現在、店にはふたりの従業員がいると話していますね？」

「そのとおりです。ブランドン・ウィークスとエミリー・バーサミアン。あとは店の共同経営者のブライアン・マーレイがときおりシフトに入るだけです」

　捜査官たちはそれぞれ手帳に書き込みをした。風がわたしの部屋の窓を激しくたたいた。

「マルヴィ捜査官は大丈夫なんですか？」わたしは訊ねた。その言葉は自然に流れ出てきた。

　ベリー捜査官が唇を嚙んで顔を上げた。彼は言った。「マルヴィ捜査官は停職処分となりました。あなたとはこれ以上一切接触してはならないと彼女が通達されたことをご承知おきください」

「ええ？」わたしは言った。「どうしてです？」

　捜査官ふたりは視線を交わした。それからペレス捜査官が言った。「残念ですが、その件についてはお話しできないのです。今後、ご提供いただける情報はすべて、わたしかベリー捜査官に提供していただかなくてはなりません」

わたしはうなずいた。ふたりはふたたび視線を交わし、その後、ペレスが言った。「わたしと一緒に局に来て、すべてを話していただけませんか？」

＊

わたしはペレス捜査官の車でチェルシーに行った。わたしを尋問したのは、ペレス自身だった。その豪華な小部屋には、録音装置があり、カメラ二台が天井に設置されていた。わたしたちは一から始めた。リストが生まれたきっかけ、わたしが選んだ作品のこと、グウェン・マルヴィと彼女の質問。ペレスは、グウェンとわたしのやりとり、交わした会話の内容を逐一知りたがった。エリック・アトウエルのことやスティーヴン・クリフトンのことはもう訊かれず、たぶんペレスは何枚かカードを隠しているのだと思ったものの、わたしは安堵した。聴取は午前中いっぱいかかり、この新しい捜査官にグウェン・マルヴィとの会話の内容を全部教えることが、彼女への裏切りになるような気がして、わたしは奇妙な罪悪感を覚えた。なぜグウェンが停職処分となったのか、そのことはあのリストとどう関係しているのか、いま何が起こっているのか、わたしは考えつづけた。聴取の終盤、わたしは最後にもう一度、ペレス捜査官に、もっと何かマルヴィ捜査官のことを教えてもらえないだろうかと訊ねた。

「捜査を進めるに当たっては従うべき手順があります。マルヴィ捜査官はそれらの手順に従わなかったのです。わたしがお話しできるのは、それだけです」

「わかりました」わたしは言った。

「お帰りになる前に、確認させてください。ご自身に警察による護衛が必要だとお感じになっていますか?」

「いや、それはないかな」わたしはそのことを考えていたふりをして言った。「でも用心はしますよ」

「最後にもうひとつ」彼女は言った。「あなたがエレイン・ジョンソンが死んだ日のアリバイをグウェン・マルヴィに示したことは知っています。しかし、他の殺人事件についても、同様のことをしていただきたい――アリバイを示せるかどうか調べていただきたいのですが」

「やってみますよ」わたしは言った。

ペレス捜査官は、ロビン・キャラハン、ジェイ・ブラッドショー、イーサン・バード、ビル・マンソーが殺された日の正確な年月日のリストとともにわたしを家に送り返した。わたしはカレンダーを見るつもりでコンピューターにログインしたが、急に激しい疲労に襲われ、すぐには作業にかかれなかった。立ちあがると、たちまち頭がくらくらし、その日は午前の聴取のとき、ビニール包装のラズベリー・デニッシュをひとつ食べただけだったことに気づいた。わたしはキッチンに行き、ピーナッツバターとジェリーのサンドウィッチをふたつ作り、大きなコップ二杯分のミルクとともにそれを食べた。ありがたいのは、その晩、六時に〈ジャック・クロウズ〉でマーティ・キングシップと飲む約束があることだった。彼はノーマン・チェイニーの死に関して、また新たな情報を仕入れてくれたにちがいない。おそらくニコラス・プルイットに関してもだ。当面、わたしが考えなくてはならないのは、いまから六時のその飲み会までのあいだ何をするかだった。自らプルイットに接触してもしかたない。それをするのはまだ先だ。そのときわたしは、彼の短編集の献辞のことを思い出した――「ジリアンに」わたしはネットに入って、献辞の対象者らしき人物、ジリアン・ヌエンについてまた少し調べた。彼女はもとはニューエセックス大学の非常勤講師で、主として新入生のための入門講座を受け持っていた。現在勤めているエマソン大学では、文学の講座をいくつか持っているが、創作学科では詩も教えていた。わたしは彼女の詩のいくつかを見つけた。現代詩人の作品にありがちなことだが、わたしにはその詩の意味がほとんど理解できなかった。ただ、そのなかには「アンディヴァイダー」という雑誌に載った詩が一作あった。タイトルは「日曜の午後、PEMにて」PEMというのは、ニューエセックスに隣接する町、マサチューセッツ州セイラムにあるピーボディ・エセックス博物館《ミュージアム》のことだった。その詩自体は、大まかに言うと、ヴェトナム民俗芸術の展覧会をテーマとしたものなのだが、詩のなかには、〝負の空間、曲がった肉体しか見えない〟語り手の同伴者、〝彼〟が登場する。この同伴者がニコラス・プルイットなのだろうか？　もしそうだとしたら、プルイットとジリアン・ヌエンがいまも交際しているとは思えなかった。わたしでさえ、その詩のその句が批判的であることは読み解くことができた。

エマソン大学教職員のページには、ヌエン教授の電話番号が載っており、わたしはその番号にかけた。彼女が本当に出るとは期待していなかったが、二回目の呼び出し音のあと、彼女は電話を取った。

「もしもし？」

「ヌエン教授ですか？」その読みで合っているよう願いつつ、わたしは言った。

「はい」

「こんにちは、ジョン・ヘイリーと申します」〈オールド・デヴィルズ〉の以前の所有者の名が自然に出てきた。「ニコラス・プルイット氏のことでお話しできないかと思いまして」

沈黙が落ちた。一時《いっとき》、電話を切られたのかと思ったが、やがて彼女が言った。「どこでわたしの名を知りました？」

「残念ながら、あなたとお話ししたい理由についてはあまり明確なことが言えないのです。ただ、ある要職にプルイット氏をお迎えすることが検討されていて、氏を入念に審査することは非常に重要なのだとご理解ください」そう言っているさなかにも、わたしはその言葉にあまり説得力がないことを自覚していた。

「なんのために入念に審査するのかしら？」

「実はね、わたしはいまボストンにいるのです。期限もあることなので、なんとかきょうの午後、会っていただくわけにはいかないでしょうか？　そちらのオフィスでどうでしょう？あるいは、外で会ってコーヒーを飲むとか？」

「ニックがわたしを照会先に挙げたんですか？」ヌエン教授は訊ねた。

「もちろんあなたの名を出されたのだと思いますよ。しかし、公式にプルイット氏の人物を保証していただくには及びません。氏についてお話しいただいたことは、完全に部外秘となります」

ヌエン教授はちょっと笑った。「このわたしが保証人をたのまれたなら、すごく驚くところだわ。そうね、興味をそそられた」

「会っていただけると、本当に助かるのですが」

「わかりました」教授は言った「きょうの午後、お会いしましょう――もしご足労いただけるなら」

「喜んでうかがいます」わたしは言った。

「ダウンタウン・クロッシングにコーヒーショップがあるんですよ。〈ラダー・カフェ〉というお店。ご存知ですか？」

「いや。でも見つけますから」

「わたしは三時まで仕事なんです。三時半でいかが？」

第十九章

　ダウンタウン・クロッシングとして知られるボストンのその地区は、ボストン・コモンの向こう側にある。そこはかつて大型百貨店が立ち並んでいた場所で、その代表格が〈メイシーズ〉と〈ファイリーンズ〉だが、現在それらの建物はどちらも空っぽになっている。残っているのは、ごちゃごちゃと軒《のき》を連ねるスニーカー店とホットドッグの屋台、それに、数軒のお洒落《しゃれ》なバーやレストランだけだ。後者は、すでに数年、市が試《こころ》みてきたこと——ラダー地区というこのエリアのイメージチェンジの成功に期待をかけているのだった。

〈ラダー・カフェ〉は明らかに、このイメージチェンジ戦略に乗っかっている店だ。布地店とスポーツ・バーにはさまれたそのカフェは、幅は狭く、天井は高く、バリスタたちはタトゥーを入れ、壁にはミニマリストのアートが飾られていた。わたしは早めにそこに着き、カフェオレの大を調達し、入口が見える席にすわった。ジリアン・ヌエンはまず、どういう事情で以前の彼氏の話が聞きたいのか、いろいろ質問してくるだろう。わたしは可能なかぎり説明を控え、ただ、大手出版社からまもなく出るアンソロジーの編者としてプルイット氏が候補となっているのだが、彼のプライベートに関していくつか疑問が示されたのだと言うに留めることにした。さらに問いただされた場合は、自分は探偵事務所に雇われている者で、身上調査をしているのだと言うつもりだった。彼女が名刺を求めないようわたしは願っていた。

三時半きっかりに、ジリアンとわかる女性が店に入ってきた。小柄なその人は、ぶくぶくしたフード付きのジャケットに身を包んでいた。わたしの視線に気づいたにちがいない、彼女はすぐさまこちらにやって来た。わたしは自己紹介した。

「二十分しかないんです」彼女は言い、わたしは、先の電話のあと、この人は警戒を強めたのだろうかと思った。

コーヒーを買ってこようと申し出ると、ジリアンはハーブティーにすると言った。わたしはふたたび列に並び、彼女の飲み物を買った。そうしていると、どうしてもクレアのことを考えずにはいられなかった。彼女がいつもコーヒーショップでハーブティーをたのんだことや、ティーバッグ一個と少量のお湯だけに三ドル以上も払わされて自分が頭に来たことを。

席にもどると、わたしは言った。「会ってくださって、本当にありがとうございます。きっと奇妙だとお思いでしょう。しかし身上調査の依頼があり、それが非常に急ぎだったものですから。出版社が早急に決断を下したがっているのですよ」

ジリアンは出版社という一語に反応した。これは予想どおりだった。「ああ」彼女は言った。「それはどういう……」

「出版社名はお教えできないのですが、プルイット氏にある重要なアンソロジーの編者を務めてもらってはどうかという話があるのです。ところがどうやら、どこかで誰かが氏の私生活について懸念を示したようなのですよ。氏がその仕事をするに当たって、それが障害となるのではないか、というわけです」

ジリアンはお茶を飲もうとしていたが、ここでカップをソーサーにもどした。「この会話がよそに漏れることはないとおっしゃいましたよね」

「ああ、それはもう」わたしは言った。「百パーセント確かです。文書で報告を出すことさえしませんよ」

「ニックにはもう三年以上会っていないし、言葉も交わしていないんです。ニューエセックスを離れてからずっとですね。わたしが彼に対する接近禁止命令を申請したことはもうご存知なんですよね。そうでなければ、いまあなたがわたしと話しているわけはありませんもの」

「おっしゃるとおりです」わたしはそう言って、さらにつづけた。「プルイット氏とはどれくらいの期間、交際なさっていたのでしょう?」

ジリアンは天井に目を向けた。「一年足らず。つまり、本当の交際期間は、一年足らず、ですね。彼のことはつきあいだす一年前から知っていたし、どうにか別れたあとも、わたしは半年ほどニューエセックスにいましたが」

「何が原因で接近禁止命令を申請なさったのか、教えていただけませんか?」

ジリアンはため息をついた。「実際に危害を加えられたことは一度もないんですよ。物理的暴力によって脅《おど》されたこともないし。でも別れたあと、彼は頻繁に電話を寄越し、わたしの行く先々に現れるようになったんです。一度など——一度だけですが、それがわたしが禁止命令を申請した理由です——彼はひどく酔って、わたしの家に押し入ったんですよ」

「驚いたな」わたしは言った。

「問題はね……本当はまともな人だと思うんですが、あの人は飲み過ぎるんです。どうなんでしょう……彼はいまも飲んでいるんですか？　最後にふたりで話したときは、もう一カ月以上飲んでいないと言っていましたけど」

「必ず確認しますよ。するとプルイット氏があなたに暴力を振るったことは一度もないわけですね？」

「ええ。それは絶対です。本当に、ただしつこかっただけ。わたしのことを生涯の恋人だと思っていたんです」

「彼はあなたに本を捧げていますね」わたしは言った。

「ああ、あれ」ばつが悪いのか、彼女は顔を覆った。「知っています。あれは、別れたあとなんです。ねえ、ニックが仕事を得るのを邪魔したくはないわ。あの人にはたぶんその仕事が必要だろうし。わたしは彼のせいでいやな思いをしました。でももし飲むのをやめたのなら、彼はぴったりの人材なんじゃないかしら。本はたくさん読んでいますから」

「すると、一定期間、プルイット氏を見ていて、あなたはどんなかたちにせよ、彼に暴力を振るうことができるとは思わないわけですね？　別れたあと、彼が復讐心を抱いていると感じたことはないわけですね？」

ジリアンはこの質問にちょっと戸惑っている様子で、わたしはやり過ぎただろうかと思った。彼女はしゃべりかけ、口をつぐみ、それから言った。「あの人の暴力的な一面など見たことがありません。でもね……文学的な観点からは暴力というものに強い興味を持っていましたよ。復讐の物語に心を惹かれていましたし。でもそれは……それは、わたしの知るかぎり、単に専門家としての興味でしたから。彼は英文学教授の典型――まさに学者なんです」

彼の妹の身に起きたこと、あるいは、その後、妹の夫、ノーマン・チェイニーの身に起きたことを知っているのかどうか、彼女に訊いてみたかった。しかしわたしは、もうすでに薄氷を踏む思いでいた。ジリアン・ヌエンは、あとで話の種となる人物を見るような目でわたしを見ていた。「おかしな質問だとお思いになったでしょうね」わたしは言った。「実は、ここだけの話ですが、ある人が自ら出版社に連絡してきて、ニコラス・プルイットの暴力行為を告発したようなんですよ」

「まあ」ジリアンは言い、ひと口お茶を飲んだ。

「出版社側はその告発、あるいは、告発者を信頼できるとは思っていません。それでも念のため――」

「ああ、そんな。わたしがその告発者だとお思いなのね」ジリアンはいずまいを正した。

「いやいや」わたしは言った。「ちがいますよ。告発者が誰なのかはわかっていますから。ただ、なんらかの裏付けが得られないか調べているだけですからね」

「そうですか」ジリアンは言い、カップを置いた。「すみません、もう行かないと。これ以上わたしからお話しすることもありませんし」

彼女は立ちあがり、わたしもそれに倣《なら》った。「ありがとう。ご協力に感謝しますよ」すでに彼女の信頼を失っているのは明らかだったが、それでもわたしはいちかばちか挑戦してみることにした。「最後にもうひとつだけ。ニック・プルイットが銃を持っていたかどうかご存知ありませんか？」

ジリアンはあの大きなジャケットを着ているところだった。彼女は首を振った。「いいえ。アンティークの銃ならありましたけれど。弾も出ないと思いますよ」

「アンティークの銃ですか？」

「あの人は銃のコレクターなので。撃つためじゃなく、古いリボルバー。昔の犯罪映画に使われた銃ならなんでも。それが彼の趣味なんです」

＊

ウェイトレスがテーブルにわたしたちのビールを置いた。マーティには〈ステラ〉、わたしには〈ベルヘイブン〉だ。わたしたちは〈ジャック・クロウズ〉の奥のブース席にすわっていた。その席はそれ自体ひとつの小部屋のように感じられ、オールド・サウス教会の信徒席を思い出させた。

「会えてうれしいよ、マーティ」わたしは言った。この前、顔を合わせたのは割と最近なのだが、わたしの目には彼が老けたように見えた。クルーカットの白い髪は前よりまばらになっており、その下の地肌に黒っぽいしみが点々と浮き出している。それに、節《ふし》の太い彼の手は、関節炎を示唆する曲がりかたで曲がっていた。

「この店のこと、忘れていたよ」そう言いながら、彼はブースの外に身を乗り出して、混み合った店内を眺めた。「前回ふたりで来たときは、芽キャベツが載っかったナチョスを食ったんだよな」

「そうだっけ?」わたしは言った。「覚えてないな」

「俺は絶対忘れないね。ナチョスに芽キャベツだぞ」

「いま思い出したよ」わたしは言った。「今夜はビールだけにしよう」わたしたちはグラスを触れ合わせた。

「何か新しい情報はあるかな?」わたしは言った。こちらからも、ニック・プルイットに関する情報をつかんだこと、特に銃のコレクションの件を彼に話すべきなのかどうか、わたしはずっと迷っており、まだどうするか決めかねていた。

「少しな」マーティは言った。「お役に立つかどうかはわからんがね、彼は聖人にはほど遠いよ。あのニック・プルイットって男は」

「そうなのか？」

「やつは二度逮捕されてる。酒または薬物の影響下での運転で一度、泥酔および紊乱《ぶんらん》で一度。それも、いいか、クリスマス・イヴの礼拝のあとでだぞ。教会で配るちっちゃな白いロウソクをひと箱、盗もうとしてつかまったんだ。それに、接近禁止命令の申請も二度、提出されている。ちょっと待ってくれ」マーティはウールのブレザーのポケットをさぐって、螺旋綴じの手帳と眼鏡を取り出した。「一度目は、ジョディー・ブラックベリーから。ミシガン州で、プルイットが大学院生だったときだ。その女は、やつに窓から部屋をのぞかれたり、キャンパス内でつけまわされたりしているのに気づいたんだ。もう一件は、もっとずっと最近だよ。ほんの三年前。申請者は、ジリアン・N、G、U、Y、E、Nだ。この名前は発音しないでおく。まちがえたら失礼だからな。まあ、これも似たような話だね。元交際相手が、彼がほっといてくれないと訴えたわけだ。プルイットは彼女の家に押し入ったんだよ」

「すると、暴力行為の記録はないわけだね？　銃がからむようなやつは？」

「ないね。だが犯人像に合うんじゃないか？　ニック・プルイットがチェイニーを殺したかったなら、彼は誰か他のやつにそれをやらせたはずだ。プルイットは人殺しじゃない。のぞき魔で、酒に弱いやつだってのは、はっきりしてるがな。それに、俺が調べたところじゃ、アリバイは鉄壁だった」

「ノーマン・チェイニーが殺されたときのアリバイが?」

「うん」マーティはふたたび手帳に目を落とした。「二〇一一年三月だな。ニック・プルイットは親族の集まりでカリフォルニアに行っていた。裏は取れてるよ。だがさっきも言ったとおり、やつは自分で義弟を殴り殺すタイプじゃないと思う。まずまちがいなく他の誰かにやらせるタイプだろうよ。あるいは、ただノーマン・チェイニーを痛めつけてくれって人にたのんだら、そいつがやり過ぎたってことなのかもな。どっちにしろ、プルイットは罪を問われなかったわけだ。俺が思うに、もし本当に知りたいなら、真相は本人から聞き出せるんじゃないか——告白みたいなことをさせられるんじゃないかね。俺はやつみたいなタイプを知っている。ちょっと締めつけてやりゃ、白状するだろうよ。別にすすめてるんじゃないぞ。ただ言ってるだけだ」

「わかった」わたしは言った。「いいんだ、こっちはただ情報がほしかっただけだから。助かったよ、マーティ、ありがとう」

「いや、こっちこそだ。なんと今週は役に立ってる気分になれた。こりゃあ実にひさしぶりのことだよ。FBIは、このチェイニー殺しのことで、まだあれこれ訊いてきてるのか?」

わたしはぐうっと長くビールを飲み、どこまでマーティに話すべきか、もう一度考えた。

「いや、それはない」わたしは言った。「どうやらあれは全部、百年も前にわたしが〈オールド・デヴィルズ〉のブログに載せたリストに関係していたらしいんだ」

「へええ？」

「そうなんだよ。うちのブログ、見たことあるかな？」

「こっちはブログってのがなんなのかも知らんよ」マーティは言った。

「わたしはもうやってない。でも、〈オールド・デヴィルズ〉に就職した当初は、オンライン上のそのサイトが、わたしがちょっとした記事を載せる場だったんだ。新刊レビューとか、好きな作家のリストとか、そんなものだね。それで一度、小説のなかの自分が好きな完璧な殺人を八つ選んで書いたことがあってね、ＦＢＩの誰かがそのリストとここ数年の未解決殺人のいくつかとのつながりに気づいたわけだよ。ただ、ごく弱いつながりだからね。ＦＢＩもこれ以上は追わないんじゃないかな」

「連中は他にどんなことを訊いてきたんだ？」興味の色も露《あら》わに、マーティは訊ねた。

「コネチカット州の死亡事件、通勤列車の線路際で遺体が見つかったやつのこと。それと、ニュースキャスターのロビン――」

「ああ、ロビン・キャラハンだろ」マーティが口をはさんだ。「あれは旦那がやったんだ。まだ逮捕に至ってないなんて信じられんよ」

「確かなのか？」わたしは言った。

「さあな。だが彼女は、不倫が結婚のためになるって本を書いた女だろ。旦那をしっかり調べるべきだと言えるとは思うね」

わたしは笑った。「そうだな。なんにせよ、わたしは過剰反応してたんだと思う」

「あんたが過剰反応してたかどうかは知らないがね、確かにFBIは過剰反応してたようだな。あんたは全部の事件についてあれこれ訊かれたのか?」

わたしには彼がますます興味を募らせているのがわかった。だが、こちらとしては彼に首を突っ込まれたくはない。彼の様子はわたしに、骨をもらった犬を思い出させた。仮に一連の模倣《もほう》殺人のことなど話そうものなら、彼はきっと調べはじめるだろう。しかも、こちらはすでにノーマン・チェイニーの名を教えてしまっている。

「ただ、その人たち——ノーマン・チェイニーや、コネチカットで死んだ男や、ロビン・キャラハンと何か関係がないか訊かれただけさ。わたしは、ないと答えた。ノーマン・チェイニーのことをあんたに調べてもらったのは、理由はわからないが、FBIが特にその点に興味を持っているように見えたからでね。でも、結局なんでもなかったよ。少なくとも、わたしはなんでもなかったと思っている。それはそうと、娘さんが来る予定に変わりはないのかい?」

「あんたがリストに入れたのは、どの小説なんだ?」わたしがシンディのことを訊いたのを無視して、彼は訊ねた。

思い出すのに苦労しているふりをしながら、わたしはあのリストの作品を教えた。ただし、『見知らぬ乗客』は除いたが。常におすすめの本を聞きたがるマーティは、タイトルのいくつかを手帳に書き留めた。

「『ABC殺人事件』か」彼は言った。「いい響きだよな。このところ、ジェイムズ・エルロイよりアガサ・クリスティを読むほうが好きになってきたようでね。なんなんだろうな、これは。軟弱になってきたってことかね」

「アガサ・クリスティを読んでるのか?」

「うん、あんたのおすすめに従ってな。ちょうど『十人の小さなインディアン』を読んだとこだ」

「『そして誰もいなくなった』だね」ほぼ自動的に、わたしは言った。現在あの小説はより適切なこちらのタイトルで販売されているのだ。

「そう、そいつだ。あれこそ完全犯罪だよな。もっと大勢の殺人犯があの小説をまねしないのが残念だよ」

「人を殺したあとああいう行動を取らないのが、か?」わたしは言った。アガサ・クリスティを読むよう彼にすすめた記憶はなかったが、きっとそうだったのだろう。それはわたしらしいことだから。

わたしたちはもう一杯ビールをオーダーし、本のことを話し、少し彼の家族のことも話した。彼は三杯目にいくかと訊ねたが、わたしは帰ることにした。いつもながら、マーティと過ごすのは楽しかった。ところが、しばらくするとわたしたちは話すことがなくなってしまう。そしてわたしは悲しく淋しい気分になるのだ。ひとりでいるときとは逆に、人と一緒にいると、より痛切に孤独を感じることがあるとわたしは常に思っていた。

「ニック・プルイットに関して何かするつもりかい？」わたしが上着を着ているとき、マーティが訊ねた。

「いや」わたしは言った。「ＦＢＩがまたわたしと話そうとしないかぎりはね。彼らが来たら、まあ、プルイットのことに触れるかもな。元警官にノーマン・チェイニーの殺害のことを調べさせたとか、プルイットが怪しいとか」

「俺の名前は伏せといてもらえないかな」マーティは言った。「もしかまわなければ」

「いいとも。もちろんだ。というより、その話は一切しないよ。わたしもちょっと気になっただけだし。ただそれだけのことだと思う。ＦＢＩが自分と犯罪を結びつけたことで、面食らってしまったんだな」

「俺はてっきり、ネロが関係してるって話になるのかと思ってたよ」マーティはそう言って、ビールを飲み干した。

「え？」

「うん。ＦＢＩがノーマン・チェイニーのことで話を聞きに来たってのは、あんたの猫が理由じゃないかと思ってさ。ほら、ネロ。店にいるやつ」

「どうして？」わたしはせいぜい平静な声を出すよう努めた。

「警察の報告書を読んでたらな、ノーマン・チェイニーは猫を飼ってたんだよ。ネロみたいなトラ猫をさ。そいつが事件後、行方不明になってってね。その話を読んだから……つながりはそれかもって思ったわけさ」

「おもしろいね」わたしは言った。

「彼はちょっと有名なんだ。ネロはさ。知ってるだろ？」

「知ってるよ。うちの店に来るお客の半数は、ただあいつに会いたいがために来るんだからね。エミリーの話だと、彼にはインスタグラムの自分のページがあるんだそうだ。わたしは見たことがないけどな。そう、ＦＢＩはうちの猫のことはなんにも訊かなかったよ。そもそも彼はバーモント出身じゃないしね」わたしは笑い、その声はわたし自身の頭のなかで嘘臭く響いた。

「俺はもう一杯飲んでいくよ」マーティは言った。

わたしは再度、彼に礼を言い、夜気のなかへと出ていった。マーティと過ごしているあいだに気温は急降下しており、わたしは狭い歩道の凍った部分をよけながら、慎重に家路をたどった。自宅の前の通りに着いたとき、彼女の姿はすぐに見えたわけではない――アパートの前の枯れた科《しな》の木の陰で待つその姿は。しかしわたしは気配を感じた。それは最近、何度も経験していた感覚、見られているというあの感覚だった。

階段まで行ったとき、彼女は暗がりから出てきて言った。「こんばんは、マル」

第二十章

「こんばんは、グウェン」わたしは言った。

「わたしを見ても驚いてないようですね」

「まあね。きょうＦＢＩの捜査官ふたりと話したし。停職処分になったそうですね」

「誰と話したんです？」そう言いながら、彼女は前に進み出、通りから射す明かりのなかに立った。夜の冷気のなかで白い息がうねっていたが、彼女を招き入れるべきか否かわたしにはわからなかった。

「ひとりはニューヘイブンの捜査官で――」

「ベリーだわ。そうでしょう？」

「ねえ」わたしは言った。「あなたと話すのがいいことなのかどうか、わたしにはよくわからないんですよ」

「そうですよね、当然です。わたしはあなたから何を得ようとも思っていません。ただ、せめて話がしたいと思ったんです。ほんの少しでも。事情を説明できればと。普通ならお電話するところですが、それもできなかったし。一緒に上に上がってもいいでしょうか？　それとも、どこかで一杯飲みますか？　いま立っているここ以外ならどこでもかまいませんから」

わたしたちはチャールズ・ストリートまで歩いていき、〈セブンス〉のブース席にすわると、それぞれ〈ニューキャッスル・ブラウン・エール〉をオーダーした。グウェンはコートを脱いだが、分厚いウールのマフラーは首に巻いたままだった。戸外にいたせいで、その頰と鼻の先はまだ赤かった。

「なんでも訊いてください」彼女は言った。

「停職処分になったんですね？」

「ええ、審査の結果待ちです」

「どうして？」

グウェンはボトルのビールをひと口飲み、上唇から泡をなめとった。「上司に自分の知ったことを話したとき……まあ、知ったことっていうより、自分の疑いってことですけど、ニューイングランド地方の未解決事件のいくつかにつながりがあるんじゃないかと話したとき、わたしはその件を追ってはならないと命じられたんです。そもそもあなたにたどり着いたのがなぜなのか、上に話したのがまちがいでしたよ。問題はね……わたしが最初から、あなたが誰なのか知っていたってことなんです。とにかく、あなたのお名前は聞いたことがありました。なぜなら、昔、あなたの奥さんを知っていたから。わたしはクレアを知っていたんです」

彼女の目はわたしを見ていながら、わたしを見てはおらず、わたしの顎のあたりに注がれていた。「どこでクレアと知り合ったのかな？」わたしは言った。

「わたしがクレアを知っていたのは、父が彼女の中学時代の教師のひとりだったからです。わたしの父はスティーヴ・クリフトンなんです」

わたしは決断を下さねばならなかった。何も知らないふりをするのか、彼女に真実を――すっかり、とは言わないまでも、真実の大部分を話すのか、決めなくてはならなかった。正直であらねばとわたしに決心させたのは、グウェンの表情だと思う。彼女は怯えているようだった。それでわたしは、彼女がわたしに対して正直であろうと決心したなら、こちらもその気持ちに報《むく》いるべきだと気づいたのだ。

「うん、彼のことなら全部知っている」

「どんなことをご存知なの？」

「クレアの中学時代、彼が二年にわたって彼女に猥褻行為をしていたこと。彼がクレアの人生を狂わせたこと」

「クレアから聞いたんですか？」

「そう」

「彼女はなんて言っていました？　よかったら聞かせてください。もちろん、そんな気になれないなら……」彼女は言葉を切り、わたしはこれが彼女にとっていかに苦しいことであるかを悟った。

　わたしは言った。「実を言うと、細かな点についてはあまり話していなくてね。つきあいだしたころ、彼女はわたしも知っていなければならないと言って、そのことを話してくれた。でも、本人はいつも問題を軽く扱っていたから。少なくとも、わたしに話すときはそうだったからね」

　グウェンはうなずいていた。「彼女が話したことをそっくりわたしに話す必要はありませんよ。わかっています」

「あなたの姓が彼とちがうのはなぜだろう？」わたしは言った。「なぜあなたはグウェン・クリフトンじゃないのかな？」

「以前はもちろんそうでしたよ。何年もずっと。でもその後、法的に名前を変えたんです。マルヴィというのは母の旧姓です」

「なるほど」わたしは言った。それから、先をつづけた。「あなたは直接クレアを知っていたんだろうか？」

「ええ、彼女のこと、覚えてますよ。わたしのほうが五歳くらい年下でしたが、彼女はよくうちに――父の生徒の何人かがよくうちに来ていて、それでわたしはクレアを覚えているんです。彼女とは何度も一緒にボグル（文字を組み合わせて英単語を作るゲーム）をやったので。その後、わたしが高校生のとき、父が自分のしたことをわたしに告白したんですが、そのとき聞かされた複数の名前に彼女の名前が入っていたんです」

「自分が何をしたか、本人があなたに話したの？」

グウェンは口をすぼめ、息を吐いた。「その時点では、クレアはもう卒業していました。でも別の生徒ひとりが——あるいは、ふたりかもしれませんが——名乗り出て、不適切な接触を行ったとして父を告発したんです。それでみんなに知られてしまって。うちの家族は父が教えていた学校と同じ町に住んでいました。そもそも、父親が自分の通っている中学の教師だという居心地が悪い状況だったんですよ——父がわたしの先生だったことはないとはいえ。父は学校を辞めました。辞めさせられたんです。その後、なんらかの法的な合意が成立したんでしょうね。その件は裁判にはなりませんでしたから。あるいは、証拠不充分だったのか。でもある夜、父がわたしの部屋に来て……」グウェンは話を中断し、人差し指で左の目をしばらく押さえていた。

「全部、話さなくてもいいよ」わたしは言った。

「父がわたしの部屋に来て、自分が猥褻行為をした女生徒たちの名前をわたしに教えたんです。クレアの名前もそこに入っていましたよ。わたしを護るためだったんだと父は言いました。わたしにはぜったいに手を出したくなかったから、他の女の子たちにしたんだと」グウェンは肩をすくめ、唇をぎゅっと結んで半笑いに似た形にした。

「ひどいな」わたしは言った。

「ええ」彼女は言った。「わたしはクレアの名前をずっと忘れませんでした。そして後に、彼女が死んだと聞いたとき、思い出して、死亡記事を調べ、あなたの名前を知ったんです。それでわたしは、あなたのことも知っていたわけです」

「あなたとお父さんの関係はどうなった？」

「わたしたちが言葉を交わしたのは、父が部屋に来てわたしと話したそのときが最後でした。父はその後、家を出、両親は離婚し、わたしはそれっきり父に会うことはありませんでした。父は殺されてしまったし」

「お父さんは殺されたの？」

「公式に認められてはいませんが。でも、そうです。わたしはそう思っています」

「いつどこで？」

「ご存知ないんですか？」グウェンは訊き返した。

わたしはすでに空になっているボトルからビールを飲んでいた。「わたしが殺したと思っているんだね？」

グウェンはふたたび肩をすくめ、あの奇妙な笑みをわたしに見せた。頬からも鼻からもさきほどの赤みは消えており、いつもどおり、彼女の顔を――その白い肌、平板な目を読むのがわたしにはむずかしかった。「そういうわけじゃないんです、マル。でも現時点では、何を信じればいいのかわからなくて。わたしがどう思っているか、本当に知りたいと思ってます？」

「思っているよ」

「わかりました。エリック・アトウェルは何者かに殺されています。あなたが州内にいなかったのは確かですが、だからと言って、あなたにその手配ができなかったことにはなりません。わたしの父は自転車に乗っているとき、車に轢《ひ》かれています。轢き逃げですが、わたしはずっと、父は過去の行いのせいで誰かに殺されたんだと思っていました。そう考えれば、すじが通るので。二件の殺人ともすじが通るし、実際、正当とも言えます。特にクレア・マロリーの夫にとっては」

「自分が彼らのどちらも気の毒と思っていないことは認めるよ」わたしは言い、彼女のと同じくらい気まずげに見えるにちがいないほほえみを浮かべてみた。

「でも認めるのはそこまでなんですね？」

「エリック・アトウェルにしろ、あなたのお父さんにしろ、わたしのリストや他の殺人事件とはどう関係しているんだろう？」

「わかりません。ぜんぜん関係ないのかも。父が殺されたあと、わたしはまたあなたのことを考えました。エリック・アトウェルが死んだことも聞いていたので、その件にもあなたが関与しているんじゃないかと思いましたし。でも別に気にもなりませんでした。当時はFBI捜査官になるための訓練期間中だったんですけれどね。誰かが父を殺したことがわたしにはわかっていました。実は、誰かそうする理由のある人の仕業であってほしいとさえ思ったんです。単にうっかり父を轢いてしまい、逃走したというんじゃいけない。わたしは父の死を復讐にしたかった。そして、そうにちがいないと決め込んだんです。そう考えると本当に夜、よく眠れるし。心のなかで、わたしは、たぶんやったのはあなただろうと思っていました。父が食い物にした女の子は他にもいましたが、わたしの記憶にずっと残っているのはクレアなんです。たぶん彼女がわたしによくしてくれたからでしょうね。そのことは絶対に忘れませんよ。

あなたのことを調べているとき、わたしはあのリストを見つけました。きっと長年のあいだに、その内容が頭に浸透してたんでしょう。だから、警察署に羽根が送られてきたと聞いたとき、すぐにそのことが――『ABC殺人事件』のことが頭に浮かんだわけです」

「あなたはあの一連の殺しを全部わたしがやったと思ったのかな？」

グウェンは木の座席の上で膝を前に進めた。「いいえ、ちがいます。そう思ったわけじゃない。自分がどう思ったのか、ほんとにわからないんです。ただ、何かが起こっている、父に関係あること、あなたに関係あることが起こっていると思っただけで。わたしはこの件にのめりこみました。父の死は『シークレット・ヒストリー』に結びつけられるんじゃないかとさえ思ったんです」

「どんなふうに？」わたしは訊ねた。

「ある意味、父は自らの死の時と場所を選んだわけですから」

「彼がよく自転車に乗っていたから？」

「ええ。父は始終、自転車に乗っていました。離婚後、ニューヨーク州北部に引っ越してからは特に。このことは直に見て知ったわけじゃなく、父の死に関する警察の報告書を読んで知ったんですが。父はいつもひとりで遠乗りしていました。走っていたのは、たいていどこかの丘の往来の少ない道です。そして衝突したのは、対向車でした。だから、そう、わたしは『シークレット・ヒストリー』のことを考えました。もし誰かが父を殺す気になったなら、自転車で走っているとき轢き殺すのがいちばん簡単でしょう。事故のように見えますから。誰かが事故を起こして逃げたように。それは必ずしも殺人には見えないはずです」

「その話を全部、ボスにしたの？」

「最初はちがいます。この件で最初に上司のところに行ったとき、わたしが話したのは、あなたのリストのこと、そのリストが一連のバード殺人やコネチカットのビル・マンソーの事件と関係していること、そして、自分がこの件を追いたいと思っていることです。でも彼は食いつきませんでした。父の死ともつながりがあることに触れたのがまちがいでしたよ。それ以上捜査してはならない、この件は適切と思われる他の捜査官に引き継がせると告げられたのは、そのときですから。先週、わたしは休暇中だったんです。あなたに話をうかがったときも、一緒にロックランドに行ったときも。検屍局の誰かが直接わたしに連絡せず、オフィスのほうに連絡を寄越し、それで事がばれて、わたしは停職となったわけです。いまここにいるのを上に知られたら、クビになるのは確実ですよ」

「それじゃどうして来たんです？」

「それは……」彼女は言いかけて、沈黙した。「あなたには本当のことを話すべきだと思ったからです。それと、警告のためもあるんでしょうね。彼らはわたしが知っていることを何もかも知っています。あなたは容疑者なんですよ」

「あなたもわたしを疑っているんだよね？」

「もうどう考えたものかわからない。わたしは、あなたがメイン州のエレイン・ジョンソンを殺したと思っているのか？　ビル・マンソーは？　ロビン・キャララハンやイーサン・バードは？　わたしはそうは思っていません。でもこれは単なる直感ですから。あなたがわたしに真実のすべてを話していないことはわかっています。もし仮説を立てるとしたら、きっと馬鹿げて聞こえるでしょうが、わたしの考えはこうです――たぶんあなたは誰かを言いくるめ、エリック・アトウェルに危害を加えさせた。もしかすると、わたしの父にも。そしていま、その人物が……何者かはわかりませんが――」

「チャーリーだね」わたしは言った。

「そう、チャーリーでした。ねえ、わたしはもう何日も眠っていないんです。あなたと話したいとずっと思っていましたが、これで話すこともできました。この件には――仕事を失いたくなければ――これ以上一切かかわることはできません。こうして会ったことは秘密にしていただけますか？」

「もちろん」

グウェンは、まだ四分の三残っているビールをひと口飲んだ。「それと、もしあなたが何かのかたちで父の死に関与しているなら……」

「していませんよ」

「でも仮に関与しているなら……いまこの世にいる人間で父の死を悼《いた》む者はひとりもいないことを知っていてください」

グウェンはいきなり立ちあがって、テーブルに膝をぶつけた。

「大丈夫かな？」わたしは訊ねた。

「ええ、大丈夫。ただひどく疲れているだけです」

「このあとはどうするつもり？」

「車でうちに帰ります。そして、今回のことは全部忘れるよう努力しますよ」

わたしは彼女を車まで送った。うちのカウチでひと晩寝ていくよう言うべきかどうか迷ったが、複数の理由からそれはまずいと判断した。そもそも、グウェンがこの申し出に応じるとは思えない。それにわたし自身、彼女にいてほしいのかどうかわからなかった。彼女はずっとわたしに対して正直ではなかったのだし、わたしはいまも、彼女が完全に正直であると確信してはいなかった。

〈丘の平原ホテル〉のそばに駐めてあったエクイノックスの前で、わたしたちはヒューヒュー唸《うな》る風のなかに立ち、しばらくぐずぐずした。グウェンは震えはじめていた。「リストの本の再読はつづけていますか?」彼女は訊ねた。

「いま『シークレット・ヒストリー』を読んでいるところですよ」わたしは言った。「そのタイトルが突如、まったく新たな意味を帯びるわけですね」

わたしは笑った。「そうだね」

「何か新しく気づいたことはあります?」

「あの小説から?」

「何からでも」

「ひとつ聞いてもらってもいいかな? 必要に迫られないかぎり、口外しないでほしいことなんだけれど」

「わたしがここであなたと話している事実さえ、ないことになっているんです。だから、大丈夫、心配はいりません」

「わかった」わたしは言った。「大したことじゃないが、ある名前が浮上してきてね。経緯《けいい》を言うのは控えるけれど、もしわたしの身に何かあったら、ニコラス・プルイットという人物を調べてみてもらえないだろうか」

グウェンはその名を復唱し、わたしは彼女に綴《つづ》りを教えた。

「それは何者なんです？」

「英文学の教授。おそらくなんでもないんだろうが……」

「わかりました」グウェンは言った。「あなたが無事でいられて、その人物を調べる必要も生じないよう祈りますよ」

わたしたちは別れの挨拶をした。握手やハグはどちらからも求めなかった。そのあとわたしは、いましがたふたりが互いに話したことをひとつひとつ考えながら、自宅アパートまで歩いてもどった。

頭が冴え切った状態のまま、二十分、家にいたあと、わたしはもう一度、出かけようかと考えはじめた。夜のうちにニューエセックスまで車を走らせ、ニック・プルイットと対決しようか？　彼の住所はオンライン版のホワイトページ（電話帳の白いページ。個人の固定電話番号、住所が載っている）で調べてあったし、その後、不動産情報サイト、〈ズィロウ〉でその家も見つけていた。彼の住まいは一世帯用住宅で、場所はニューエセックス郊外、大学の近くだった。わたしはただその家に行って、ドアをたたくだけでいい。もしニックがチャーリーなら——わたしの勘ではほぼまちがいないのだが——その場合は、わたしが誰か彼にはわかるだろう。たぶんわたしは、ただ彼と話し、本人の望みを聞き出し、思い留まるように言えばいいのだ。だが、いきなり家に行った場合、彼がどう出るかは見当もつかない。向こうはひとりでない可能性さえある。

わたしは翌朝早く車でニューエセックスに行き、しばらくニックの家を見張り、彼を監視することにした。それで、こちらは優位に立てるかもしれない。

第二十一章

　翌朝早く、ニューエセックスに向かう前に、わたしは〈オールド・デヴィルズ〉に行った。地下に通じる猫用ドアから、ネロが頭を高くもたげて決然たる足取りで現れ、わたしを出迎えた。わたしは彼をすくいあげて、両腕に抱きかかえ、顎《あご》を掻《か》いてやった。以前、この猫を救う価値はあったのかどうか、わたしは自問したことがある。そして、価値はあったとわたしは思っている。動物の幸せを評価する方法が本当にあるのかどうかはわからない。しかし彼は書店での自分の暮らしが大好きなのだとわたしは思う。ネロを下におろすと、わたしはウールのコートから彼の毛を一本、つまみ取った。ノーマン・チェイニーの殺人事件の捜査中、警察はティックヒルの彼の家からネロの毛を採取しただろうか？　彼らはそれを重視したのか、それとも、無関係とみなしたのか？　わたしにはよくわからなかった。

　エミリーとブランドンのために、書き置きとやるべきことのリストを残してから、わたしは朝の寒気のなかへとふたたび出ていった。

　一時間ちょっと後、わたしはニューエセックスにいて、ニック・プルイットの住まいの真向かいの路肩で車をアイドリングさせていた。それはマンサード屋根の小さな四角い家だった。時刻は朝の八時で、わたしは人目が気になった。コーニング・ストリートはほぼ完全な住宅街で、どの家にも私道がある。路肩に駐まっている車は、唯一わたしのだけだった。百ヤードほど後方に小さな店があったので、わたしはUターンして、その前に車を駐め、エンジンを切った。それでもまだプルイットの家は見えたし、その場所なら、なぜ車にすわっているのか人に訊かれても、いま店に入るところだと言うことができる。

車内が蒸気で曇《くも》りだしたので、わたしはフロントガラスの右下を一部だけ拭いた。そうして、座席にもたれた状態のまま家が見えるようにし、サーモスのコーヒーをちびちびと飲んだ。ニックの家の私道には車が一台（ポルシェかと思われるスポーツ・タイプの何か）が駐まっていたが、だからと言って、彼がまだ家にいるとは言い切れない。彼の勤め先は、ほんの数ブロック先の大学なのだ。午前の授業があるとしても、そこまでなら歩いてすぐいける。

待っているあいだに、わたしは自分の作ったあの本のリストを頭のなかで見返し、それぞれの作品と殺人事件とを組み合わせた。グウェン・マルヴィが何も見落としていないとすれば、チャーリーはわたしのリストの八作のうち四作、もしかすると、五作の殺人を実行したことになる。最初のはもちろん、わたしと共謀してやったやつだ。エリック・アトウェルとノーマン・チェイニー。『見知らぬ乗客』の交換殺人。その後、チャーリーは『ABC殺人事件』のプロットを、被害者を名前に鳥が入った者に置き換えて再現した。ビル・マンソーは『殺人保険』のアイデアを用いて殺されている。エレイン・ジョンソンは、『死の罠』で殺される劇作家の妻と同じ手法で殺された。では、スティーヴン・クリフトンは？　彼が『シークレット・ヒストリー』で描かれた手口によって殺害された可能性はあるだろうか？

そもそもチャーリーがどうしてクリフトンのことを知っていたというのだ？　だがもちろん、知っていた可能性はある。彼はわたしのことを知っている。それに、わたしの妻のことも。クレア・マロリーが、生徒への不適切行為で教師が告発された中学校に行っていたという事実をつかむのは、さほどむずかしくはないだろう。考えにくいことだが、可能性はある。となると、残るは三作、三つの殺人だ。『赤い館の秘密』、『殺意』、そして『溺殺者《できさつしゃ》』。ひょっとすると、そのうちのどれかはすでに起きているのかもしれない。だがなんとなく、そうは思えなかった。

十一時ごろ、わたしは車を降り、軽くストレッチをし、コンビニエンス・ストアに入った。それは、牛乳や日用の食品を置いているものの、実は宝くじとタバコのために存在する、よくあるタイプの店だった。わたしはレジの男からグラノラ・バーと埃《ほこり》をかぶった水のボトルを買い、現金で支払いをした。そうして車に引き返す途中、ジーンズにニーハイ・ブーツという格好の若い女がプルイットの家の玄関へと大股《おおまた》で向かう姿が目に入った。ちょうどわたしが運転席に乗り込んだとき、女は呼び鈴を押した。わたしはフロントガラスの内側を手でぬぐい、女を見張った。彼女はかすかに前後に揺れながら待っていたが、やがて再度、呼び鈴を鳴らし、次《つ》いでノックをし、次いでドアの片側にそってはめこまれた長方形の板ガラスのひとつをのぞきこんだ。ついにあきらめると、女は携帯に目を落とし、向きを変え、道を引き返していった。

わたしは車を降りて、女のあとをつけた。もしニック・プルイットをさがしているのだとすれば、いずれ彼女は彼を見つけるだろうし、彼女をつけていれば、こちらも彼を見つけることになると思ったのだ。

女はときどき小走りになりながら足早に歩いていたため、わたしもペースを上げた。プルイット宅の通りの果てで、彼女は左に折れてグロスター・ロードに入り、ニューエセックス大学へとつづく短い坂道をのぼっていき、最後はキャンパスの端に立つ二階建ての煉瓦《れんが》の建物に入った。ひさしの標示には、プロクター館と記されていた。その入口に突進し、両開きのガラスのドアを押し開けて、ロビー風のエントランスに入ると、遠のいていくあの女のうしろ姿が見えた。ブーツの足でカツカツと、彼女は長い廊下を進んでいき、やがて左に曲がった。案内デスクの髯面《ひげづら》の男が顔を上げてこちらを見た。わたしは前に何百回も会った相手にするようにほほえんでうなずくと、女のあとを追い、蛍光灯に照らされた廊下を歩いていった。彼女は左側の三つめのドアを開け、なかに入るところだった。小さなプレートの標示でそこが1C教室であることがわかった。わたしは、はめ殺しの網入りガラスの窓から室内をのぞきこんだ。そこから見えたのは、スタジアム風に配置された座席の、カーブを描く最後列だけだった。十二名ほどの学生がそこで机に向かい、だらんとすわっている。わたしはドアを開けて、そっとなかに入り、最後列のいちばん端にすわった。それは、前に向かってだんだん低くなっていく大きな部屋だった。たぶん百人くらいの学生を収容できるのだろうが、いま埋まっているのは座席の六十パーセントほどかと思われた。わたしがつけてきた女はすでに黒いパーカとウールの帽子を脱いでおり、目下、緊張の面持ちで教室の正面に立っていた。

「残念ですが」彼女は言った。「プルイット先生はきょうの講義を行うことができません。授業の終了時間までみなさんのご質問に備え、わたしがここにいますが、特に案内がないかぎり、金曜の午前の授業は予定どおり行われます。読みものの課題にも変更はありません」

この案内の途中から、学生たちはみな、ノートパソコンをバックパックにしまったり、コートを着たりしはじめていた。わたしもまた立ちあがった。自分の存在があまり目立っていないよう願いつつ、わたしは急いで教室をあとにし、廊下を引き返して外に出ると、ベンチのほうへぶらぶらと歩いていった。そこからは、鉛色の空のもと、濃い灰色となった大西洋が望めた。プロクター館の正面が見えるよう体を斜めに向けて、わたしはしばらくそこにすわっていた。建物から学生たちが流れ出てくる。教授がひょっこり現れて、朝の休みがふいになることを恐れ、みんな大急ぎで移動していた。

何があったかは明らかだ。プルイットは授業に出てこず、携帯へのメールにも電話にも応答しなかった。そこで彼の補助教員がすぐ近くの本人の家へと走り、彼がいるかどうか確認したわけだ。嫌な予感がしたが、わたしはそれを抑え込んだ。プルイットは飲んだくれなのだ。少なくとも、ジリアン・ヌエンはそう言っていた。たぶん彼は二日酔いなのだろう。たぶんこれは始終あることで、彼の補助教員もときにはドアをドンドンたたいて彼を起こすことができるのだろう。

補助教員がそのあとどうするのか知りたくて、わたしはプロクター館の見張りをつづけた。もう一度プルイットの家に行くのだろうかと考えながら、しばらくそうしていたが、ほどなく、彼女が休講となった授業の終了時間まで教室にいると言っていたのを思い出した。わたしは立ちあがって、プルイットの家の通りに向かって坂を下りはじめた。わたしの体は、車にもどれ、うちに帰れとわたしに命じていた。何かあったのだ。詩の一節が頭をよぎった――誰かが死んだ、木々ですらそれを知っている。それがアン・セクストンの詩句であることを思い出すのには、しばらくかかった。確か、彼女自身のどちらかの親の死をテーマにした詩だ。プルイットの家が近づくと、わたしはコーニング・ストリートの街路樹をじっと見つめた。木々はもちろん、すっかり葉を落としており、暗い空を背にただの黒い影、鉛筆の走った痕と化している。葉を生い茂らせた夏の日のその姿は想像しがたかった。そう、誰かが死んだ。だがそれを知っているだけでは足りない。

プルイットの家に着くと、私道に入って、彼の車を通り過ぎた。わたしは手袋をしており、その手でフェンスに囲われた裏庭に出る木のドアの掛け金をはずした。四角い庭は固くなった雪の塊《かたまり》でいっぱいだった。防水シートの下にバーベキュー用のグリルがあったが、それ以外は何もなかった。放置された落ち葉が、いまは黒くなり、奥のフェンス際に堆積《たいせき》していた。

わたしは裏口の小さなデッキへの三段の階段をのぼった。ガラス窓の向こうには、市松模様のリノリウムの床のキッチンが見えた。その先には、ダイニング・ルームらしきものがあり、長いテーブルが置かれている。ドアには鍵がかかっており、わたしはガラスをノックした。それから窓をたたき割ろうとしたが、デッキの上に古い植木鉢が一列に並んでいたので、しゃがみこんで、ひとつずつ持ちあげてみた。するとローズマリーの鉢の下に、銀色の鍵がひとつあった。わたしは手袋に包まれた指でそれをつまみあげた。この鍵が裏口のドアにぴたりと合い、わたしはなかに入った。空っぽの家の奥に向かって「こんにちは」と呼びかけ、応答を待った。それから、よくかたづいたキッチンを通り抜け、そろそろとダイニングに入って、薄暗い室内に目が慣れるのを待った。カーテンは全部閉まっていた。ダイニングからは正面の部屋が、長いソファのあるところまで見通せた。プルイットはそのソファの片端にすわっていた。両足はぺたんと床につけ、両手は膝《ひざ》の左右に置き、頭は思い切りのけぞらせてソファのクッションにもたせかけている。彼は死んでいた。その姿を見ただけでそれはわかった。彼がじっと動かないこと、苦しい角度に頭を反らせ、喉をさらしていることだけで。

彼の遺体を見たことにショックを受けながら、わたしはそれと同じくらい、プルイットがチャーリーでなかったことにショックを受けていた。彼がチャーリーだとわたしは確信しきっていた。しかしそれは明らかにまちがいだったのだ。いま思うと、プルイットが本当にチャーリーだった可能性もわずかながらあったろう。彼が自分のしたことに対する罪の意識から飲み過ぎて死んだという可能性だ。しかしわたしには直感的に、そうでないことがわかった。プルイットはチャーリーに殺されたのだ。彼はわたしの何歩も先を行っている。

その部屋からは非常に強いウィスキーのにおいがした。わたしは床の上のボトルに気づいた。それは薄いペルシャ絨毯《じゅうたん》の上に横倒しになっていた。室内のわずかな光をとらえ、三角形の瓶に掛けられた細い網のひとすじがきらめいている。わたしはそのブランドを知っていた。まちがいなくスコッチだが、正確な名前は思い出せなかった。あたりにはもうひとつ別なにおい、病院を連想させるにおいがした。わたしはもう少しだけ近づいて、ドア枠のところで止まった。そこからは、プルイットのセーターの胸に乾いた嘔吐物《おうとぶつ》が付着しているのが見えた。

それ以上奥へは行けない、プルイットの遺体があるかぎり無理だとわかって、わたしは室内を見回した。驚くまでもないが、そこにはたくさんの本棚があった。角のひとつには、大きな薄型テレビと古いステレオ・システムらしきものが置いてある。ソファの上の壁には、額入りの大きなポスターが掛かっていた。シェイクスピア作「冬物語」の公演の宣伝――冠を頭に戴《いただ》いた熊の線画も描かれている。ソファの前の床に倒れたボトル以外、酒を暗示するものが何ひとつないことにわたしは気づいた。

ゆっくりとあとじさりして、ダイニングへ、さらに、キッチンへともどった。そこでもあたりを見回したが、酒類はどこにも見当たらなかった。わたしは冷蔵庫を開けた。その中身は乏《とぼ》しかったが、いちばん上の棚にはビールの六本パックがあった。ただよく見ると、それはノンアルコールのビールだった。わたしは冷蔵庫のドアを閉め、考えた。さらに家のなかを見て回る価値はあるだろうか？　それとも、これ以上ここに留まるのは愚《おろ》かなことだろうか？　まだ完全に消化しきれてはいないものの、そこで何があったかは、もちろんわかっていた。これは『殺意』だ。あの小説では、薬物依存症の女が事故に見せかけた薬物の過剰摂取で殺される。プルイットは明らかにアルコール依存症から立ち直りつつあったわけだが、チャーリーはなんらかの手で彼にふたたび酒を飲ませ、致死量まで飲ませたのだ。少なくとも、そうしたように見せかけてはいる。

コオロギの声のような高い音が突如キッチンに響き渡り、わたしは飛びあがった。心臓はフルスピードで鼓動していた。それは、調理台のトースターのそばで充電されていたプルイットの携帯だった。わたしはそちらに行って画面をのぞいた。電話をかけてきた人物は、タマラ・ストラホフスキという名前だった。わたしはあの補助教員が再度、連絡を試《こころ》みたのだろうと思った。彼女が警察に電話し、彼の無事の確認を依頼するまで、あとどれくらいだろう？　これぱかりは知りようがない。わたしはすばやく決断を下し、家のなかをざっと見て回ることにした――五分間の捜索だ。
キッチンにはふたつドアがあり、わたしはもう一方のドアの向こうに出た。そこは廊下になっていて、その先にトイレと、プルイットが書斎にしている一室があった。書斎にはスタンディング・デスクが置かれ、その上にノートパソコンが開かれたまま載っていた。また、この部屋にも棚があったが、その大部分は、無限に並ぶプルイット自身の著書、『小さな魚』で埋め尽くされていた。ブライアン・マーレイの家を訪ねた経験から、わたしは著者が自著を相当数もらうことを知っていたが、その部数はここまでではなかった。『小さな魚』は本棚ふたつを埋め尽くしており、さらに壁際にもその山が並んでいた。それは何百冊にも見えた。プルイットは売り上げを伸ばすために、自著を買っていたのだろうか？　わたしは書斎を出て、廊下を急ぎ、その先の階段をのぼっていった。いちばん上の踊り場で、プルイットの寝室をのぞきこんだが、その部屋は階下のどの部屋よりも雑然としており、同時に物が乏しくもあった。床に放置された衣類の山、乱れたままのベッド、そして、これもまた手描きの演劇のポスターが額に収められ、壁に掛かっている。今度のは「十二夜」だ。今回はわたしもポスターをよく見ることができた。ニューエセックス・コミュニティー劇場の公演。演出はニコラス・プルイットだった。寝室を出る前に、わたしは衣装箪笥のてっぺんに目をやった。そこにはフレーム入りの写真がごちゃごちゃと並んでいた。そのほとんどは家族の古い写真だったが、なかのひとつは、復元されたロンドンのグローブ座らしき建物の前でプルイットとともにカメラに向かうジリアン・ヌエンの写真だった。

わたしはあの裏口から外に出て、ローズマリーの鉢の下に鍵をもどした。それからふたたび車に乗り込み、ボストンの家へと向かった。

第二十二章

二〇一〇年に交換殺人の手配をして以来、わたしは一度も〈ダックバーグ〉にログインしていなかった。しかしいま、わたしの頭にあるのは、あのサイトを再訪しなくてはならない、ということだった。もしかすると、そこに行けばチャーリーと連絡が取れるかもしれない。記憶にあるかぎり、わたしの仕事用コンピューターのブックマークにはいまもあのサイトが入っているはずだった。まだ昼下がりであり、わたしは自宅から〈オールド・デヴィルズ〉まで歩いていった。瞬《まばた》きするたびに、わたしにはニック・プルイットの命の抜けた体が見えた。頭をのけぞらせ、口をがくりと開けて、ソファに静かにすわっているその姿が。

わたしはドアを開けて店内に入った。エミリーはレジにいて、売り上げを打ち込んでいるところだった。ブランドンはと言えば、わたしは姿を見るより先にその声を耳にした。「全員そろったぞ」彼は大声で言った。たぶんオンライン・オーダーの本をさがしているのだろう、彼はわたしのすぐ左にしゃがみこみ、下のほうの棚を漁っていた。

「ほんの一時《いっとき》のことさ」わたしは言った。「このところ、始終ふたりだけにしてしまって申し訳ない」

「いったいどうしちゃったんです？」ブランドンは言った。彼はジョン・ル・カレの『寒い国から帰ってきたスパイ』を手に立ちあがっていた。

「実はね」わたしは言った。「最近どうも調子がよくないんだよ」それは真っ先に頭に浮かんだ嘘だった。「倦怠感《けんたいかん》と軽い痛みがあってね。なんなのかはわからない」

「それじゃ、店に来てそいつを撒《ま》き散らさないでくださいよ」ブランドンが言った。「Eと俺でちゃんとやってますから。そうだよな、E？」

エミリーはなんとも答えなかったが、彼女がレジの向こうで顔を上げるのは見えた。彼女が接客していた相手、わたしはぜんぜん名前が覚えられないが、いつもマイクル・コナリーの新作をうちで買う常連に近いお客はいま、のろのろと出口に向かっている。

「ちょっとオフィスでやる仕事があるんだ。それがすんだら、すぐ帰るよ」わたしはそう言って、奥へと向かった。一方、ブランドンはエミリーを相手に、以前、彼の母親が丸一年風邪を引きっぱなしだったという話を始めていた。

デスクの椅子ではネロが丸くなっていた。わたしが入っていくと、彼は活気づき、ぐうっと背中をのばしてから、床に飛びおりた。わたしはすわってコンピューターの電源を入れた。自分がブックマークから〈ダックバーグ〉を削除したのではないかと（実を言えば、それは賢明なことだが）急に不安になった。だがネットに接続してみると、それはちゃんとそこにあった。わたしはログインし、〝交換〟というセクションに入り、最新の投稿五十件ほどをざっと見ていった。相変わらずの内容だ——性的サービスやドラッグを報酬とする仕事の依頼。例外ももちろんいくつかあった。妻の靴のコレクション全品〈ジミーチュウ〉が少なくとも八足）を、完売したスプリングスティーンのコンサートのチケットと交換したい男など。『見知らぬ乗客』に言及したものは見当たらなかったが、そのことに驚きはなかった。チャーリーにはわたしと連絡を取る必要などないのだ。ある意味、連絡はすでに取れているのだから。彼はわたしが誰なのか明確に知っている。それでも、彼がこのサイトを見ている可能性に賭け、一か八かメッセージを送ってみる価値はあった。

わたしはファーリー・ウォーカーという名で新たな偽の身分を作り、メッセージを書き込んだ。見知らぬ乗客のファンへ、また別の取引を提案したい。誰に言っているか、あなたにはわかるはずだ。書き込んでから五分間、即座に返信が来るかもしれないと思い、そのメッセージを見つめていたが、結局、何も来なかった。わたしは〈ダックバーグ〉を閉じた。それから、何かニュースが出ているのではないかと思い、ニューエセックス大学の情報をざっと調べた。何も見つからなかったが、別に驚きはしなかった。たぶんまだなのだろうが、仮にニック・プルイットの遺体がすでに発見されたとしても、その事実にニュース・バリューはほとんどない。それは、ついつい酒にまた手を出したアルコール依存症者の過剰摂取に見えるだろう。チャーリーがへまさえしていなければ、それは完璧な殺人なのだ。誰も殺しを疑いはしない。

チャーリーはどんなやりかたをしたのか？　その点は確かに不思議だった。わたしの仮説のうち、もっとも有力なのは、彼がウィスキーのボトルと銃を持ってあの家に行き、プルイットに飲酒を強要したというやつだ。たぶんそのウィスキーにはドラッグも入っていたのだろう。

それ以上に大きな疑問は、そもそもチャーリーがなぜプルイットを標的にしたのかだった。わたしがプルイットに関心があることを知っていたのは、マーティ・キングシップとジリアン・ヌエンだけだ。もちろん、プルイットはノーマン・チェイニーと縁故《えんこ》がある。もしチャーリーがチェイニーを殺す手配をしたなら、彼もまたプルイットとつながりがあることになる。突然、あの本、『小さな魚』のことが頭に浮かんだ。わたしはそれをこの店に置きっぱなしにしていたのだ。エミリーはもう自分の席にもどっていた。たぶんオンラインのオーダーを処理しているのだろう。そこでわたしはレジに行った。『小さな魚』はそこにあった――わたしが置いていった場所にそのまま。図書館のこの本を持っていることは、自ら罪を認めているようなものだ。わたしはそのことに気づき、少なくともそれをいまある場所に放置してはならないと判断した。

「きのうの夜、ボスにお客さんがありましたよ」ブランドンが言った。

わたしは顔を上げた。「そうなのか？」

「ブライアン・マーレイの奥さん――テスでしたっけ？　彼女がボスを訪ねてきたんです」

「ほう」わたしは言った。「なんの用か言ってた？」

「いや。しばらく来てなかったから、ちょっと寄ってみたってことでした。ボスがいないんでちょっとがっかりしてるのは、見りゃあわかりましたけど。あの人、普段はボストンにいないんですよね？　こういう超寒い時期は特に。そうでしょ？」

「ブライアンが腕を骨折したんだよ」わたしは言った。「おととい、ふたりに会ったんだけどね。どうやら彼女はここにいて、全面的に彼の介助をしなきゃならないらしいんだ」

「なんと。そりゃすばらしいね」ブランドンは言った。わたしにはどういう意味かよくわからなかったが。

テスが店に来たことには、さほど驚きはなかった。なんと言っても、彼女はかつてパブリシストとして出版業界にいたのだ。それに、いまごろはもう夫のお守りに飽き飽きしているにちがいない。それでもわたしは、〈ビーコン・ヒル・ホテル〉で三人で飲んだあとの、あのさよならのハグのことを考えずにはいられなかった。

「彼女、何か買っていったの？」わたしは訊ねた。

「いや。でもブライアン・マーレイの本を全部、並べ換えてくれました」

「ありそうなことだね」わたしは言った。

店を出る前に、わたしは自宅のノートパソコンからサイトをチェックできるよう〈ダックバーグ〉の複雑なリンクを紙に書き写した。それから『小さな魚』を回収し、ブランドンとエミリーに当分ふたりだけで店を見てもらうかもしれないと告げて、家に向かった。外では、凍った雪の薄片がくるくる宙を舞いだしていた。その夜は、新たな嵐（さほど大きくないやつ）が襲来しようとしているのだ。わたしはテス・マーレイのこと、彼女が店に来たことを考えつづけた。彼女はニック・プルイットの著書を見ただろうか？　仮に見たところで、どうということはない。それでも、そのことは気になった。

　わたしはアパートの入口の鍵を開け、屋根裏の自室に向かって階段をのぼっていった。部屋のなかは驚くほど寒く、窓が細く開けたままになっていることにわたしは気づいた。そんなことをした記憶はまったくなかった。わたしは窓を閉め、その後まっすぐパソコンのところに行って、〈ダックバーグ〉のサイトをチェックした。返信は来ていなかった。そこで今度はテス・マーレイについて調べた。自分が彼女のことをほとんど何も知らないことに思い至ったからだ。わかっているのは、テスがわたしのビジネス・パートナーの妻であること、そして、ふたりが出会ったとき、彼女がパブリシストだったことだけだ。わたしは〈リンクトイン〉（ビジネスに特化したSNS）のあるページで彼女らしき人物を見つけた。ただし写真はなかったが。そこには、以前の勤め先として、大手出版社のひとつと、〈スナイマン〉という会社が挙げられていた。わたしは、スナイマンがマーレイになる前の彼女の旧姓だったことを思い出した。彼女の現在の勤め先は、フロリダ州ロングボート・キーの〈宝箱《トレジャー・チェスト》〉となっていた。それは彼女が現在経営している小さな宝石店だ。彼女はブライアン・マーレイとの関係を考慮して本の仕事を辞めたのだろうか？　ふたりの結婚は当時ちょっとしたスキャンダルとなっていた。これは主に、テスが原因でブライアンの結婚が壊れたためだが、同時に彼女のほうがはるかに若いからでもあり、はるかに魅力的だからでもあった。ふたりの結婚がもう十年つづいているという事実にもかかわらず、彼女のめあては金であるという世間の見かたはまったく変わっていなかった。

わたしは、確か地元の別の犯罪小説家からだと思うが、以前に聞いた彼女に関するひとつの逸話を思い出した。これは、テスがまだパブリシストとして働いていて、ブライアンと交際しだしたばかりのころの出来事だ。そのとき彼女はニューヨーク・シティーで〈スリラーフェスト〉のカクテル・パーティーに出ていた。すると誰かがブライアンについて、彼はどんどん薄っぺらになっていくスリラーを長年にわたり適当にでっちあげてきたという侮蔑的なコメントをしたのだ。わたしの意見では、この批判は不当とは言えないのだが、どうやらテスは声に出してそれを言ったその人物に平手打ちを食わせたらしい。誰だったかは忘れたが、この一件をわたしに話した人は、テスがどれほどイカレた女かを知らしめるためにその話をしていた。しかしこちらは、ブライアンに対する彼女の絶対的な愛を裏付ける話としてそれを聞いた。わたしはふたりが幸せな結婚生活を送っていると信じていた。

テス・マーレイの連絡先が入っているかどうか、わたしは携帯をチェックした。連絡先は入っていた。Eメール・アドレスと携帯の番号のどちらもだ。わたしは彼女にメールを送った。

やあ、テス。マルコムです。この番号に覚えがないといけないので念のため。店に来て、わたしのことを訊いてくれたって？　近いうちに食事しよう――三人で一緒に。ぜひまた近況を聞かせてください。

送信後、画面をオフにしたが、携帯を下に置くやいなや、それはブーブーと鳴った。見ると、テスからメールが入っていた――ぜひ!!!　明日の夜、食事に来て!!!

わたしは、喜んでうかがう、と返信し、何時に行けばいいか、何か持っていくものがあるかを訊ねた。

七時に手ぶらで!!!　と返事が来たが、それがあまりにも速かったので、どうしてそんな短時間にそれだけの文字を打てたのか不思議なほどだった。感嘆符のあとに、彼女は赤いハートマークもひとつ添えていた。

わたしは冷蔵庫にビールを取りに行った。なかに卵とチーズがあったので、夕食にはオムレツを作ることにした。もっともその朝、プルイットの遺体を見て以来、食欲はまったくなかったが。わたしはマイケル・ナイマンのCDをひと山、古いCDプレイヤーに入れ、まず「ことの終わり」にナイマンが付けた曲を聴いた。そして、オムレツを作り、その半分を食べてから、もう一本ビールを開けた。その後、わたしは本棚のところに行き、ブライアン・マーレイの著書の置いてある場所を見つけた。彼の本はほとんど全部持っていた。最近の作品であれば、まちがいなく全部——ブライアンがいつも〈オールド・デヴィルズ〉で新作の出版記念パーティーをやり、必ず本にサインしてくれるから。しかし昔のペーパーバック——十歳のころ読みだした初期のエリス・フィッツジェラルドものも、わたしは大部分、持っていた。このシリーズにかぎっては、〈アニーズ・ブック・スワップ〉から仕入れるまでもなかった。わたしの母がエリス・フィッツジェラルドのファンで、その本はすべて自分が買っていたからだ。初期の作品は本当によくできていて、ロス・マクドナルドの小説をもっとユーモラスにしたような作風だった。それに当時は、探偵が女性で、しかもタフで非情なやつだということが大事件だった。ブライアンから何度か聞いているが、フィッツジェラルド・シリーズの第一作、『毒の樹』の初稿の段階では、エリスは男だったのだそうだ。彼の出版エージェントが、いい作品だが、なんとなくどこかで読んだような感じがすると言ったため、彼は他の点は一切変えずに、エリスを女性にし、結果、その本は売れたのだった。

わたしはペーパーバック版の『とどめ』を棚から抜き取った。エリス・フィッツジェラルド・シリーズの五作目、エドガー賞を獲った作品だ。ファンにとって、それはシリーズのなかで特に好きな作品か、いちばん気に入らない作品かのどちらかだった。わたしにとって、それは特に好きな作品だ。少なくとも思春期のころ初めて読んだときは、そうだった。この前作、『穏やかな血』の最後では、エリスのついたり離れたりの恋人、ピーター・アップルマンがボストン・マフィアの構成員に殺されてしまう。『とどめ』では、エリスが復讐に乗り出し、アップルマンの死に関与した者を、関与の度合いを問わず全員、入念に残酷に殺していくのだ。この作品にはシリーズの他の作品との共通点がほとんどない。道化役の依頼人も、エリスのウィットに富んだ台詞も一切出てこない。それはむしろ、リチャード・スタークの悪党パーカー・シリーズに似ていた。

わたしはビールの新たなボトルと一緒に『とどめ』をソファに持っていった。何度も繰《く》り返し読んだため、そのページの一部はひび割れた背の部分から抜け落ちかけていた。折れ目のついた表紙は黒、そこにシリンダーが少し開いて、空になった六つの弾倉をのぞかせたリボルバーの絵が入っている。わたしはタイトルのページを開けた。右上の隅に手書きで母の名前が書いてあるのを見ても、驚きはなかった。マーガレット・カーショー、そして、母がその本を買った日の日付。それは一九八八年七月だった。ということは、わたしは十三歳だったわけだ。汚いその手をかけられるようになるやいなや——おそらくは母が読み終えてすぐ、わたしがそれを読んだことはほぼまちがいない。確か母はわたしに、すごく暴力的な小説だよ、と言っていたと思う。そのせいで、それを読みたいというわたしの熱意は余計増したにちがいない。

その小説は、ブライアン・マーレイの最初の妻、メアリーに捧げられていた。わたしは彼女に会ったことがなかったが、ブライアンは一度、自分が著書の大半を妻に捧げるのは、そうしないと彼女が何日もむくれているからだとわたしに言ったことがある。彼はメアリーと離婚してよかった理由はいくつもあるが、いちばん大きいのは、これで自由に誰にでも作品を捧げられることだと言っていた。

わたしはその本を読みはじめ、たちまち引き込まれた。物語は、エリスが〈リッツ・ホテル〉のバーでボストン・マフィアのボスと会い、彼に名前のリストを手渡す場面から始まる。「あんたがこの連中を罰するか、わたしがやるかよ。決めるのはあんた」ボスは彼女を鼻であしらい、あの件は忘れて先に進まなくてはいけないと言う。そこからはずっと、恋人の死に関与した者たちを一途に追うエリスの姿が描かれる。それはサスペンスに満ち、暴力的で、エリスはやや病的な印象を与える。ひとり殺すたびに、彼女は口紅を塗り、死んだ男の頬にキスして、そのマークを残していく。物語のラストはふたたび〈リッツ・ホテル〉のシーンで、エリスはマフィアのボスとシャルドネを飲んでいる。ボスは彼女を見くびっていたことを謝罪し、これで貸し借りなしだということでふたりの意見は一致する。彼女は復讐を果たしたのだ。ボスはエリスに口紅のことを訊ねる。「警察が喜ぶと思ったのよ」彼女は言う。「トレードマークを残す殺人犯ほど、連中の好きなものはないの。それで、クリント・イーストウッドの映画のなかにいるような気分になるわけ」

本を読み終えたのは、ちょうど真夜中を回ったときだった。わたしはトレードマークのことを考えつづけた。突きつめて考えれば、チャーリーの殺人の要《かなめ》はそれなのだ。ある種のマークを――殺人者は被害者よりも重要なのだと世界に告げる印を残すこと。ノーマン・チェイニーの殺害をわたしに依頼したとき、チャーリーは復讐心、または、正義感に駆られていたのかもしれない。だがいま大事なのは、彼自身なのだ。それと、わたしのリスト。それとたぶん、わたしもだろう。自分自身を被害者より重視するのは、どういう人間だろう? 本のリストにとりつかれるのは、どういう人間だろうか?

ブライアンが教えてくれた作家の知恵のひとつは、小説のプロットに行き詰まったら、眠って、潜在意識にそれをつかませよ、というものだ。わたしはこの教えに従ってみることにした。最終的には少し眠れるかもしれないし、ひょっとすると答えもつかめるかもしれない。

第二十三章

翌朝、わたしは手もとにあるブライアン・マーレイの本を全部、ぱらぱらと繰《く》ってみた。最新作『小さな死』を速読で読みさえした。この作品で、エリス・フィッツジェラルドは地元の高校で起きた集団殺人を解決する。その物語はあまりにも時代遅れなので、ちょっと気恥ずかしさを覚えるほどだった。ブライアンはリサーチをしたがらない。この作品を書くために彼がやったことと言えば、「ボーイズン・ザ・フッド」と、ミシェル・ファイファーがスラム街の子供たちを教える教師を演じたなんとかいう映画の二本立てを見ることぐらいだったんじゃないか――わたしにはそんな気がした。

ちょうど正午を回ったとき、ペレス捜査官が電話をかけてきて、わたしが一連の殺人が起きたとき、どこで何をしていたかまだ知らせていないことに触れた。

「すみません」わたしは言った。「忙しかったもので。いま、やってしまいましょうか？日付を言ってくだされば、事件のときどこにいたか見てみますが」

「お願いします」彼女は言った。

わたしはノートパソコンでカレンダーを開き、ペレスと一緒に日付を確認していった。まず、彼女はエレイン・ジョンソンの事件の日について訊ねた。

「その情報ならマルヴィ捜査官に送りましたよ」わたしは言った。「あの人が亡くなった日はロンドンにいたんです。九月十三日ですよね？」

「ええ、そうです」ペレス捜査官は言った。つづいてペレスは、ロビン・キャラハンの事件の日について訊ねた。彼女は二〇一三年の八月十六日に撃ち殺されている。わたしのカレンダーのその週には何も入っていなかった。これはつまり、その日は仕事をしていたということだ。わたしはペレス捜査官にそう伝え、彼女はそれを裏付ける人はいるだろうかと訊ねた。八月十六日は金曜日だったので、わたしはペレスに、その日は従業員のどちらもたぶん仕事に来ていたはずだと伝え、遠慮なく彼らに訊いてみてほしいと言った。つぎにペレスは、ジェイ・ブラッドショーの事件の日について訊ねた。ケープコッド、デニスの自宅ガレージで撲殺されたあの男だ。事件が起きたのは、八月三十一日だった。

「その土曜日は、ロンドンに飛んでいますね」わたしは言った。

「何時に？」

「飛行機が六時二十分発なので、家を出たのはたぶん三時です」

「ずいぶん早いんですね」ペレスは言った。

「確かに」わたしは言った。「なるべく早く行っていたい質《たち》なんです。遅れそうになるより、余裕があるほうが好きなんですよ」

ペレスが訊ねたその他の二件——ビル・マンソーとイーサン・バードの事件に関しては、確かなアリバイはなかった。二日ともたぶん〈オールド・デヴィルズ〉にいた日ではあるのだろうが。

「すみませんね。あまりお役に立てなくて」わたしは言った。

「とても助かりましたよ、ミスター・カーショー。ロンドンに行かれた際の飛行機の正確な便名を送っていただけますか？」

「いいですとも」それはすでにマルヴィ捜査官に送ったと再度言うのは控えることにし、わたしは言った。

「それと、念のために、ずいぶん前の話になりますが、二〇一一年の八月二十七日にどこにいらしたか、おわかりになりますか？」

「見てみますよ。その日は何があったんでしたっけ？」わたしは言った。

「サラトガ・スプリングズの付近で、スティーヴン・クリフトンが自転車の事故で死んだのがその日なのです」

「前にもその名前を出しておられましたね。わたしは誰なのか知りませんが。マルヴィ捜査官はその人については何も言っていませんでしたよ」

「その事件のことも彼女のメモに書かれていたのです」ペレスは言った。

わたしはオンラインのカレンダーを前へと繰っていった。適当に話を作ろうかとも思ったが、結局そうはせずに言った。「その日はたぶん仕事をしていたと思いますが、なにぶんかなり前のことですからね。カレンダーには何も書かれていません」

「大丈夫です、ミスター・カーショー。問題ありませんよ。いちおう訊いてみようと思っただけですから」

「よかった。どうもありがとう」わたしは言った。

それで話は終わりだろうと思ったのだが、ペレス捜査官は咳払いして、おもむろに言った。

「前にもお訊きしたことですが、マルヴィ捜査官が訪ねていったとき、あなたはご自身のリストと一連の未解決事件に関連があるという話をすぐに受け入れたのでしょうか？　どう思ったのかをもう一度、お聞かせ願えますか？」

「受け入れませんでしたよ――すぐには。でもそれはたぶん、関連を認めたくないという気持ちがあったからじゃないかな。だってほら、馬鹿なリストを作って、誰かがそれをもとに本当に人を殺しているなんて知らされるのは、気持ちのいいものじゃありませんから」

「もちろんそうでしょう」

「マルヴィ捜査官はまず、バード殺人の話をしました。それらの事件を『ＡＢＣ殺人事件』と結びつけた経緯《けいい》を――」

「アガサ・クリスティの小説ですね？」

「そうです。正直言って無理があると思いましたよ。でも線路上で死んでいた男性――ビル・マンソー――あの殺人は確かに『殺人保険』をまねているように思えました。ただ、前にも言ったとおり、エレイン・ジョンソンの家であの八冊の本を見つけるまでは、本気で信じてはいませんでした。あれではっきりわかったんですよ。同時に、犯人がその関連をわたしに気づかせたがっていることも――たぶん、わたしを犯人に仕立てようとしていることも。本当のところはわかりませんが。わたしたちは――わたしたちふたりは、ずいぶんそのことを話し合いました」

「誰と誰が？　あなたとマルヴィ捜査官ですか？」

「そうです。わたしたちは考えました。その人物、チャーリーは――これはわたしたちが彼に付けた名前なんですが――一連の殺人によって何を成し遂げようとしているのか？　そしてこう思ったんです。彼は本気で小説のなかのオリジナルの殺人の精神を正確に伝えようとしているのだ」

「マルヴィ捜査官のメモのことで、ひとつうかがってもいいですか？　彼女は、本人の言う〝バード殺人〟のあの三名の名前を記し、そこに〝標的は誰だったのか？〟と書き込んでいたのですが。それがどういう意味か、おわかりになりますか？」

「『ＡＢＣ殺人事件』では、一連の殺人が人を殺しまくる異常者の犯行を装って実行されます。しかし犯人の念頭にあった本当に殺したい相手は、ひとりだけなんです。他の殺人は煙幕だったわけですよ」

「だから、バード殺人もそうかもしれないとお思いなんですね？」

「わたしがそう思っているかどうかはともかく、その可能性はあります」

「一連の殺人がすべて――リストに関連する殺人がすべて、ひとつの殺人のための煙幕にすぎない可能性もありますね」

「確かに」わたしは言った。「その可能性もあります。しかし仮にそうだとしたら、ひとつ隠すためにしてはずいぶんたくさんの殺人ですね」

「そうですよね」非常に長い間があり、一時《いっとき》わたしは、通話が切れてしまったのか、それとも、ただペレスが考えているだけなのか判断に迷った。

「もしひとり選ばなくてはならないとしたら」ついに彼女が言った。「バード殺人の三人の被害者のうち、あなたはどれが本当の標的だと思いますか？」

「どうしても決めろと言うなら、ロビン・キャラハンでしょうね。彼女は三人のうちでいちばん有名だったし、大勢の人を怒らせていますから」

「わたしもそう思います」ペレスは言い、そのあとふたたび間があった。「またうかがいたいことが出てきたら、お電話してもかまいませんか？」

「もちろんです」わたしは言い、わたしたちは互いに別れを告げた。

わたしは〈オールド・デヴィルズ〉に電話した。エミリーが出た。

「まだよくなりませんか？」

「それほどひどくないけど、元気いっぱいでもないな」

「おうちにいてくださいね。こっちは大丈夫ですから」

わたしは電話を切りかけたが、せっかくの機会なので、エミリーに少し質問してみることにした。

「人の名前をいくつか挙げて、その名前に聞き覚えがあるかどうか教えてもらってもいいかな?」

「あー、いいですけど」エミリーは言った。

「イーサン・バード」

エミリーはしばらく沈黙し、それから言った。「聞き覚えないです」

「ジェイ・ブラッドショー」

「それも」

「ロビン・キャラハン」

「ああ、もちろん知ってますよ。あの頭のおかしいニュースキャスター、殺されちゃった人ですよね。そのうちきっと、誰かが彼女を題材に犯罪実話のベストセラーを書きますよ」

「どうして、頭がおかしいなんて思うの?」

「さあ、どうしてだろう。どこかでそう聞いたせいですかね。あの人、不倫をテーマに本を書いたんじゃないですか?」

「そうだよ」わたしは言った。

電話を切ったあと、わたしはさらに、三件のバード殺人の本当の標的としてロビン・キャラハンのことを考えてみた。仮に明確な標的がいなかったとしても、チャーリーが最初に思い浮かべた人物はいたはずだ。彼はABC殺人をまねる気であり、アルファベットを使う気はなかった。もしロビン・キャラハンを殺そうと決めたなら、それを隠す方法は、鳥を示唆《しさ》する名前を持つ被害者をもうふたり見つけることとなるだろう。人を怒らせていたという意味において、ロビン・キャラハンは殺されてもおかしくない。彼女は不倫を擁護《ようご》していた。そして少なくともふたつの結婚をぶち壊している。

その午後、わたしはソファで眠った。見た夢はいつもと同じ、追いかけられている夢だった。幼いころにも、わたしはそういう夢を見た。両親も友達も先生もみんな怪物であること、彼らから逃げなくてはならないことが突然わかる夢。いちばん怖い夢では、脚は重たく、足の裏が地面にへばりついていて、わたしはまったく動けないのだ。その午後、夢のなかでわたしが逃げなくていい相手はグウェン・マルヴィだけだった。彼女はわたしの隣にいて、わたしたちは一緒に血に飢えた群衆から逃れようとしていた。目が覚めると、わたしは吐きそうな気がしてバスルームに走ったが、結局、吐きはしなかった。

わたしは食事に行くための着替えにかかり、黒っぽいコーデュロイのズボンに青いチェックのシャツを合わせて裾を入れ、お気に入りのセーターを着た。カシミアの黒のロールネック、クレアが死ぬ前のクリスマスにもらった彼女からの最後のプレゼントだ。わたしは床まで届く鏡の前に立ち、心のなかでどう見えるかクレアに訊ねた。すてきよ。彼女は言った。あなたはいつもすてき。想像のなかの彼女が、わたしの灰色の短い髪を指で掻きあげた。
どうすればいいんだろう？　わたしは彼女に訊ねた。あのたくさんの殺人のこと？

身から出た錆《さび》、と彼女は言った。自分でなんとかしなきゃ。

それはクレアがよく口にしていた言葉だ。ただしそれを言うとき、彼女はいつも自分に対してそう言っていたのだ。それは、またドラッグにはまってしまったとわたしに告白したあと、彼女が言ったことだった。わたしが力になると言うと、彼女は言った。ううっ、やめて。身から出た錆だもの。自分でなんとかしなきゃ。わたしは彼女のこの特性――自分の過《あやま》ちを認めるこの姿勢をよいものだと思っていた。だが、いまではあまり自信がない。クレアの人生はめちゃくちゃだったが、彼女にとって何よりも大事なのは、対決を避けること、人を怒らせないこと、何もかも自分のせいにすることだった。自分自身を傷つけるのはいい。だが彼女は、他の人は誰も傷つけないようういつもがんばっていた。

それが彼女の至上命令だった。衝突は避けねばならない。人に面倒をかけてはならない。

身から出た錆だもの。

だが彼女はまちがっていた。

第二十四章

天気を確認せずに家を出て知ったのは、雪が激しくなっていることだった。それはいま、大きな塊で降ってきて、木々や茂みに貼りつき、歩道や車道では解けて消えていた。

サウスエンドのブライアンの家に向かう前に、わたしはチャールズ・ストリートのワイン・ショップに寄って、プティ・シラーを一本買った。回れ右して店内に引き返したのは、店を半ば出かけたときだ。わたしは自分の好きなハンガリーのハーブ・リキュール、〈ツヴァック〉を一本買い、それから〈オールド・デヴィルズ〉へと向かった。店では、ブランドンとエミリーが閉店の準備をしているはずだった。店に入る前、わたしはしばらく外で雪のなかに立ち、温かく輝く店内を窓からのぞきこんでいた。ブランドンがお客と話しており、個々の言葉は聞き取れなかったものの、よく響く彼の低い声は外の道まで聞こえてきた。奥に見えるエミリーはレジのカウンターの向こうを行ったり来たりしていた。金曜の夜と土曜の日中は、わたしたち三人――〈オールド・デヴィルズ〉の従業員がたいてい全員そろって働いている時間帯なので、外から店内をのぞいているのは妙な気分だった。世界は回りつづけていたわけだ。

わたしはドアを開けて入っていき、ブランドンに挨拶代わりに〈ツヴァック〉のボトルを差し出した。

「なんだ、これ?」彼は声を高くし、語尾を長く伸ばして言った。

「お詫びのしるし」わたしは言った。「最近ずっとぼんやりしてて、悪かったと思ってね。その分、きみたちふたりががんばってくれてたんだよな」

「そう、がんばってましたよ」ブランドンは言い、エミリーにボトルを見せるために奥へと向かった。

わたしはお客の若い女性に挨拶した。それは前の年、うちの店で朗読会をやった地元のミステリー作家だった。彼女の名前が突然、出てこなくなった。

「その後お元気でした?」女性は言った。その目は黒く大きく、細い顔のなかでくっつきそうになっている。直毛の黒い髪をまんなかで分けているせいで、彼女はエドワード・ゴーリーの描く人物のように見えた。

「元気でしたよ」わたしは言った。「そちらはどうです?」

彼女が答えるまもなく、ブランドンが奥の部屋からエミリーを引っ張り出し、わたしを呼び立てはじめた。「ほら、あなたも、ジェイン」彼は言った。その作家のフルネームが突然、頭によみがえった。ジェイン・プレンダーガストだ。彼女は『梟《ふくろう》は降下する』というミステリー小説の著者だった。わたしたちは、ブランドンのいる店の奥に行った。彼はそこに置いてある小さな水のコップに酒を注いでいるところだった。

「本を見に寄って、一杯やることになるなんてね」わたしはジェインに言った。

「この人は身内だもんな」ブランドンがそう言うと、すでに飲み物を手にしていたエミリーが真っ赤になった。ブランドンが彼女からわたしに目を移して言った。「あ」

エミリーが言った。「ジェインとわたしはつきあっているんです」

わたしは言った。「だからいつもジェインの本を正面のテーブルに置いていたのか」いまや、ジェインまできまり悪げな顔をしていたため、わたしは謝って、ただの冗談だと言った。

わたしたち四人は乾杯した。「〈オールド・デヴィルズ〉に」わたしは言った。

エミリーが身震いして、〈ツヴァック〉というのはなんなのかと訊ねた。わたしはよく知らないが、雪崩《なだれ》で動けなくなったときセントバーナードが持ってきてくれるもののように、この天候にはふさわしく思えたのだと言った（かつて山岳救助犬のセントバーナードは首に小さな酒樽をさげており、雪山の遭難者に体を温めるためのラム酒等を提供した、という伝説がある）。さらにしばらくそこに留まったものの、わたしは二杯目はことわった。すでに店の閉店時間の七時が近づいており、それはわたしがサウスエンドに行っていなければならない時刻でもあった。突然、わたしは行きたくなくなった。店のなかにいると安心だったし、ブライアンとテスの家のほうはどうなっているのか、見当もつかないのだ。わたしはテスにメールして、七時半ごろにそちらに着くと伝え、その後、ブランドンとエミリーが店を閉めるのを手伝った。ジェインはそこにいて、エミリーがシフトを終えるのを待っていた。

ボストン・コモンを横切ってサウスエンドに向かうころには、気温はさらに下がっており、舗装された遊歩道には雪がうっすら積もりだしていた。わたしはスケーターでいっぱいのライトアップされたカエル池を通り過ぎ、トレモント・ストリートを有料ハイウェイの先まで進み、サウスエンドに入った。天候にもかかわらず、金曜の夜であるため、ものすごく人出が多く、レストランやバーはどこもいっぱいだった。マーレイ夫妻は、とある住宅街の、正面が丸く張り出した煉瓦造りのタウンハウスに住んでいる。彼らの玄関のドアは紺色に塗られていた。その呼び鈴を押すと、奥でチャイムが鳴るのが聞こえた。

「ありがとう、マル」もっと気の利いたものを持ってくればよかったと思いつつ、ワインのボトルを手渡すと、テスは言った。「どうぞ入って、暖まって。ブライアンが上で飲み物を作ってるから」

わたしはエリス・フィッツジェラルド・シリーズの額入りのカバーが壁を飾る狭い階段をのぼっていった。てっぺんまで行くと、向きを変え、二階の大きなリビングルームに入った。ブライアンは立って、暖炉を見つめていた。その火はつけられたばかりのように見えた。

「どうも、ブライアン」わたしは言った。

ブライアンは振り返った。彼は怪我していないほうの手にウィスキーのグラスを持っていた。「何を差し上げようかね?」そう言われて、わたしは、なんでもあなたと同じものを、と言った。ウエストの高さの飾り棚の上で、彼はカットグラスのデカンタからロックグラスにウィスキーを注ぎ、バケットから小さな角氷をひとつ入れると、わたしのところに持ってきた。ふたつのソファのあいだのコーヒーテーブルには、チーズとクラッカーの載った木製のボードがあった。わたしたちは腰を下ろし、ブライアンは自分の飲み物を下に置いて、クラッカーを取るために身を乗り出した。

「腕の具合はどうです?」わたしは言った。

「わたしくらい長く生きてれば、誰だって腕が二本あるのに慣れちまうさ。そのうちの一本がないってのは楽なもんじゃない。たとえ一時的でもな」

「テスが助けてくれるでしょう?」

「うん、そうだね。テスは助けてくれる。だが彼女は、その事実をわたしに忘れさせないんだ。いやいや、冗談だ。彼女がいてくれてよかったよ。店のほうはどうかね? 何が売れているんだ?」

わたしたちはしばらく店の話をした。やがてテスが上がってきて、ブライアンがすわっているソファの端に腰を下ろした。彼女はエプロンをしており、鍋をのぞきこんでいたのか、その顔は赤く上気していた。マーレイ夫妻が飼っているまだら模様の猟犬、ハンフリーがテスについてきており、わたしの差し出した手を少しふんふん嗅いだあと、チーズのボードに向かって鼻をのばした。

「ハンフリー」ブライアンとテスが同時に言うと、ハンフリーはおすわりして、床に尻尾を打ちつけだした。

「何をご馳走してもらえるのかな？」わたしは言い、ふたりの様子を観察しながら、テスの答えに耳を傾けた。興奮しているのか、彼女の目はきらきらしていた。一方ブライアンは、バーテンダーを（もちろん、もう一杯ほしくなったときは別だが）見るような、やや無関心な目で彼女を見つめていた。

「ふたりとももう一杯飲んだら、下に食事に来てね」立ち去る前に、テスは言った。階段に向かう途中、彼女はわたしの肩をぎゅっとつかんだ。彼女がぴしゃりと膝をたたくと、ハンフリーは主人に従い、ドアから出ていった。

「取ってきましょう」わたしはそう言って、ブライアンと自分の空いたグラスを酒用の飾り棚に持っていった。スコッチを彼のグラスには指幅ふたつ分、自分のにはそれよりちょっと少なめに注ぎ、それぞれのグラスに氷を入れると、そのふたつを持って席にもどった。

「あとで上物《じょうもの》を開けるとしよう」ブライアンは言った。「〈タリスカー〉の二十五年がどこかにあるんだよ」

「わたしにはもったいないな」わたしは言った。「これも充分おいしいですよ」

「いや、いま飲んでるのは週の半ばに飲むスコッチなんだ。わたしのまちがいでなければ、きょうは金曜だろう。少なくともテスはそう言っていた。あとでもっといいやつを開けるよ」

「酒をテーマに本を書こうと思ったことはありませんか？」わたしは訊ねた。

「エージェントが何度か持ちかけてきたよ。それを買う人間がいると思ったからじゃなく、そうすればわたしが酒で無駄にしてる時間から多少なりとも利益を出せると思ってのことだがね」

「忘れないうちに報告しよう」わたしは言った。「『とどめ』を再読したんですよ」

「そりゃまたどうして？」ブライアンは言ったが、彼が喜んでいることは顔を見ればわかった。

「自分が持ってるあなたの本全部に目を通すつもりだったんです。それで、ちょっと開いて読みだしたんですが、最後まで一気に行ってしまいましたね」

「うん、いま振り返ると、エリスはもっと大勢殺すべきだったと思うよ。あの話を書くのは楽しかったな。読者のなかには、いまもわたしに手紙を寄越して、自分はあの本は存在しないことにしていると言ってくるのがいるんだよ。そうかと思えば、あれがおまえの書いたもので唯一いい作品だなんて手紙も来るしな」

「まあ、常に万人を満足させるのは無理ですからね」

「まったくだ。『とどめ』を書いたとき、わたしはまずエージェントにあの小説を見せたんだ。当時のわたしのエージェント。覚えてるだろう、ほら、ボブ・ドラックマンだよ。彼は一気に読まずにいられなかったと言いながら、これは出してもらえんだろうと言った。エリスは冷酷な殺人者じゃないってわけさ。それで読者の半数を失うことになるって言うんだ。

わたしは半数を失うかもしれんが、その二倍は取り返せると言ってやったよ。彼は第二草案を出せと言った。そこまで残酷じゃないやつを、とな。だからもちろん、わたしはもうひとつ、殺しを加えてやったんだ」

「どのやつです？」わたしは訊ねた。

「覚えてないね。いや、思い出したぞ。彼女が冷凍庫に男を閉じ込めて置き去りにしたやつじゃないか。そう、あれだよ。ボブが最終版を読んだとき、あのシーンが好きだと認めてたからな。それはともかく、わたしはボブに、あんたがその原稿を出版社に送るか、わたしが別のエージェントをさがすかだと言ってやった。で、彼はそいつを送ったわけさ。こうしてそれは出版され、さて、どうなった？ 世界は回りつづけたんだ」

「そして読者はたぶん二倍になった」

「その点はどうかわからんがね。大勢失いはしなかったよ。エドガー賞もいただいたし。そう、それもあったな」

「あれはいい小説ですよ」

「ありがとう、マル」彼は言った。

「同じスタイルでもう一作、書きたいと思ったことはありませんか？ エリスの復讐ものをもう一作？」

「いやあ、それはないな。ああいうのは、一度やれば充分なんだよ。それで読者には、エリスにそういう一面があることがわかる。だが愛する者を失うたんびに、殺しまくりだすとしたら、彼女は別人になっちまう。そう、あれは一度かぎりだね。彼女は打ちのめされた。そして復讐を果たした。そして二度とふたたび、自分のそういう一面に支配されちゃならんと学んだんだ。しかしわたしは一度、エリスが出てこない小説を書いたことがあってね、この話は前にしたことがあるかな？」

もちろん彼はその話を前にしていたが、わたしは聞いていないと思うと言った。

「そう、わたしは単独作を書いたんだ。確か『とどめ』を書いた二年後だな。これも復讐ものなんだが、今度は男が主人公だった。アイリッシュ・ギャングの一団に妻をレイプされ、殺されたサウスボストンの刑事。そいつが犯人どもを追いつめ、ひとり残らず殺すんだ。わたしは約二週間でそれを書きあげ、その後、これは基本的に『とどめ』の焼き直しじゃないかと気づいた。だから、引き出しに原稿をしまいこみ、そのことは忘れたわけだよ」

「その原稿はいまもあるんですか？」

「いやあ」ブライアンはゴムみたいな鼻の側面を掻いた。「あれはニュートンでメアリーと暮らしてたころだからなあ。引っ越しのときどうなったことやら。しかし、そう、捨てた記憶はないから、このうちのどこかにあるんだろうね」

「メアリーの話？」テスが部屋に入ってきながら言った。彼女はもうエプロンをしていなかったし、少し化粧をしているようにも見えた。

「うん、古き良き時代の話だ」ブライアンが言った。「支度ができたかね？」

「ええ、支度ができた」

わたしたちは一階におりていき、キャンドルの明かりのもと、外の通りの見える張り出し窓の前に置かれたダイニング・テーブルで食事をした。犬のハンフリーは何かご馳走をもらっていて、隅っこの犬用のベッドでそれを嚙むのに忙しかった。テスは牛あばら肉の蒸し煮を作っていた。わたしたちは三人でワインを三本空け、その後、彼女がデザートにクレメンティーンのタルトを出した。

「自分で作ったんですか？」わたしは訊ねた。

「まさか。わたしは料理はするけど、お菓子は焼かない。ポートワインがほしい人」

「わたしたちはいらないよ」ブライアンはそう言って、わたしに目を向けた。「さっき話したウィスキーをちょっとやろうじゃないか。〈タリスカー〉を」

「ふたりはそれを飲みなさいよ」テスは言った。「わたしはポートにする」

「取ってきてあげようか？」テーブルの縁《ふち》に膝を軽くぶつけながら、わたしは立ちあがった。

「ありがとう、マル。お願いします。ワインセラーにポートがあるの。ブライ、どれがいいのか教えてあげて。それと、ウィスキーは二階にあるはずだから」

わたしは指示をもらい、まずポートワインをさがしに地下へとおりていった。前にそこに行ったことはなかった。それは、壁には石膏《せっこう》ボードが貼られているが、床はセメントを流し込んだだけの半仕上げのスペースだった。壁の一面には巨大な本棚が置かれていた。わたしはそれを見に行き、その本棚がブライアン・マーレイの著書だけで埋め尽くされていることを知った。外国の版を含め、エリス・フィッツジェラルド・シリーズのさまざまな版がすべてそこにあった。わたしはその場に立って、しばらくそれを凝視《ぎょうし》していた。食事中、飲み過ぎたことはわかっていた。地下室のほのかな明かりのせいで、そうしていると夢のなかにいるように思えた。食事の席での会話は楽しかった。テスとブライアンはわたしを、口喧嘩ともじゃれあいともつかない、悪口の応酬の観客にしたのだ。しかし『悪者を演じて』のロシア版ペーパーバックらしき本を手に、本棚の前でぐらぐらしつつ、わたしが思い返していたのは、食前に飲みながらブライアンと話したことだった。彼が暴力的な復讐物語を書くのを大いに楽しんだらしいこと。もう一作、復讐ものを書いたが、結局、それを世に出さなかったこと。わたしはあの会話にもどりたかった。

地下室の反対側は、床から天井までつづくワインラックに占められていた。ブライアンは、右上の棚にある〈テイラー・フラッドゲート〉のボトルをさがすよう言っていた。何本かボトルを引き出したあと、わたしは指定されたボトルを見つけ、それを持って上にもどった。キッチンに入っていくと、そこではテスが特大のシンクに食器を積み上げているところだった。

「ほら、どうぞ」わたしは言った。

さほど驚きはしなかったが、ボトルを受け取ったあと、テスはありがとうと言って、カウンターにボトルを置き、わたしを引き寄せてハグした。「あなたが来てくれて、ほんとによかったわ、マル」彼女は言った。「あなたも楽しんでくれていればいいんだけど」

「もちろん、楽しんでいるよ」わたしは言った。

テスはわたしの顎に手を当てて、優しい人だと言った。「ブライアンの酔いが覚めないうちに、彼のウィスキーを取ってきて。わたしはポートを開けるから」

わたしは二階に上がってリビングに入った。暖炉の火の名残りは、灰の山のなかでくすぶるいくつかの熾《おき》だけとなっていた。室内はまだ暖かかった。わたしは酒の飾り棚の前に行き、しゃがみこんで、扉を開けた。なかには十数本のボトルがあった。わたしが見たかぎりでは、全部ウィスキーだ。わたしは〈タリスカー〉を見つけ、それを取り出した。その奥には、〈ディンプル・ピンチ〉というウィスキーの三角形のボトルがあった。それは、ニック・プルイットの足もとにあったのと同じスコッチだった。絶対にまちがいない。そのボトルの形──側面が三つあり、そのそれぞれが少しだけくぼんでいるその形状は、非常にユニークだから。ボトルには細い針金の網が掛かっていた。わたしは棚のもっと奥を掘り返し、同じスコッチのボトルをさらに二本見つけた。どちらも未開封。これはたぶん、ブライアンの週半ばのスコッチ──彼が棚の上のデカンタに入れているやつなのだろう。

なおも〈タリスカー〉を手にしたまま、わたしは立ちあがった。酔いがここまでひどくなかったら、と思った。つぎにどうすべきかしっかり判断できたら、と。誰かが部屋に入ってくる音がしたが、それはハンフリーにすぎなかった。彼は荒い息をしながら、コーヒーテーブルの上にまだあったチーズとクラッカーのほうへと弾むように歩いていった。

第二十五章

ともにウィスキーを飲みながら、わたしはブライアンが、マイアミでチャールズ・ウィルフォードと酔っ払って過ごしたある週末のエピソードを物語るのを聴いた。ブライアンはわたしが『炎に消えた名画《アート》』のファンなのを知っているので、ウィルフォードのそのエピソードを何度も聞かせてくれている。それは毎回少しずつちがっていた。

わたしはスコッチ通ではないが、〈タリスカー〉がいい酒であることは素人《しろうと》にさえわかった。それでもわたしはグラスを唇《くちびる》に当て、ちびちびと飲むに留めた。二階の酒棚で見た〈ディンプル・ピンチ〉の複数のボトル――わたしにはその意味を考える必要があった。ブライアン・マーレイはチャーリーなのだろうか？　ただちに浮かぶわたしの答えは、絶対的なノーだった。彼は口ではいろいろ言うが、実はできないことが山ほどある男どものひとりなのだ。運転はしない、料理もできない。きっと、自分の旅行の手配や税金の申告もしていないし、諸々の支払いのこともわからないだろう。彼はものが書けるし、酒を飲めるし、話ができる。だが、現実に殺人を計画し、実行するのは、絶対に無理だ。

しかし、もし人の手を借りられたら？

飲んでいるその場所からは、キッチンが見通せた。そこではテスがひとり、鼻歌交じりにかたづけをしている。彼女は幸せそうで、くつろいでいるようにも見えた。ブライアンの話に間ができたので、わたしは言った。「わたしがウェブサイトに載せたブログを読んだことはありますか？」

「どのウェブサイトだね？」ブライアンは言った。

「うちのウェブサイト。〈オールド・デヴィルズ〉のサイトですよ。そこに入ってるブログです」

「ああ、あれか」ブライアンは思い出して言った。長年にわたり、わたしは彼に、そこに何か書いてくれ、たまに本を推薦したり好きな作品のリストを載せたりするだけでいいから、とせがんできたが、彼は一向にやってくれないのだ。「それがどうしたって？」

「わたしが書いたリストを覚えていませんか？　何年も前、あなたがまだオーナーになっていないころですが。〈完璧なる殺人8選〉ってやつ？」

ブライアンは目を掻き、わたしは彼をじっと見つめた。「あのリ、リ、リストか。うん、覚えているよ」ついに彼は言った。「初めてきみの名前を知ったのも、あのリストを読んだときだったと思う。わたしがそのときどう思ったか知ってるかね？」

「いえ」

「わたしはこう思ったんだ――『この気障《きざ》野郎め、わたしの作品をどれも入れないとは信じられんな』」

わたしは笑った。「本当にそう思ったんですか？」

「そうとも。キャリアを重ねてある時点に至るとな、自分の作品が入っていないベストテン・リストや年末ベストはどれも自分への侮辱《ぶじょく》になるもんなんだ。だがほんとの問題は――問題だったのは、わたしの記憶が正しければ、きみがわたしの作品をどれも入れてなかったことじゃない。『収穫の時』を入れてなかったことなんだよ。なあ、マル、あれはないだろう」彼はいまほほえんでいた。

「それ、なんでしたっけ？」わたしは言った。「確か、カール……」

「そう、カール・ボイドが出てくるやつだ」

わたしはその小説を覚えていた。それは彼の初期の作品だ。作中の悪者、カール・ボイドはサイコパスで、過去に自分を馬鹿にした者全員の復讐に乗り出すのだ。わたしの記憶が正しければ、カールは薬剤師だった。彼は狙った相手を誘拐し、殺す前にソディウム・ペントタールか、何かそれに類するもの、人に真実をしゃべらせる薬物を注射する。それから、被害者のそれぞれにいちばん怖いものが何かを訊ね、本人にとってもっとも恐ろしい死にかたを語らせるのだ。たとえば、ある者は自分が閉所恐怖症であることを認める。だから、カール・ボイドはその男を箱に閉じ込め、生き埋めにするのだった。

「どうしてあれを忘れられたんだろうな」わたしは言った。

「しかし実際、忘れていたわけだ」

「どのみち、あの小説はわたしが作ったリストには合いませんよ。わたしのリストは完璧な殺人、解決不可能な殺人に特化したリストですから」

「あなたたち、なんの話をしているの？」そう訊ねたのは、濡れた両手を膝のあたりで拭きながらキッチンから出てきたテスだった。

「殺人」わたしがそう言うのと同時にブライアンが言った。「敬意の欠如」

「楽しそう」テスは言った。「コーヒーを淹れるつもりなんだけど、どれくらい作ったらいいかな。うん、わかってる、ブライアンはいらないよね」

「わたしはいただきますよ」わたしは言った。

「レギュラー？　デカフェ？」

「ほんとのやつにします」わたしは言い、呂律《ろれつ》が少し怪しかっただろうかと思った。テスはキッチンに引き返し、ブライアンは言った。「そんなものはありゃしないよ」

「どんなものが？」わたしは聞き返した。

「きみの書いたリストの話さ」彼は言った。「完璧な殺人なんてものはありゃしない」

「フィクションに？　それとも、実人生にですか？」

「どっちにもだ。不確定要素が多すぎる――常にな。きみがそのリストに何を入れたか、当ててみようか。『見知らぬ乗客』だ。そうだろ？」

「当たり」わたしは言った。ブライアンは少し姿勢を正してすわっており、前ほどには酔って見えなかった。

「そりゃきみは入れたろうさ。うん、あのリストだな。いま思い出したぞ。それも自分のが入ってなかったからってだけじゃない。『見知らぬ乗客』とはね——パット・ハイスミスを貶《おとし》める気はぜんぜんないが、あれを完璧な殺人だというのは馬鹿な考えだよ。あのやりかたのどこが利口なんだ？　赤の他人に殺しを代行させるってのが？　それで鉄壁のアリバイが得られるって？　ありえんね。他人に殺しをやらせた瞬間、きみは警察に自首したも同然なんだ。予測不能な要素が多すぎる。誰かを殺すつもりなら、自分の手でやることだよ。殺しに関しちゃ他人は絶対信用できない」

「その相手が絶対にあなたを密告しないとわかっていたら？」

ブライアンは眉を下げ、口を引き結んで、渋面《じゅうめん》を作った。「いいかね」彼は言った。「別に心理学者のふりをする気はないが、わたしにもひとつ知っていることがある。そしてそれは、わたしが本を書くとき何度も繰り返し自分に言い聞かせていることなんだ。他人の頭のなか、あるいは、心のなかで何が起きているのかは、誰にもわからない」彼は自分の頭と胸に触れた。「絶対にわからないのさ。たとえ五十年連れ添った夫婦であってもだ。きみは夫婦なら互いに相手が何を考えてるかわかると思うのかね？　それはないな。われわれの誰にもわかりっこないね」

「それじゃテスがいま何を考えているか、あなたにはわからないんですね？」

「そうだな」ブライアンは言い、眉を上げて、肩をすくめた。「今夜、彼女が考えていることのいくつかはわかってるがね、それは単に彼女が話してくれたからにすぎない」

「そういうのは数に入りませんよ」

「うん、入らんね。ようし、さすれば——ポット一杯のコーヒーを作るのにスプーン何杯の粉が必要か思い出そうとしている以外に、彼女が考えていることは？　ほんとのところはわからんな。いや、これも完全な真実とは言えないか。彼女が考えていることでわたしにわかっていることはいくつもある。たとえば、彼女はわたしが何杯飲んだかカウントしていて、どの時点でもう充分だと言うべきか考えているだろう。それに、自分が買いたい三百ドルのジーンズのことも、もう考えはじめているだろうな。それに彼女は、きみのことも考えてるぞ、相棒」

「どういう意味です？」

「先日、バーできみと出くわして以来、彼女はノンストップできみを夕食に招《よ》ぶ話ばかりしていたよ」

「テスには計画があるんですよ」テスが介助の人をたのむようブライアンを説得してほしいと言っていたのを思い出して、わたしは言った。

「テスにはいつも計画があるのさ」

キッチンからはコーヒーのにおいがしていた。嗅いでいるだけで酔いが醒《さ》めるような濃厚な苦い香りだ。話題がテスに移ったことは、わたしを不安にさせた。ブライアンとは知り合ってずいぶんになるし、彼の酔った姿も何度となく見ているが、彼がいま見せているような言動、秘密めかした振る舞いは、わたしにとって未知のものだった。彼は常に、頭にあることを話してくれる人だったのだ。

「今夜のテスの計画はなんなんですか?」わたしは訊ねた。

「こうじゃないかというのはあるがね、さっきも言ったとおり、他人の頭のなかで何が起きているのかは、絶対にわからんからな」

陶器と陶器のぶつかりあう音がした。振り返ってみると、コーヒーカップふたつと砂糖とクリームを載せた盆を手に、テスがテーブルに向かってくるところだった。彼女はカップの一方とそのソーサーをわたしの前に置き、そうしながらほっと息をついた。

「ありがとう、ありがとう」わたしは言い、コーヒーにクリームを注いで、ひと口飲んだ。

「そのコーヒーにアイリッシュ・ウィスキーを入れたらどうかな?」ブライアンが言った。

「うちのどこかにあるはずだよ。とにかく、そこにスコッチは入れるなよ」

「このままで文句なしですよ」わたしは言った。

「ほんとのところ」テスが言った。「あなたたち、ここでずっとなんの話をしていたの?」

彼女はコーヒーにクリームを入れてかきまわした。その唇には、彼女が飲んでいたポートワインの色がほんの少しついており、顔の左右にいつも下がっている髪は耳のうしろに掻きあげられていた。

「きみから話してくれ」ブライアンが言った。「わたしは小便に行ってくる」彼はよいほうの手をテーブルについて立ちあがった。テスとわたしは、その足もとが確かかどうかそろって様子を見守ったが、彼はどうやら大丈夫そうで、そのまま部屋から出ていった。

「介助の人に来てもらうという話、あの人にしてみてくれた？」バスルームのドアの閉まる音を確認してから、テスが言った。

「いや、してません」わたしは言った。「たのまれたのを忘れていました」

「別にいいのよ」テスは言った。「今夜、何を話そうと、どうせあの人は朝には忘れてるもの。でも、興味があるな。あなたたちが何をべちゃくちゃしゃべってたのか。ブライアンは結構、熱が入ってるようだったし」

「ブライアンは、自分以外の誰かを本当に知ることは誰にもできない、他の人間が何を考えているか正確に知るのは絶対に不可能だ、という話をしていたんですよ」

「あなたもそう思う？」テスは、コーヒーに息を吹きかけながら訊ねた。その唇のまわりには小さな皺《しわ》が刻まれていた。この人はかつて喫煙していたのだろうか？　わたしには彼女がタバコを吸っているのを見たおぼろげな記憶があった。だが、それはもう何年も前のことだ。

「そう思いますよ。わたしはそのことをよく考えるんです。他者の真の姿は絶対に知りようがないということを。でもいつもわからないのは、それが自分だけなのか、みんなそうなのか、ということです」

「何があなただけなの？」

「わたしは人と知り合うのが苦手なんでしょうね。表面的にじゃないですよ。それなら大丈夫なんです。でも誰かと親しくなると――わたしはその人が消え失せるのを感じる。相手を見て、急に、その人が本当はどういう人なのか、本当は何を考えているのか、わからなくなるんです」

「奥さんに対してもそう感じていた？」テスは訊ねた。

「クレアにですか？」わたしは自動的に言った。

テスは笑った。「そうなるよね――わたしの知らない結婚をしてないかぎり」

クレアについて過去にテスと話したことがあっただろうか？　思い出そうとして、わたしはちょっと考えた。そもそもブライアンと話したことがあったかどうかも。「なんの話でしたっけ？」ついにわたしは言った。

「ううっ、居心地悪くさせちゃったね。ごめんなさい」

「いやいや。こっちがちょっと酔ってるだけです」

「コーヒーを飲んで。酔いが醒めるから」

わたしはひと口含んだ。それから、特に深い考えもなく、そのコーヒーを口から送り出し、カップのなかにもどした。自分が妄想に駆られているのはわかっていた。だが、仮にテスかブライアン、またはその両方がわたしに危害を加える気だとしたら、わたしの食べ物か飲み物にドラッグを入れるというのは理にかなっている。

「わたしには、あとにも先にもクレアほど近しく感じた相手はいません」わたしは言った。「それでも、彼女がわからなくなることはありました」

テスはうなずいていた。「わたしもブライアンに対して同じように感じている。つまり、近しく、ということね。でもたまに、彼が何か言ったり、彼の書いたものを読んだりして、自分はこの人のことを少しもわかってないいんじゃないかって思うことがある。それは普遍的なものなのよ——その気持ちは。あなたたち、何がきっかけでそういう話になったの?」

わたしは思い返し、脳の働きがあまりに鈍《にぶ》いので不安になった。「最初は、わたしが昔、書いたリストの話をしていたんです。完璧な殺人のリストですよ。それでブライアンが、殺人を託すほど人を信じることは絶対できない、他人が何を考えているか本当に知ることは不可能だ、と言いだしたわけです」

テスはしばらく黙って考えていた。「もし誰かに殺人を託すなら、最適な人間は自分の配偶者じゃない?」

「確かに」わたしは言った。「あなたはブライアンのためなら人を殺しますか?」

「彼が誰を殺させたいかによると思うけど。でも、考えてはみるでしょうね。わたしはそういう妻なの。世間の人は、ブライアンがメアリーと別れてわたしと結婚したのは、わたしのほうが若いからだと思ってるけど、それはぜんぜんちがう。別々に過ごす時間は確かにずいぶん長いよね。でもわたしたち、ブライアンとわたしは本当に仲がいいの。彼の過去にこれほど親密だった相手はいない。わたしたちはお互いに忠実よ。わたしは彼のためならなんでもするし、彼もわたしのためならなんでもするでしょう」

テスは話しながらわたしのほうに身を乗り出した。その息からは、ワインの香りの混じったコーヒーの香りがした。

「そう言えば、ブライアンは……？」わたしが言うと、彼女は体をもどし、首をかしげて耳をすませた。

「大丈夫じゃない？」彼女は言った。「たぶん彼は、あなたとわたしがしばらくふたりきりになれるようにしてるのよ」

「ほんとに大丈夫？　様子を見に行ったほうがいいんじゃないかな」わたしは突然、不安になった。全部アルコールのせいだろうが、自分が舞台劇のなかにいるような、その夜が初めから、わたしがテスとふたりでコーヒーを飲むクライマックスに向けて計画されていたような気がした。

彼女はわたしの膝に指を触れ、それから立ちあがった。「あなたの言うとおりね。彼を呼びに行って、もう寝る時間だって言うことにする。でもあなたはまだ帰っちゃだめよ、マル。

本当に。まだ早いから。向こうに行って、もう一杯飲みましょう」彼女は頭を傾けて、背の高い本棚のそばに向かい合わせに置かれたふたつの小さなカウチを示した。それは、ダイニングとオープン・キッチンのあいだの憩《いこ》いの場となっていた。

「オーケー」わたしが言うと、テスは立ちあがって、部屋から出ていった。わたしはしばらくすわって、どうしたものか考えていた。キッチンでは音楽がかかっており、エラ・フィッツジェラルドが「バーモントの月」を歌っている。わたしはまだ飲んでいない自分のコーヒーのにおいを嗅ぐと、もう一度、少しだけ口に含んでみた。それから、テスのコーヒーをテーブルから取って、その味も見た。わたしと同様に、彼女も砂糖なしでクリームだけ入れていたが、その味には明らかなちがいがあった。自分はおかしくなりかけているのだろうか？

そう思いながら、わたしはふたつのコーヒーを代わる代わる飲んだ。仮にわたしに毒を盛りたかったなら、テスはそれをワインに、あるいは、食べ物にでも、入れることができたはずだ。しかし、彼女は食事が終わるまで待ちたかったのかもしれない。わたしは立ちあがり、カウチの前を通り過ぎて、キッチンに入った。そこまで行くと、廊下の先でブライアンと話しているテスの声が聞こえたが、何を言っているのかは聞き取れなかった。キッチンは清潔そのものだった。自分が何をさがしているのか、わたし自身はっきりわかってはいなかった。とにかく、すでに疑っていることをさらに裏付ける何か——自分がここに呼ばれたことには何か理由があるという証拠だ。

わたしはステンレス製の深いシンクのところに行き、なかをのぞいた。それは空っぽだった。水切り用のラックには鍋やフライパンがいくつか載っているだけで、どこにあるのかわからないが、食器洗い機がザブザブいう規則正しい音が聞こえた。コーヒーポットは赤いライトが点灯中。その横にはまな板があり、まな板の上には円柱形の木の棒、とても重いやつがあった。手に取ってみると、その感触は武器のようだった。たぶん麺棒《めんぼう》なのだろうが、それはわたしが見たことのあるどの麺棒にも似ていなかった。

「何をさがしているの、マル？」

テスがキッチンの入口に立っていた。「いや、別に」わたしは言った。「ただお宅のキッチンを見せてもらっているだけですよ。ブライアンはどうでした？」

「眠っている。一階の客用寝室で——わたしに言わせれば、ブライアンの寝室だけどね。あの人、二階よりもそっちで寝ることのほうが多いのよ」

わたしはまな板の上に麺棒を置いた。「もう帰ることにします」わたしは言った。

「ほんとに？」

「ええ。こっちもちょっと酔ってるみたいだし。最近、よく寝てないんですよ。すぐうちに向かうとします」

「わかった」テスは言った。「つまらないけど、しかたないわね。いま、あなたのコートを取ってくるから」

わたしはホワイエに立って待った。その時間は長く感じられた。やがてテスが、わたしの冬のコートを小脇にかかえてやって来た。彼女はわたしに歩み寄って言った。「わたしが帰さないと言ったら？」その声はいつもとちがっていた。平板で、静かな声だ。

わたしは左手でコートをひったくり、右手をぐいと突き出した。彼女のバランスをくずし、その隙に外に出ようと思ったのだ。彼女はうしろへとよろめき、硬材の床の上に尻もちをついた。「あいたっ、なんなのよ、マル？」彼女は言った。

「動くな」わたしは奪い取ったコートを振ってみた。彼女はそのなかに武器を隠し持っていたのではないか？　たとえば、あの麺棒を？

テスはちょっと動いて横ずわりの姿勢になった。「いったいどうしちゃったの？」彼女は言った。

疑いが押し寄せたが、わたしは言った。「あなたがニック・プルイットに何をしたかはわかってる」――声に出して名前を言うことで、確証が得られれば、と。

テスはわたしを見あげた。その髪はいま、顔の左右に垂れさがっている。「なんの話かさっぱりわからない。ニック・プルイットって誰なの？」

「二日前の夜、あなたは彼を殺した。うちの店で彼の本を見て、ノーマン・チェイニーとの関係から、わたしが彼を調べていることに気づいたんだ。それで先手を打って彼を始末したんだろう。あなたは自分と一緒に彼が酒を飲むよう仕向けた。あの〈ディンプル・ピンチ〉

を。たぶん、彼の尻をたたいて大量に飲ませたんだな」

テスはまじまじとわたしを見つめていた。その目は混乱の色を帯び、口もとには、まるでジョークのオチを待っているかのように、うっすら笑いが浮かんでいる。「あなたはわたしにそのことをわからせたかったんじゃないのか？　だからわたしをここに呼んだんじゃないのか？」

テスはいまや気遣わしげな顔をしていた。彼女は言った。「マル、わたし、立ちあがるからね。あなたがなんの話をしているのか、わたしにはさっぱりわからない。あなたとブライアンとで何か企んでるの？　これはジョークなの？」

「さっきリストの話をしたよね」わたしは言った。

「殺人のリストね？」

「誰かがそのリストを基に、本当に人を殺しているんだ。イカレてるように聞こえるだろうね。でもそうじゃない。わたしはずっとＦＢＩの聴取を受けている。それで、その件にあなたが関与しているんじゃないかと思ったんだよ。あなたかブライアンが」

「なぜ？」彼女は言った。

「なぜふたつのコーヒーは味がちがったんだ？　なぜさっき、わたしを帰さないと言ったんだ？」

テスは顔を伏せ、ちょっと笑った。「ねえ、手を貸して立たせて。殺さないって約束するから」

身をかがめると、彼女がわたしの手をつかみ、わたしは彼女を立ちあがらせた。「コーヒーの味がちがったのは、わたしのはデカフェで、あなたのがレギュラーだったから。そして、わたしがあなたを帰さないと言ったのは、あなたを誘惑しようとしていたからよ」

「ああ」わたしは言った。

「ブライアンは知っていた、というか、知ってるのよ。つまり、わたしがその気だったのを、ね。あの人はそれでいいの。わたしたち夫婦のそういう部分はもう終わってる。わたしはしばらくこのボストンにいるわけだし……彼はあなたが好きなのよ」テスは肩をすくめた。

「わたしもそう」

「すみません」わたしは言った。

「謝らないで。ただ、馬鹿なゆきちがいだったってだけ。わたしはあなたと一夜をともにしようとし、あなたはわたしがあなたを殺す気だと思ったわけよ」

「このところあまり寝ていなかったから」突然、きまりが悪くなって、わたしは言った。

「さっきの話、本当なの？　あのリストのこと」

「本当です」わたしは言った。「誰かがリストを基に人を殺している。それがわたしを知っている人物であることもほぼ確かだし」

「驚いた。その話をしてくれない？　本当にまだそれほど遅くないし」

「いまはやめときます」わたしは言った。「やはりもう帰ったほうがいいと思うので。突き飛ばしたりして、すみませんでした。あんな……」

「気にしないで」テスはそう言って、わたしをぎゅっと抱き締めた。きっとキスもしようとするだろう——そう思ったが、そのタイミングはもう過ぎ去っていたようだ。彼女は身を引いて言った。「気をつけて帰ってね。タクシーを呼ぶか何かしましょうか?」

「いや、大丈夫」わたしは言った。「次回、会ったとき、もっと詳しく事情をお話ししますよ」

「その約束、守ってもらいますからね」

背後でドアが閉まったあと、わたしはしばらく玄関前の階段にたたずんでいた。通りは森閑《しんかん》としており、雪があらゆるものに積もりだしている。音楽のかすかな音が耳を打ち、道の先の角のバーから人が何人か出てくるのが見えた。わたしは三段の階段をおりて歩道に出ると、左に曲がった。自分が純白の雪を踏み、真新しい足跡を残していることが意識された。背後から足音が——大急ぎで歩いてくる音が——聞こえてきたとき、わたしはまだ半ブロックも進んでいなかった。振り返ってみると、テスがコートも着ず、何かを手に持ち、足早に近づいてくるところだった。わたしはびくっとしたにちがいない。彼女は三フィート先で立ち止まり、持っていた本を差し出した。

「忘れていた」少し息を切らせながら、テスは言った。「ブライアンがこれをあなたにあげたがってたの。彼の新作の見本。わたしが話したって言わないでね。あの人、それをあなたに捧げるつもりなのよ」

第二十六章

一時間後、体は冷えて湿っぽくなり、降り積もる雪のなか急な坂をのぼってきたため、息を切らして、わたしは家にたどり着いた。

暗闇で、まずコートを、次いで靴と靴下も脱ぎ、ソファの上に置いた。考えなくてはならない。何はともあれ、うちまで長いこと歩いてきたおかげで、酔いは醒《さ》めていた。頭のなかでは、ついさっきブライアンとテスの家で過ごした茶番じみた夜のさまざまな場面が繰《く》り返し再生されている。リストを基にニック・プルイットや他の人々を殺害したとテスを糾弾したことも、いまでは馬鹿らしく思えたが、実際にそう言ったとき――コーヒーに毒を盛られたと確信してあの場にいたときは、その考えも完璧にすじが通っていた。テスはいま何をしているだろう、とわたしは思った。ブライアンを起こして、わたしに突き飛ばされ、人殺しと責められたことを話しただろうか？　わたしの頭がおかしくなったと思っただろうか？

わたしは明日の朝一番に彼女に電話することにした。なんなら、最近、起きたことについてもう少し詳しく話してもいいだろう。またわたしは、彼女からの申し出のこと、自分があのふたりの家に招《よ》ばれたそもそもの理由についても、ちょっとだけ考えた。状況がちがっていたら、わたしはいまごろテス・マーレイとベッドのなかにいたかもしれない。

体を起こすと、ブライアン・マーレイの本が膝《ひざ》から床へとすべり落ちた。わたしはランプを点け、本を拾いあげ、初めてそれに目を向けた。タイトルは『荒天』。カバー絵は、彼の本のカバー絵の多くと同じく、エリス・フィッツジェラルドのうしろ姿を描いたものだった。絵のなかの彼女は、いつも何かの風景か犯行現場を見ている。このカバーの彼女は、地平線上に立つ一本の木を見ていた。その枝からは、鳥の群れが飛び立とうとしており、雪に覆われた野原にはその鳥たちの一羽が――おそらくは死んで――横たわっている。

通常、献辞のあるところまでページを繰《く》ってみたが、そこには〝献辞後送〟とだけ書かれていた。これは編集者用語で、原稿がまだ入手できていないという意味だ。ブライアンは自分の妻が殺人者呼ばわりされたと知ってもなお、わたしにこの本を捧げてくれるだろうか？

その物語はひとつの会話で始まっていた。「なんにします？」ミッチが訊ねた。エリスはためらった。彼女の答えは、グラス・ワイン――いつもグラス・ワインだ。だが今回、彼女は言った。「クランベリー・ソーダをお願い」

先を読もうかとも思ったが、それよりちょっと休むべきだと考え直した。本をコーヒーテーブルに置き、ランプを消して、ソファの上で横向きに寝ると、目を閉じた。約五分、わたしは持った。脳は活発に働きつづけ、ここ数日の出来事を繰り返し思い返していた。やがてわたしは、チャーリーに再度、接触するために〈ダックバーグ〉に残したメッセージのことを思い出し、返信は来ているだろうかと思った。そこでノートパソコンを取りに行き、ソファに持ってきて、新たな偽名、ファーリー・ウォーカーでログインした。ひとつの青い点が、わたしの最新のメッセージに返信が来ていることを示していた。わたしは何度かクリックをし、そのメッセージを見た。どうも、旧友――それだけだった。

わたしは返信した――きみはわたしが思ってる人なのかな？

メッセージに時刻印がないため、それが来たのがいつなのかはわからなかった。それでも、わたしは画面をじっと見つめて待った。ついにあきらめようとしたちょうどそのとき、新たなメッセージが現れた――そもそもきみはこっちの名前を知っているのか、マルコム？

わたしは返信した――知らない。教えてくれないか？

教えてもいい。しかしまず、プライベート・チャットにしないと。

わたしは四角にチェックマークを入れて、その会話をプライベートにした。心臓は激しく鼓動しており、奥歯を強く嚙み締めているため、顎《あご》が痛みだしていた。

なぜなんだ？　わたしは書いた。

なぜって何が？　きみが始めたことをなぜつづけているか、か？　こっちは、なぜきみがやめたのかを聞きたいね。

わたしがその死を願った人間はひとりだけだった。だからやめたんだ。そいつが死んでしまえば、殺しをつづける意味はないから。

長い間があり、わたしは突然、不安を覚えた。チャーリーはログアウトしてしまったのだろうか？　わたしはもっと彼と話したかった。それに、おかしな話だが、彼が打ち込む言葉を画面上で見ていると、なんとなく安心だった。それはたぶん、彼が他には何もしていないことを意味していたからだと思う。

反応が遅くて、申し訳ない。ようやく彼が書いた。いまいるところでは、静かにしてないといけないものでね。

どこにいるんだ？

いずれ教えてやるよ。だが、いまじゃない。このやりとりのつづきが台なしになるからな。わたしはこのやりとりを大いに楽しんでいるわけだし。

彼の物言いがなぜか神経に障りはじめ、わたしは書いた――おまえはイカレたくそ野郎だ、自分でもわかっているよな。

短い間があった。そして――前はそう思っていた。きみのためにエリック・アトウェルを殺したあと、ものすごくいい気分だったから、自分は怪物なんだと確信したよ。そのことで頭がいっぱいだったしな。わたしはやつを五回撃った。致命傷となったのは五発目だったよ。一発目は腹にめりこんだ。やつはひどい痛みに苦しんでいたが、自分がなぜ死ぬことになったかわたしが教えてやると、その苦痛が恐怖に変わったんだ。やつの顔にそれが見えた。自分は死ぬんだという悟りが。ちぇイニーのときも見えたかな?

いや、わたしは書いた。

やつはなぜ自分が死のうとしているのかわかっていたのか?

さあ。わたしは何も言わなかった。

きみがわたしのように楽しめなかったのは、たぶんそんなせいじゃないか。自分に何が起ころうとしているか、それがなぜなのかやつが悟って、そのことがやつの目から読み取れていたら、きみにも理解できたろうよ。

こっちはそのことからなんの快楽も得ていない。わたしは書いた。だがおまえは快楽を得たんだ。そこがわたしたちの大きなちがいだよ。

イカレてるのはきみのほうだとわたしがお思うのは、だからだよ。彼は書いた。きみは殺人という芸術を讃《たた》えるリストを書き、わたしはリストの提示した案を実行することにした。実際に芸術を創造することに。きみはそれがおかしいというのか?

フィクションと現実のあいだにはちがいがあるんだ。

きみが思っているほどじゃない。チャーリーは書いた。どちらにも美しさがあるし、わたしもきみもそれを知っている。

ノーマン・チェイニーを殺したとき、そこに美しさなんぞなかったよ——わたしはそう書き、それからその文を消した。少し考えなくてはならない。チャーリーにわたしを信用させ、自分が誰なのか、あるいは、いまどこにいるのか、言わせなければならない。

わたしは書いた。会えないかな?

いや、もう会ってるよ。即座に返事が来た。

いつ？

きみの魂胆はわかってえる。時間の節約のために言っておこう。自分が誰かきみに教える気はない。いまはまだ、こんなかたちではな。まだやるべき仕事があるんだよ。常に理想の被害者にわたしを導きつづけるきみの手腕には目をみはるものがあるね。きみはニック・プルイットを銀の盆に載せてわたしに差し出したんだ。

彼にはなんの罪もなかった。

何かの罪はあったさ。わたしを信じろ。死ぬまで飲ませるのはもっとむずかしいかと思っていたが、やつは結構、楽しんでいたと思うよ。最初の一杯がいちばんむずかしかった。そのあとは、わたしがくれてやるものはなんでもぐいぐい飲みつづけたよ。やつは幸せそうにさえ見えた。

これ以上何かする前に、きみを自首させることはできないんだろうか。

きみがわたしと一緒に出頭するなら。――期待したとおり、彼はそう答えた。

いいとも。わたしは書いた。きみとわたしで。一緒に行って、真実のすべてを話そう。

長い間があり、わたしは彼を逃したのだと思った。そうでないなら、彼は本気で考えているのだ、と。ついに、彼は書いた。

魅力的なお誘いだが、まだやることが残っているんだ。問題は、きみがさらにふたり被害者を提供してくれたことだな。死ぬやつと、失踪するやつ。ちょうど赤い館の秘密と同じだ。お望みなら、きみにもつ手伝わせてやるよ。

全身が冷たくなった。

考えさせてくれ。早くも立ちあがりながら、わたしはそう返信した。それから大急ぎで、湿った靴下と靴をふたたびはいた。体は震えていた。彼はいままさにブライアンとテスの家に向かっているところなのだ。そうでないとすれば、すでにそこにいるのだろう。わたしは携帯をつかみ取って、ただちにテスの番号にかけた。誰も家に入れないよう警告しようと思ったのだが、それは留守録につながり、わたしはメッセージを残さなかった。九一一にかけることも考えたが、通報した場合、警察が来ても結局、何も見つからず、そもそもなぜ通報したのか、その説明に自分が窮《きゅう》するはめになることが、なぜかわかった。わたしはこれは正しい決断なのだと自分自身に言い聞かせた。

＊

外では、その夜いちばんの激しさで雪が降っていた。わたしは車を駐めてあるところまで坂をのぼっていった。道路の状態はひどいだろうが、それでもサウスエンドに行くには徒歩より車のほうが速いと思ったのだ。

Uターンして、猛スピードで坂を下っていくと、丘のふもとでブレーキをかけたとき、車はスリップして、ほぼ横向きになった。わたしはブレーキから足を離し、トントンと繰り返しペダルを踏みはじめた。しかし車は止まらず、赤信号を突っ切ってずるずると進んでいき、チャールズ・ストリートに進入した。衝撃に備え、身構えたが、通りに他のドライバーはいなかった。いたのは、歩行者がほんの数人。ひと組のカップルが歩道で足を止め、わたしの危機一髪を見守った。

ようやく停止したとき、車は斜めになっていたものの、まあまあ正しい方向を向いていた。わたしは向きを修正し、運転しつづけた。今度は前よりもゆっくりと、道から飛び出してしまったら最悪だぞ、と自分に言い聞かせながら。単にわたしを脅《おど》かそうとしているだけでないとすれば、チャーリーはつぎの犠牲者を明らかにしたのだ。わたしが先にそこに着けば、少なくともあのふたりに警告することはできる。だが同時にわたしは、チャーリーはすでにそこにいるのではないかとも思っていた。〈ダックバーグ〉でやりとりしていたとき、彼はふたりの家にいて、携帯電話から書き込みをしていたのかもしれない。いくつものタイプミスもそれで説明がつく。わたしは、運転に集中しよう、そのことは考えまい、とした。雪はいまや吹雪《ふぶき》となり、フロントガラスを直撃していた。ワイパーは稼働していたが、その縁《へり》には氷が蓄積しだしており、フロントガラスは曇《くも》りつつあった。わたしはデフロスターを最強にして、下ろした窓から頭を突き出し、その体勢のままボストン・コモンにそってアーリントン・ストリートを運転していった。トレモント・ストリートに入るころには、フロントガラスの曇りもいくらかは取れていた。マーレイ夫妻の家の前の通りは一方通行で入れないのがわかっていたので、当初わたしは角に車を置いて、残りの道は歩くつもりだった。しかし結局、その道の入口も通過し、ぐるりと一周できるかどうか、そのまま進んでつぎの角を右折してみた。

体が疼《うず》いており、わたしはハンドルを握る手の力を強いてゆるめた。その脇道はここしばらく雪かきされておらず、猛スピードで車を飛ばしていくさなか、タイヤは空回りしていた。わたしは入れるところでただちに右折し、さらにもう一度、マーレイ夫妻の家の通りに出られるよう願いつつ、右折した。その道はそれらしく見えた。ただ、わたしにはサウスエンドの住宅街はどれもこれも同じように見えるのだが。わたしは速度を落とし、マーレイ夫妻の家、青いドアのやつを見つけようと、窓の外に目を凝《こ》らした。その道を四分の三ほど行ったとき、それが見つかった。他の煉瓦《れんが》のタウンハウスとちがって、通りに面したその窓にはまだ明かりが輝いていた。そのことが何を意味するのか、家に入ったとき自分が何を目にすることになるのか、わたしは考えまいとした。

消火栓の前に駐車し、エンジンを切ると、車を降りて、深さ三インチの水っぽい冷たい雪のなかに足を踏み出した。マーレイ夫妻の家に向かって道を渡っていくとき、誰かが叫ぶ声がした。「そこは駐車禁止ですよ」振り返ると、四軒ほど先の街路灯の下に、犬を連れた女性が立っていた。わたしは女性に手を振って歩きつづけた。

玄関に至ったとき、突然、何か武器が（どんなものでもいいから）あったら、という考えが浮かび、車に引き返してトランクからタイヤジャッキを取ってこようかと思った。しかしもうそれ以上、時間を無駄にしたくはなかった。ドアが開くかどうかやってみたが、ドアには鍵がかかっていた。わたしは呼び鈴を押しながら、同時にノックした。誰も応えなかったら、どうすればいいのだろう？　ドアの中央の八角形の窓をぬぐっているとき、向こう側から足音が聞こえてきた。ドアが開いた。

第二十七章

「マル」かすれた声でそう言うと、テスは手を伸ばし、上着の内側をつかんでわたしをなかに引っ張り込んだ。

「何も変わったことはない？」わたしは訊ねたが、テスはドアを閉めているところだった。それから彼女はわたしの胸に体を押しつけ、気がつくとわたしたちはキスしていた。わたしがキスを返したのは、テスがまだここにいること、まだ生きていることに安堵したからだが、単にそれが心地よかったからでもあった。それに、自分がもどってきたのは、彼女が危険にさらされていると思ったからだと、いきなり話すのも気が進まなかった。それはいかにも馬鹿馬鹿しく聞こえるだろう。

わたしたちはキスをやめて抱き合った。腕のなかのテスは重たく感じられ、わたしはもう一度、彼女に訊ねた。「何も変わったことはない？」

テスは抱擁《ほうよう》を解き、うしろにさがって言った。「なぜそればかり何度も訊くの？」その言葉は不鮮明だった。それに彼女は激しく目を瞬《しばたた》いていた。

「なんだか様子が……酔っている？」わたしは言った。

「たぶんね」テスは言った。「だから何？　あなただって酔ってるでしょ」彼女はくるりと背を向けた。すると、いまにも倒れそうにその体全体が傾いた。わたしはすばやく進み出てテスの腕をとらえ、キッチンのすぐ手前の、向かい合うふたつのカウチの一方へと彼女を導いた。わたしたちは一緒にすわった。

「なんだか変な気分よ」テスはそう言って、わたしの肩に片手をかけ、身を寄せてきた。その息はコーヒーの苦いにおいがした。

「わたしが帰ったあと何をしていたのか教えて」わたしは言った。

「あなたが帰ったの、いつだっけ？」

「二時間前。だいたいね。正確なところはわからない」

「ああ、そうだった。わたしはまず傷を舐《な》めた。だってほら、わかるでしょ？……そして、また少しコーヒーを飲んで、それから怠《だる》くなって、ものすごく怠くなって、二階に行って寝る支度をするつもりだったんだけど、ここで、このカウチでちょっと寝ようかなと思った。そしたら、ドアをたたく音がして、あなたがいたの」

「他に誰か来ていないか？　ここに？　いいえ、あなただけよ。もう一度、キスしない？」

わたしは身をかがめて、テスにキスした。短く切りあげたかったのだが、彼女は口を開けて、ぐいぐいと迫ってきた。わたしの目は開いていたが、彼女の髪があとからあとからこぼれ落ちてくるので、しばらくは何も見えなかった。わたしはキスをやめ、彼女の頭を胸に抱き寄せた。

「いい気持ち」彼女は言い、さらに何かわけのわからないことをつぶやいた。

わたしたちは一分ほどそうしていた。わたしに寄りかかったまま、彼女が眠りに落ちかけているのがわかった。その邪魔はせず、わたしはあたりを見回して、見えるものをひとつひとつ確認していった。室内の様子は、わたしが帰ったときとまったく同じに見えた。わたしたちのコーヒーカップはいまも張り出し窓の前のダイニング・テーブルに載っているし、電球一個のランプはいまもテーブルのそばで灯ったままだ。そして、キッチンのこちらから見える部分は、食器棚の底部に埋め込まれた照明に照らされている。家のなかは森閑《しんかん》としていた。ただ、ブライアンが一階の客用寝室でいびきをかいているのが聞こえるような気はしたが、これは定かではなかった。だが、もしそれがブライアンだとすれば、このいびきはいい徴候だ。彼はまだ生きているのだ。

チャーリーが家のなかにいることが、わたしにはわかっていた。

わたしはすでに仮説を組み立てていた。彼は今夜わたしをここまでつけてきた。おそらく、わたしがブライアンとテスと食事をしているあいだ、外で待っていたのだろう。わたしが立ち去ったとき、たぶん彼はわたしをつけるつもりでいたか、テスとブライアンの家に押し入るつもりでいたかだ。ところがそのとき、チャンスが訪れた。テスがブライアンの本をわたしに渡すために、鍵もかけず、ドアを開けっぱなしにして、飛び出してきたのだ。チャーリーはなかに忍び込んだ。そして、そのあとは？　彼は家のどこかに隠れた。また、うまく機をとらえ、テスのコーヒーに何か入れた。おそらくは、プルイットのウィスキーに混ぜたのと同じものを。わたしはテスが酔っているとは思っていなかった。少なくとも、二時間前にわたしが帰ったとき以上に酔ってはいないだろう。そう、彼女は薬を盛られたのだ。ところが、チャーリーが彼女にさらに手を出す前に、わたしが駆けつけた。そしていま、わたしたち全員がこの家のなかに一緒にいる。チャーリーはどこなのだ？　もし彼の立場なら、わたしはどこに隠れるだろう？

テスをゆっくり胸からどけて、カウチの上に寝かせると、わたしは立ちあがった。

「どこに行くの？」テスは言ったが、その声は小さく、つぶやくようだった。彼女は目を閉じたまま、頬の下に手を入れて、鼻から深く息を吸い込んだ。わたしはできるだけ静かにキッチンに入っていった。一階の廊下に出る引き戸からは、トイレと、ブライアンが眠っている客用寝室に行くことができる。また、わたしの記憶が正しければ、クロゼットもひとつある。わたしは調理台に行き、前に目を留めた麺棒《めんぼう》を見つけて、右の手に持った。ナイフを一本借りようかとも思ったが、麺棒の感触はなかなかよかった。それは重たい木の棒にすぎず、チャーリーが銃を持っていたらなんの用もなさないのは明らかだった。とはいえ、それはそれで威力があり、手にしていると心強かった。

わたしはそのままキッチンにいようかと思った。横手のスウィングドアとダイニングやリビングに通じる大きな出入り口の両方が見えるその場所にただ立っていようかと。ひと晩じゅうここに立ちつづけ、チャーリーが先に動くのを待つという手もある。しかしわたしは、テスのことが心配だった。何かはわからないが、彼女の体内にあるものには、命を奪うだけの力があるかもしれないのだ。自分としては普段どおりのつもりの声で、わたしは空っぽのキッチンに向かって言った——「ここにいるのはわかっているよ」

応答なし。

さらに五分ほどと思える時間、待ったところで、わたしは考えはじめた——自分は妄想にとりつかれていただけなのでは？　もしかすると、テスはわたしが帰ったあと飲みつづけて、ただ酔っているだけなのかもしれない。そして、チャーリーは現時点ではただわたしをもてあそんでいただけなのかも。彼はわたしを操って、ここに駆けつけるよう仕向け、無駄足を踏ませようとしたのではないだろうか。わたしはゆっくりとリビングに引き返した。テスは動いていなかった。相変わらず、片手を頬の下に入れて、カウチの上で丸くなっている。しゃがみこむと、彼女の規則正しい寝息が聞こえた。古い床が一歩ごとにきしむのを意識しながら、わたしは左手の廊下のほうへと向かった。階段を通り過ぎると、バスルームのドアを開けた。廊下のランプから充分な光が射しているため、そのなかが空なのがわかった。

そのとき背後で足音がし、わたしは凍りついた。

足音はやんだが、荒い息遣いが聞こえる。麺棒をぎゅっと握り締め、わたしは振り返った。猟犬のハンフリーがそこに立ち、もの問いたげにわたしを見ていた。空いているほうの手を差し出すと、彼はやって来て、その手のにおいをかぎ、それから興味を失って、リビングのほうへもどっていった。

わたしはふたたび向きを変えた。客用寝室で寝ているブライアンの様子を見に行かなくてはならない。それに、彼がひとりなのかどうかも確認しなくては。それがすんだら、たぶんもう帰ってもいいのではないか？　たぶんわたしがここにいる必要はないのだろう。

「あの犬はなんて名前なんだ？」

その声は背後から聞こえてきた。もちろん、わたしにはそれが誰の声かわかった。振り返ってみると、階段の前に彼が立っていた。ホワイエの明かりを背にしているため、その顔は影になっている。

彼は脇に垂らした手に銃を持っていた。無造作に。だが、わたしがそちらに向かって一歩、踏み出すと、彼は――マーティ・キングシップは銃を持ちあげ、わたしの胸に狙いをつけた。

第二十八章

「ハンフリーだよ」わたしは言った。

「へえ」彼は言った。「あの俳優とおんなじか？」

「たぶんね。わからないが」

「大した番犬だよな」

「確かに」わたしは言った。マーティのもう一方の手には何かがあった。それが携帯電話であることに気づくまでには、少し時間がかかった。マーティが持っていると、それは場ちがいな感じがした。彼とは何度となく一緒に飲み、店の朗読会でもその姿を見てきたが、どういうわけか、これまで携帯の画面を見ている彼を目にした記憶はなかった。銃を持った彼も見たことはないのだが、彼になじまないのは、銃よりも携帯電話のほうだった。

「いつからここにいたんだ？」わたしは言った。「それで打ち込んでたのか？ 〈ダックバーグ〉のサイトに？」わたしは彼の携帯を目で示した。

「そうさ」マーティは言った。「まずまずだったろ？ この太い不器用な指にしちゃあさ？ なあ、向こうですわろうや」彼は銃を振った。「あのテーブルでどうだ。あんたもなんだか知らないがその手に持ってるものを下に置けるし、俺もこいつをあんたに向けなくてすむ。そうすりゃ気持ちよく話ができるだろ」

「わかった」わたしは言った。

マーティは向きを変え、テーブルへと歩いていった。猛スピードで突進し、彼が銃を手に振り向くと同時に体当たりして転倒させる自分の姿が目に浮かんだ。しかしわたしはただ彼のあとに従い、わたしたちは一緒にテーブルに着いた。それは数時間前、テスとわたしがすわっていたのと同じ席だった。マーティは椅子を何フィートかうしろにずらしてから、銃を膝に置いた。

「あんたが持ってるそれはなんなんだ？」

「麺棒だよ」わたしはそう答え、それをテーブルに置いた。

「ここで見つけたのか？　それとも持ってきたのかね？」

「いや、ここで見つけたんだ」

テーブルの上には、まだ点いたままの吊り照明が下がっており、その光のもとで、マーティの顔は前よりもよく見えた。その風貌はいつもと同じ――肌は土色、髪は乱れ、最近ずっと寝ていないといった感じだ。しかし、その目には普段と少し異なる何かがあった。いつもより強烈で活気があると言いたいところだが、それもちょっとちがう。幸せそうというほうがしっくりくるだろうか。顔に笑みはないかもしれないが、その目はほほえんでいた。

「あんたはもっと武器を持ってくるだろうと思ってた」彼は言った。「まあ、それがあんたの得意分野じゃないことはわかってるがね。警察には連絡したのか?」

「ああ」わたしは即答した。「いまごろこっちに向かっているところだ」

マーティは顔をしかめた。「お互い嘘はよそう。真実を話そうじゃないか。そのあとで、つぎにどうするか、一緒に考えればいい。わかってる——あんたはいまの自分にとって唯一のチャンスは俺に飛びかかることだって思ってるんだろ。だが、それはちがうよ。こっちは道理に従って動くつもりだ。正直言って、俺はもう若くないが——年寄りが自分の足でどうにか立てたりしたとき、世間の連中が使う、あの舐めた言葉、なんだっけな?」

「かくしゃく」わたしは言った。

「そう、かくしゃく。俺はかくしゃくとしている。そして、もしあんたがいきなり飛びかかってきたら、その顔に一発ぶちこむつもりなんだ」

彼はほほえんだ。

「わかった」わたしは言った。

「いちおう警告しておくよ。馬鹿な考えを起こしてほしくないからな」

わたしは両手を掲げてみせた。「ここでじっとしてるよ」

「ようし。信じよう。これで話ができるな。フィクションと現実についてあんたがさっき書いてたことを、俺はずっと考えてたんだ。あのリストの殺人はフィクションで、そこにはちがいがあるって話な。その点はあんたの言うとおりなんだろうよ、マル。だが、あんたの見かたはあべこべだと思うね。フィクションは現実よりはるかにいいもんだ。俺は知ってる。長いこと生きてきたからな。俺がそのことを――フィクションのすばらしさをどこから学んだか、知ってるだろ？　あんたからだよ。あんたは俺に読書を教えた。そしてあんたは俺に殺人を教えたんだ。おかげで俺の人生は好転した。なあ、このうちにビールはないかな？　話しながら冷えたビールをやるのもいいね」

「きっとあるさ」わたしは言った。

マーティはテーブルからキッチンの奥を見やった。そこでは、ほのかな明かりに照らされ、大型冷蔵庫がきらめいていた。「それじゃ二本、取ってきてくれないか？　馬鹿なまねはしないって信用していいかな？」

「もちろん」

わたしは立ちあがって、キッチンへと向かった。マーティのほうはこちらに銃を向けていた。わたしはあのふたつのカウチを通り過ぎた。犬のハンフリーはいま、テスの向かい側のカウチに寝そべっており、彼らはどちらも何も知らずに眠っていた。わたしは冷蔵庫を開けて、なかを漁り、奥のほうに埋もれていた〈ハイネケン〉のボトル二本を見つけた。それから、引き出しから栓抜きをさがし出して、ボトルの蓋《ふた》を開けた。

「おお、〈ハイネケン〉か」ボトルを前に置いてやると、マーティは笑顔で言った。「うれしい驚きだね」

彼はひと口飲み、わたしもそれに倣《なら》った。口は乾いてねとついており、そんな状況下にあっても、ビールはうまかった。「そうとも、あんたは二度、俺を変えたんだ、マル、わかってるかな？」マーティは言った。まるで、ふたりの始めた会話が、わたしがビールを取りに行っているあいだもずっと脳のなかを駆け巡っていたかのように。「あんたは俺を殺人へといざない、読書へといざなった。そして俺の人生は上向いた」

「あんたを殺人にいざなった覚えはないね」わたしは言った。

マーティは笑った。「いや、いざなったのさ。俺は警官だった。だが、それでも人殺しにはならなかったんだ」

＊

その夜、わたしたちはトータルで三時間ほど、話をしたと思う。話していたのは、ほとんどマーティのほうで、その声はしゃべればしゃべるほど嗄《か》れていったが、年月は、自身の物語を語るのにつれ、彼から剝《は》がれ落ちていくようだった。これまで行ってきた行為が、彼に新たな人生をもたらしたのは明らかだ。しかしそれだけでは足りなかった。彼には誰かにその話をする必要があったのだ。

マーティは、五年前の二〇一〇年、クレアが死んだ年、自分がまだスミスフィールド市警本部で警官をしながら、退職を考え、不実な妻と暮らしていたことを語った。彼は少なくとも二度、夜更けに弾を込めた拳銃を口に突っ込んだことがあるという。自分の死後、妻がそれ以上楽しむことができないよう、まず先に彼女を殺そうかと思ったことさえも。彼が踏み留まったのは、ただただふたりの子供のため、彼らが残る一生その事実をかかえて生きていかねばならないことを思ったからだった。それでも彼は毎日のように死ぬことを考えた。

同じころ、彼はスミスフィールドの某コインランドリーを拠点とする素人買春組織の解体をめざす小さな特捜チームの一員でもあった。その組織は〈クレイグスリスト〉（出会い系部門が人気の大手求人サイト）でサービスを広告していたが、同時にもっといかがわしい〈ダックバーグ〉というウェブサイトも利用していた。マーティは深夜にこのふたつのサイトを見て回るようになり、そうしながら考えた。自分も浮気したらどうだろうか？　オンラインで何かそういう手配ができないだろうか？　それで何か変わるのだろうか？　そして彼は、そこでわたしを見つけた。〈ダックバーグ〉で、『見知らぬ乗客』が好きな仲間をさがす男として。マーティは（当時はまだ読書家ではなかったので）その本を読んでいなかったが、映画のほうは子供のころに見ており、一度も忘れたことがなかった。ロバート・ウォーカー。ファーリー・グレンジャー。僕がきみの殺人をやり、きみが僕の殺人をやる。マーティはわたしの呼びかけに応えた。妻の殺害をわたしに託そうかとさえ思ったが、たとえアリバイがあっても、それでつかまらないわけがないと気づいた。しかし彼には、浮気な妻以上に殺したい人物がいた。ノーマン・チェイニー――ホルヨークのケチな会社のオーナーだ。チェイニーはガソリンスタンドを三つ持っていたが、そのなかに自動車へのサービスのすばらしさで知られる店はひとつもなく、その全店が地元の麻薬売買組織とのつながりによって知られていた。チェイニーは具体的に何かの罪を問われたことはなかったが、最低でもマネーロンダリングをしているのは明らかであり、自分のスタンドで麻薬売買を行っている可能性さえあった。しかしマーティがこの男に注目したのは、仲が冷えかけたノーマンの妻、マーガレット・チェイニーが住宅火災で死んだときだった。地元の警官たちは全員、妻の生命保険と家の火災保険の保険金めあてでチェイニーがその火事を仕組んだことを知っていた。また、彼がその後、ニューハンプシャー州へ逃げたことも。チェイニーは罪を免《まぬか》れたのだ。

わたしからエリック・アトウェルの名前と住所を受け取ったあと、マーティはノーマン・チェイニーの名前と住所をわたしに送った。

サウスウェルでエリック・アトウェルを撃ち殺す前に、マーティは自分の殺す相手が聖人君子でないのを確認するため、少し調査を行った。その結果、わかったのはもちろん、アトウェルが名の知れたカス野郎であることだった。軽微な違法行為による逮捕の記録もいくつかあった。酒酔い運転、規制薬物の所持。だがそれとともに、そろって虐待を訴える別々の女性三名から、アトウェルに対する接近禁止命令の申請も行われていた。

アトウェルを殺すのはむずかしくはなかった。マーティは二日間、アトウェルを見張って、あの男がよく夕方に家を出、ヘッドフォンを付けて、精力的に長いウォーキングをしていることを知った。そのコースは、彼の農場の家の近くをいくつも通っている人里離れた遊歩道だった。マーティは、二年前に空き家の捜索の際に入手した拳銃を持ち出し、サウスウェルの森林地帯まであの男をつけていって、五回、撃った。

「『オズの魔法使』のあのシーン、知ってるかな？」マーティは言った。「白黒からカラーに変わる瞬間をさ？」

「うん」わたしは言った。

「俺にとっては、あんな感じだった。世界が変わったんだ。それで単純に、あんたの世界も変わっただろうと思ったわけさ。ノーマン・チェイニーの身に起きたことを聞いたとき」

「変わりはしなかった」わたしは言った。「いや、変わったな。でも逆だったよ。世界から色が消えたんだ」

マーティは顔をしかめ、肩をすくめた。「まあ、こっちの誤解だったってことだろうな。とにかく俺は、あんたも同じように感じただろうと思ったんだ。だから、あんたが何者なのか見つけなきゃならない、会うべきなんじゃないかってな」

そしてこのとおり、わたしを見つけるのは簡単だった。前にアトウェルのことを調べていたため、マーティは、アトウェルのクレア・マロリーの死とのかかわりについてすでに知っていた。そして彼女は、ボストンの書店の店長と結婚していた。わたしの名前をつかむと、彼はわたしのブログを見つけ、特にわたしの書いたリスト、〈完璧なる殺人8選〉に注目した。そして、そのリストのど真ん中に、『見知らぬ乗客』があったわけだ。マーティはその本を読み、つづいて、残りのおすすめ作品も読んだ。すると、また少し彼の世界が広がった。これらのことが起こるまで、彼は愛のない破綻《はたん》した結婚生活を送ってきた。息子は薬物依存症との闘いのさなかにあり、娘はいまも彼と会いはするが、心の奥では彼にも、彼女にとってそれが面倒な務めであることがわかっていた。しかしいま、彼は殺人と出会い、さらに、それにも増してよいもの、読書と出会ったのだ。マーティは離婚届に署名し、早めの退職をし、ボストンに移った。

わたしのそばにいるために。

二〇一二年、マーティは朗読会に来るようになり、最終的にわたしたちは知り合った。彼はわたしと出会い、友達になるだけで充分だと思っていたのだと思う。いずれふたりはあの出来事を、ふたりが互いのために人を殺したことを話すようになるかもしれないと。しかしそうはならなかった。なるほど、わたしたちは友達になった。だが彼はそれだけでは満足できなかった。そして、すでにわたしが語ったとおり、ふたりが一緒に過ごす時間は減っていった。彼がわたしの作ったリストの殺人を実行していくというアイデアを思いついたのは、そのときだった。それはわたしと絆を結ぶひとつの方法だった。ビールを一緒に飲むことでは、その目的は達成されなかったから。言い換えるなら、もしわたしのつきあいがもっとよければ、大勢の人が殺されずにすんだわけだ。いや、たぶんこれもちがうだろう。マーティがエリック・アトウェルで初めて殺しを経験したとき、それはシャンパンのボトルの栓が弾《はじ》け飛んだようなものだったのだ。コルクは二度とボトルにもどせない。そしてその後、彼は新たな趣味に活用できる殺人の手法をいくつも手にした。彼に必要なのは犠牲者だけだった。

マーティ・キングシップがまだ州西部のスミスフィールドで暮らしていたころ、浮気に走る以前の彼の妻は、ニュースキャスター、ロビン・キャラハンによる不倫のメリットを謳《うた》った悪名高い本を読んでいた。タイトルは『人生は長すぎる』。本が出たのは、共同キャスターである既婚男性とキャラハンの不倫が発覚した一年後だ。キャラハンがすごいブロンド美人であり、反省の色がまるでないことも手伝って、この不倫騒動は何カ月ものあいだタブロイド各紙をにぎわせた。そしてキャラハンは、不倫は一夫一婦より自然である、人間の寿命があまりにも長くなっているため、ひとつの結婚をずっと維持することはもはや意味をなさないという主旨の本を出し、自らの悪名で利益を得た。彼女はつぎつぎとトークショーに出演し、本はベストセラー・ランキングを急上昇した。マーティ・キングシップは、その後に起こった、家族のかかりつけ歯科医との妻の情事をその本のせいとみなした。ロビン・キャラハンに対して悪感情を抱いた男や女は、きっと彼だけではなかったろう。だが、マーティは、前にも人を殺し、つかまらなかった男、もう一度やりたくてうずうずしている男だった。つかまらずにロビン・キャラハンを殺すうまい案が何かないか、彼はわたしの完璧なる殺人のリストを見直した。彼が特に好きなのは、アガサ・クリスティの『ABC殺人事件』だった。その作中では、あるひとつの殺人が異常者による犯行に見せかけた一連の殺人のなかに隠されている。ロビン・キャラハンで同じことをやれるとしたら？　似通った名前の人々——たとえば、鳥の名前を持つ人物を何人か、殺したらどうだろう？　さらに彼は、それぞれの現場に羽根を一枚、残すことまで考えた。いや、地元の警察に羽根を一枚、送りつければ、なおいい。

そして、マーティはそのとおりに実行した。彼は、警察の古い身分証を見せて家に入り、ロビン・キャラハンをその自宅内で殺した。また、鳥に関係ある名前をさがし、警察の報告書から見つけ出した地元の学生、イーサン・バードも殺した。イーサンには、ローウェルのスポーツ・バーでバーテンダーを脅《おど》し、その店の業務を妨害したとして逮捕された前歴があったのだ。マーティはジェイ・ブラッドショーも同じやりかたで見つけた。ブラッドショーはレイプ容疑で逮捕された前歴があったが、有罪にはなっていなかった。この男は一日の大半を、中古の道具を売ろうとして、ケープコッドの自宅のガレージにすわって過ごしていることがわかった。マーティは真っ昼間にその前に車を停め、持参した野球のバットとその場で借りた大型ハンマーでブラッドショーを殴り殺した。

ＡＢＣ殺人を計画しはじめてすぐ、マーティはリストをクリアするまで自分がやめられないことに気づいた。ビル・マンソーもやはり、彼が警察の記録を読み漁って見つけた人物だ。家庭内騒擾《そうじょう》で調べられた前歴の主。だが彼は、近所の女性から日中にその家に押し入り、下着を盗んだとして、訴えられたこともあった。これは五年前の出来事だったが、マーティは事件のことをいろいろ調べ、マンソーがニューヨーク・シティーに通う列車通勤者で、侵入の時刻は通勤中だったことを証明できたために、罪を免れたことを知った。列車という言葉は彼に、リストにあった別の作品、『殺人保険』を連想させた。マーティはもちろんその小説を読んでいたが、町の図書館で映画も借りていた。彼は映画のほうが好きだった（「あれで、俺のフレッド・マクマレイに対する評価はがらりと変わったんだよ」）。マーティは、ビル・マンソーを殺そうと決めた。まず彼を撲殺し、その遺体を線路脇に残す。そうして翌朝、自ら通勤列車に乗り、マンソーが覚悟のうえで飛び降りたかに見えるよう、頃合いを見計らって車両の窓をたたき割るつもりだった。これが通用しないことは、マーティ自身わかっていた。マンソーが別の場所で殺されたことや、遺体に偽装工作がなされていることは、鑑識が見れば即座にわかる。しかしマーティを興奮させたのは、誰かが真相に気づきだし、ふたつの小説を結びつけ、すべてがわたしに結びつくのではないかという考えだった。もしかすると、警察はわたしを逮捕するかもしれない。いずれにせよ、わたしは巻き込まれるはずであり、それこそが彼の望みなのだった。

ビル・マンソーに近づく方法はよくわからなかったが、いざコネチカット州に行ってみると、マンソーが駅からいちばん近いバーでいつも飲んでいることがわかり、仕事はやりやすくなった。マンソーは毎日五時半に駅から〈コリダー・バー&グリル〉に直行し、夜の十時ごろ店からよろめき出てくると、一マイル半、車を運転して、自宅のタウンハウスに帰るのだった。マーティはその駐車場で、入れ子式の棍棒を使ってマンソーを撲殺し（「嘘じゃない、野球のバットよりずっとよかったぞ」）、遺体を線路ぞいに放り捨てた。翌日、彼は列車に乗り、車両のあいだの窓を同じ鋼鉄の棍棒で割った。

四件の殺人を終え、マーティはいらだちはじめた。その点について本人は多くを語らなかったが、彼はそろそろもう少し露骨にやる頃合い、わたしを巻き込む頃合いだと考えたようだ。

〈オールド・デヴィルズ〉の常連、特に作家の朗読会に来る人たちはみなそうなのだが、マーティもまたエレイン・ジョンソンを知っていた。彼女は何度となくマーティをつかまえ、読むべき本と、時間の無駄になる本を教えようとした。また、自分の住むアパートの大家のあばずれレズビアンのことや、ボストンの町がうんざりするほど汚いこと、自分がいなければ〈オールド・デヴィルズ〉がとっくにつぶれているはずであることを彼に話した。さらに彼女は、自分の心臓のことや、医者たちからストレスを避けてもっと静かな土地に移るべきだと言われていることも彼に話した。

エレインがメイン州ロックランドの亡くなった姉の家に引っ越したことを知り、マーティは彼女を訪問した。エレインが留守のとき（おそらくは、町のどこかで書店の従業員を恐怖に陥《おとしい》れていたとき）、その家に侵入し、寝室のクロゼットに隠れたのだ。彼は鋭い歯がずらりと並ぶ大きな醜い口をしたピエロの面《めん》をつけており、エレイン・ジョンソンが帰宅すると、辛抱強くその場で待った。侵入者がいるとも知らず、彼女が階下でパタパタと歩き回っているのが、彼には聞こえた。そしてついに彼女は二階の寝室にやって来て、まっすぐクロゼットに歩み寄り、その扉を開けた。彼はただそこに立っていて、一歩、進み出るだけでよかった。彼女は蒼白になり、それから自分の胸をつかんだ。それから、まさにマーティの望みどおりのことが起こった。彼女は心臓発作で死んだのだ。

「なぜあの家にリストの八冊を置いてきたんだ？」わたしは訊ねた。

「警察があんたのところに行くようにさ。すぐにとは言わないまでも、いずれな。エレイン・ジョンソン殺しは完全犯罪だ。俺にはそれがわかってた。どこの検屍官だって、あれを不審死とみなすわけはない。だから俺はリストの八冊を置いてきたんだ。水を攪拌《かくはん》できればと思って。どこかの警察に利口なやつがいて、すべてを組み立てられればと思ってな」

「実際、ある人が組み立てたよ」わたしは言った。

「そしてあんたは泡を食って助けを求め、俺んとこにすっ飛んできた。そうなるとは思ってもみなかったが、あのときは興奮したね。俺にたのみがあるっていうあんたの声を聞くのは、いい気分だったよ」

「そこでやめることもできたのにな。あんたの望みはもうかなったんだから」

「いいや。俺の望みはプロジェクトを完遂することなんだ。だが俺はあんたにもつきあってほしかった。そしてまさにいま、俺たちには――俺たちふたりには、そのチャンスがある。

つづきを聞きたいか？」

第二十九章

「あんたからFBIの訪問を受けたと聞いて、俺はとうとう誰かが気づいたんだと悟った。それに、自分の身に危険が迫れば迫るほど、あんたが俺の正体の解明を急ぐこともわかってたしな。だから、単なる時間稼ぎのために、あんたにニック・プルイットを差し出したわけだよ」

マーティによれば、ノーマン・チェイニーの妻、プルイットの妹が自宅の火災で死亡したあと、プルイットがチェイニーを告訴したというのは嘘ではないそうだ。そのため、わたしがチェイニーの死に関する情報を求める以前に、マーティはすでにプルイットを調べていた。プルイットは、逮捕歴もいくつかある、回復途上のアルコール依存症者であり、マーティの考えでは、まさに『殺意』を基にした殺人の理想の候補者だった。もしプルイットがアルコール中毒で急死しても、殺人を疑う者がいるだろうか？　彼にはアルコールの乱用者としての確固たる過去があるのだ。

あの水曜の夜、マーティとわたしが居酒屋、〈ジャック・クロウズ〉で飲んだあと、マーティは酒店に行き、スコッチを一本買って、ニューエセックスのプルイットの家に持っていった。「やつはあっさり俺をうちに入れた。もちろん銃を見せはしたがね。俺はやつにちょっと飲んでもらわなきゃならないと言った。いったん飲みだすと、やつは止まらなくなった。ほぼ丸一本飲ませるのも、さしてむずかしくなかったよ。念のため、酒にはベンゾジアゼピンの液を混ぜておいたしな」

マーティはほほえんだ。「俺はこう思った——あんたがプルイットで行き詰まったら、おつぎはブライアン・マーレイの関与を疑わせてやればいい。いや、テスまでいけるんじゃないか。どうだ、うまくいったかね？　あんたはあのスコッチのブランドに気づいたかい？」

「ああ、気づいた」わたしは言った。

「うれしいね」マーティは言った。まるで着ているセーターを褒められたかのように。

「あんたはブライアン・マーレイとテスをどの程度知ってるのかな？」わたしは言った。

「テスとは今夜会ったばかりだ。あんたが着く前に、家のなかで彼女とちょっとかくれんぼして遊んだよ。ブライアンのことは結構よく知ってる。〈デヴィルズ〉で知り合ったんだが、ここ数年、俺は彼の好きなあのホテルのバーにちょくちょく行って、一緒に飲むようになっていたんだ。実は火曜の夜、あんたとあの夫婦が一緒にいるところも見てるんだよ。ブライアンが腕を折って、テスがこっちにもどってるのも知ってたしな。そしていま、お膳立てが整ったわけだ。警察はブライアンの家で彼の遺体を発見する——俺は彼の顔に枕をかぶせて弾丸を撃ち込むつもりなんだ。一方、テスは姿を消す。俺たちふたりで彼女のスーツケースに荷物を詰めるって手もあるな。まさに『赤い館の秘密』だろ。死体が一体、逃げた殺人犯がひとり。俺たちにあと必要なのは、テスの遺体を隠す手ごろな場所だけだ」

「彼女はどうなってるんだ？　テスは？」いまも彼女が丸くなっているソファのほうをわたしは目で示した。彼女はまったく動いていなかった。

「彼女が飲んでたコーヒーにベンゾジアゼピンを少し入れたんだよ。ポートワインのほうにも入れたし。彼女はそれをいくらか飲んだんだろうな。このままあの世に渡れるほど飲んだ可能性も充分あるが、どのみち彼女を始末するくらい、なんてことはないだろう。ビニール袋を頭にかぶせる程度の穏やかなことでかたがつくはずだよ」

わたしたちはふたりとも、一階の寝室から聞こえてくるブライアンの規則正しいいびきの音に慣れてしまっていたようだ。そこへ突如、グーッと大きな音が轟《とどろ》き、その激しさにわたしたちは思わず顔を見合わせた。マーティは膝の銃を手に取り、そちらの方向に視線を向けた。「睡眠時無呼吸症か」彼は言った。「目を覚ますとは思わんが、いちおう様子を見に行こう」

彼は立ちあがり、その膝がポキッと鳴るのが聞こえた。「あんたもだ」銃をこちらに向けて、マーティは言った。そこでわたしも立ちあがった。

わたしたちは一緒に廊下の突き当たりの客用寝室まで歩いていった。わたしが先に立ち、マーティはわたしのうしろだ。ドアは細く開いており、わたしはそのドアを押し開けてなかに入った。室内は暗かったが、窓から少量の光が射し込んでいるため、ベッドの上掛けの襟のほうにあおむけに寝ているブライアンの姿は見えた。テスは服を脱がせてはいなかったが、ズボンのボタンははずし、ベルトもゆるめて垂れさがらせていた。彼の胸の小さな動き、そのせわしげな上下運動を、わたしは見守った。それから、彼がまたひとついびきを爆発させた。なぜそれで目が覚めないのか、わたしには不思議だった。

「無惨だな」マーティが背後で言った。「この野郎を苦しみから解放してやろうぜ」

わたしが振り向いたのとマーティが壁のスイッチを入れたのとは、同時だった。寝室に突如、フロアランプの光があふれた。ブライアンが眠るベッドの上の壁には、赤や黒のぼってりした塊《かたまり》が描かれた大きな抽象画が掛かっていた。

「いまここでやめることもできるだろう、マーティ」わたしは言った。

「それでどうするんだ?」

「自首するんだよ。ふたりとも自首しよう。一緒に行こう」望みが薄いのはわかっていたが、マーティは疲れているように見えた。だからわたしは、このゲームももう終わりが来たのではないかと思ったのだ。たぶん心の底では、彼もつかまりたがっているのではないかと。

マーティは首を振った。「思っただけで疲れちまうよ。大勢の警官、弁護士、精神科医と話をさせられるなんてな。このままつづけるほうが簡単だ。もうほぼ終わってるんだから。〈完璧なる殺人8選〉。あんたのお気に入りの殺人だよ、マル」

「あれはフィクションのなかのお気に入りだよ。現実世界のじゃない」

マーティはしばらく黙っていた。その息遣いはやや荒いように思えた。わたしは一瞬、彼が急な心臓発作でそのまま倒れて死ぬ場面を夢想した。だが彼は視線を上げて言った。「確かにもう終わりだっていう考えは、不愉快じゃない。あんたのためにこうしよう。今度のやつは──ブライアンはあんたにやらせてやるよ。率直に言わせてもらえば、あんたがノーマン・チェイニーを始末して以来、重労働は全部、こっちが引き受けてきたんだからな。俺はこの銃をあんたに渡す。あんたはただ、彼の顔に枕をかぶせて、一発撃ち込むだけですむ。銃声が隣近所に聞こえることもないだろうし、聞こえたところで、連中は他の何かだと思うだけさ。車のバックファイアとかな」

「わかった」わたしはそう言って、手を差し出した。

「あんたの考えはわかってるぞ、マル。俺が銃を渡したら、銃口を俺に向けて、警察に電話しようと思ってるんだろ。だがそうはさせないよ。俺はあんたに襲いかかるから、あんたは俺を撃たざるをえない。だからどのみち、あんたは誰かを撃たなきゃならないわけだ。ここにいるブライアンか、俺か。どっちかだな。あんたの好きに選んでいいぞ。それが俺だったとしても、別にかまわんしな。あんたと知り合って、このちょっとしたゲームをやってたこの数年──こいつはめっけものだったんだろうよ」

「みんなにとってそうだったわけじゃない」

「ハハ。確かにな。だが心の底で、あんたも俺と同様、こんなのは実は大した問題じゃないってわかってるんだろ。俺にこの銃を渡されて、あんたがブライアンの脳みそに弾を一発ぶち込んだら、十中八九それは彼への親切になる。あんたもそういうことが好きになるかもしれないぞ。俺を信じな」

「わかった」わたしはそう言って、彼のほうにさらに手を伸ばした。

マーティはほほえんだ。さきほど彼の目にあったもの、あの幸福の色はもう消えていた。そのとき見えたのは、彼の目にわたしがいつも見てきたものだ。わたしはいつもそれを優しさだと思っていた。

彼がわたしの手に銃を置いた。それはリボルバーだった。わたしは撃鉄を起こした。

「そいつはダブルアクション・リボルバーだよ」マーティは言った。「撃鉄を起こす必要はないんだ」

わたしはベッドにぐったり横たわるブライアン・マーレイに目を向けた。それからマーティに向き直り、その胸を撃った。

第三十章

『アクロイド殺害事件』の最後から二番目の章には、「完全な真実」というタイトルが付いている。ここで、物語の語り手、実は殺人者である田舎の医師は自らのしたことをすべて読者に明かすのだ。

わたしはこの物語のどの章にもタイトルを付けなかった。あれは時代遅れの慣習だと思うし、いささか野暮ったい気もするから。このひとつ前の章に、もしタイトルを付けるとしたら？　たぶんこんな感じになるだろう――「チャーリー、正体を現す」ほうら、このとおり。やっぱり野暮ったい。だが、仮にわたしがそれをやっていたなら――仮にこれら全部の章に名前を与えていたなら、この章のタイトルはまちがいなく「完全な真実」だったろう。

＊

妻が死んだ夜、わたしはサウスウェルまで――エリック・アトウェルの家まで車で妻を追いかけていった。そこに行ったのはそのときが初めてではなかった。クレアがまたドラッグをやりだしたことや、おそらくは〈ブラック・バーン・エンタープライズ〉で誰かと関係していることに気づいたあと、わたしは修復されたその農場の家の前を車で何度か通ってみていた。一度はアトウェルを見たこともあった。少なくともわたしはそれがアトウェルだと思った。栗色のジョギングウェアを着た彼は、自宅からほど近い歩道をジョギングしているところで、ロッキー・バルボアにでもなったつもりか、走りながら、軽くボクシングっぽい動きをし、虚空をパンチしていた。

その年の大晦日《おおみそか》、クレアとわたしは家で夜を過ごそうと決めていた。彼女は、〈ブラック・バーン〉で小さなパーティーがあるけれど、もうドラッグはやめたのだから(とにかく本人はわたしにそう言っていた)行く理由はまったくないと言った。その夜、わたしたちはふたりでチキンを焼いた。わたしはマッシュドポテトを作り、クレアは芽キャベツを蒸した。食事のときは一緒にヴェルメンティーノを一本飲み、かたづけのあとで、二本目のボトルを開けた。わたしたちは映画を見るために落ち着こうとしていた。「エターナル・サンシャイン」——クレアのお気に入りの一作だ。わたしもその映画が好きだった。少なくともあの当時は。いまは、そのことを考えただけで吐き気がする。

いつのまにか眠り込んでいたのだろう、気がつくと映画は終わっており、画面にはDVDのメニューが表示されていた。コーヒーテーブルの上には、クレアの書き置きがあった。

すぐにもどります。約束する。ごめんね。Cよりわたしにはもちろん、彼女がどこに行ったかわかっていた。外に出てみると、前の道に彼女のスバルはもう駐まっていなかった。わたしは自分の車、シボレー・インパラに乗り込んでサウスウェルまで運転していった。

わたしが着いたとき、アトウェルの家では小さなパーティーみたいなものが進行していた。私道には車が五台、さらに通りに二台あり、その一方がクレアの車だった。二百ヤードほど離れたところで、わたしは路肩すれすれに車を駐めた。サウスウェルのこの一帯は、民家がまばらだった。その大部分がなだらかに起伏する古くからの農地で、石塀が縦横《じゅうおう》に走り、百万ドル級の家が点在するばかりなのだ。

わたしは車を降りて、よく晴れた寒い夜へと足を踏み出した。いきなり家を飛び出してきたため、服装はいい加減で、ただセーターとジーンズの上に古いデニムのジャケットをはおっているだけだった。ジャケットのボタンを喉もとまでかけ、両手をポケットに突っ込んで、わたしはアトウェルの家まで道を歩いていった。〝黒納屋《ブラック・バーン》エンタープライズ〟と書かれた小さい控えめな標示が、郵便受けの横に出ていた。わたしはしばらくそこに立って、遠くからその家を観察した。白く塗られた農家の屋敷がそこにあり、すぐ隣に巨大な納屋がぬっとそびえている。もちろんわたしは昼間、それを見たことがあった。その納屋は黒く塗られてさえいなかった。むしろ濃い灰色なのだが、モダンな定型のワークスペースになっているのは確かで、正面の扉はどっしりしたガラスに変わり、内部は間仕切りのない作業場に改装されて、統一感のあるデスクや卓球台が並べられていた。

敷地の縁《へり》にそって進み、納屋に充分近づくと、業務用の吊り照明が点いているにもかかわらず、なかに誰もいないのがわかった。パーティーは家のなかで開かれているのだ。うしろ側から家に近づくつもりで、わたしは納屋の裏に回り、そこからの眺めに一瞬、呆然とした。その夜は満月に近く、空は雲ひとつなかった。アトウェルの地所は小高い丘の上にあり、わたしの立ったところからは、スロープを描く野原からその先の黒ずんだ木々の列まで、銀色の月光を浴びたすべてを見渡すことができた。薄いジャケットのなかで震えながら、わたしはしばらくその光景を見つめていた。それから突然、笑い声を耳にし、空気中を漂う紫煙のにおいに気づいた。納屋の背面のその角からは、明らかにあとから付け足したものらしい家の裏のデッキが見えた。わたしの知らないカップルがそこでタバコを吸いながら、騒々しく笑っている。会話の内容は、寒風にさらわれてしまい、聞き取れなかった。じっと見守っていると、やがてふたりはタバコを吸い終え、ふたたび屋内に引っ込んだ。わたしはいちばん近い窓に近づき、家のなかをのぞきこんだ。

あの夜のことで永遠に忘れられないことはいくつもあるが、わたしがその窓から見た情景もまちがいなくそうしたことのひとつだ。二十人ほどの人が設《しつら》えのよい広いリビングルームをうろうろと歩き回っていた。その中央には、革製のふかふかのカウチがあり、クレアがいたのはそこだった。服装は、わたしには見覚えのないコーデュロイの緑の短いスカートにクリーム色のシルクのブラウス。隣にはアトウェルがいて、ふたりの肩は触れ合っており、クレアはシャンパンのグラスを手にしていた。部屋はほの暗かったが、わたしにはガラスの天板のコーヒーテーブルに白い粉の小山が載っているのが見えた。お客のひとりが絨毯《じゆうたん》の敷かれた床に膝をついて、自分の吸う分を一ライン、カットしている。家からはクラブで流れているようなテクノミュージックがドコドコと聞こえており、カウチの向こうでは三人のお客が踊っていた。だがわたしが本当に忘れられないのは、そのときのクレアの様子——服装ではなく、アトウェルにぴたりとくっつき、彼の手がむきだしの膝に触れるに任せたその姿勢でさえなく——彼女の顔の輝きだ。それはドラッグの作用だが、何か他のもの、純然たる動物的な喜びの光輝《こうき》でもあった。彼女は不自然なまでに大きく口を開け、濡れた唇《くちびる》で笑いつづけていた。

わたしは車に引き返して、エンジンをかけ、ヒーターを最強にした。寒さに震えながら、わたしは泣いていた。それから怒りが湧いてきて、車の天井に何度も何度も拳をたたきつけた。それはもちろんクレアに対する怒りでもあり、アトウェルに対する怒りでもあったが、その大部分は自分自身に対する怒りだったと思う——少なくとも、あの時点では。なぜなら、わたしはそのまま車でサマヴィルに帰り、妻が無事にもどってくること、いつかふたたびわたしだけのものになることに望みをかけて、彼女を待つつもりだったのだから。

車内が温まり、わたしの心は鎮《しず》まった。その場所からは、路肩に駐められたクレアのスバルが見え、わたしは待つことにした。過去の経験から、彼女がここで夜を明かさないことはわかっていた。たとえ遅くなっても、彼女はいつも朝が来る前に家に帰る。そしてわたしは、自分が彼女を許すこと、母が父に取ったのと同じ対応を取ることを知っていた。わたしはクレアが自分のもとにもどるのを待つだろう。だが、エンジンをうならせ、通風孔から熱を吹き出させ、車内にすわっているその時間が長引けば長引くほど、クレアに対するわたしの怒りは増していった。彼女が薬物依存症であることはわかっている。ある意味、本人にはどうしようもないのだということも。だが、アトウェルのリビングでの彼女はとても幸せそうでもあり——とても生き生きしていた。

クレアの車のそばにふたつの人影が現れたのは、午前の二時半だった。月明かりのなか、彼らが一緒にやって来て、キスを交わすのが見えた。その後、クレアは（わたしにはむきだしの脚とその上のフード付きの冬のコートが見えた）ドアを開けて、車に乗り込み、アトウェルは駆け足で家へと引き返していった。ブレーキランプが点灯し、つづいてスバルはUターンした。ヘッドライトが松の木立の陰に潜むわたしの車を照らし出したはずだが、クレアは注意を払わなかったのだろう、そのままスピードを上げ、ルート2の方角へと走り去った。

わたしはクレアを追った。彼女は裏通りを猛スピードで走っていったが、ボストンに向かうハイウェイに乗ると、きっちり制限速度まで減速した。まだ大晦日の夜なので、おそらく警察が大挙して出動し、酔っ払い運転の車を取り締まっているだろうから。この事実はなぜかわたしをいらだたせた。その夜、何を摂取し、どんなことをしたにせよ、クレアは停止命令を避ける用心だけは怠《おこた》っていないわけだ。これと同様に、ふたりの部屋にもどったとき、彼女がわたしを起こさないようそっとなかに忍び込むことが、わたしにはわかっていた。また、翌朝、今夜のことを話し合うとき、彼女が泣いて、自分はひどい人間だと言い、許しを乞うことも。彼女は二重生活を望みながら、対立は望まない。それがクレアという人間だった。わたしはそのときこう思った――もしも彼女がただわたしのもとを去っていたなら、自分はエリック・アトウェルといるほうがいいのだ、依存症者のままでいたいのだという事実を認めていたなら、わたしはもっと彼女に敬意を抱いていただろう。もしそうだったなら、わたしたちは少なくともけりをつけることはできただろう。

二車線のハイウェイには他にも車が走っていたが、その数は多くなかった。わたしは彼女のすぐうしろをついていった。気づかれる可能性はあまり心配していなかった。アトウェル宅の前の道の路肩にいたとき、彼女はわたしに気づかなかったのだ。たぶんいまここで気づくことはないだろう。わたしは何度となくその道を通っていた。そしてわたしたちは立体交差の高架橋に近づきつつあった。道路の縁には低いガードレールしかない。突然、クレアの車が制御不能となり、道路の外に飛び出し、下の道に落下する場面が頭に浮かんだ。ほとんど何も考えず、わたしはスピードを上げ、追越し車線でクレアに追いついた。しばらくのあいだ、わたしたちは並んで走っていた。わたしはクレアのほうを見やった。しかし見えたのは、暗闇のなかの彼女の横顔だけだった。クレアは振り向いたのかもしれないが、本当のところはわからなかった。振り向いたとしたら、彼女には何が見えたのだろう？　やはり、暗闇のなかのわたしの顔だ。彼女にはわたしがわかっただろうか？

わたしは彼女を追い抜いたが、同じ車線に留まった。高架橋がぐんぐん近づいており、わたしはシナリオを頭に描いていた。もしわたしが隣の車線に進入し、クレアの車に接近したら？　彼女は二台の車が衝突し、一緒にスピンし、道の外に飛び出すに任せるだろうか？　心の奥で、わたしには彼女がそうしないことがわかっていた。わたしの妻は常に衝突を避ける。そのことは彼女自身の人生が崩壊するのを食い止めはしなかったが、もしわたしが彼女の車線に進入したら、彼女が衝突を避けて横にそれることが、わたしにはわかっていた。

わたしはそれをやった。高架橋を疾走しているさなかに、クレアの真ん前に斜めに進入したのだ。そしてクレアはまさにわたしが思っていたとおりのことをした。彼女は道の外へ飛び出していった。

＊

帰宅後、わたしは警察が来るのを待った。彼らは朝の八時に現れ、妻が死んだことをわたしに告げた。もちろん、ほっとした。彼女に恐ろしい怪我を負わせてしまったのではないかとわたしは心配していたのだ。また、彼女の車が下の道路に落下したとき、無関係な誰かが巻き込まれて死んではいないかという点も心配だった。だがそれはなかった。そして、そのことについても、わたしは感謝した。

＊

自分が殺した人の死を悼《いた》むというのは、おかしな話だ。最初、わたしの悲しみは巨大な罪悪感と一対になっていた。もしあの夜、クレアを無事に帰宅させていたら、どうなっていたか、わたしはずっと考えつづけた。もしかすると彼女は、自分はどん底に至った、よくなりたい、と言い、治療施設に入れてくれとわたしにたのんだかもしれない。あるいは、ドラッグを求め、アトウェルのもとに通いつづけたか。そしてわたしのほうはそれを放置し、彼女が変わることに望みをかけて、気をもみながらただ待っていたかもしれない。

彼女の日記を読むことは救いになった。クレアとわたしの物語には歴然たる悪者がいて、その悪者はエリック・アトウェルだった。彼を殺す手段を見つけたことで、わたしは悲しみの最悪の時期を切り抜けた。そしてその後、時が効き目を顕《あらわ》した。悲しみは癒《い》えてはいない。だが、確かにいくらかは軽くなった。わたしは書店を買い取り、仕事に没頭した。犯罪小説を読むのは（そのなかでは無惨な死の不穏な姿があまりに支配的だから）やめたものの、わたしにはお客の役に立てるだけの知識がある。わたしは書籍販売者であり、その仕事が得意だ。それだけで充分だった。

第三十一章

呼び出し音が鳴り、その後、通話は留守録へと切り替わった。「切」ボタンを押し、携帯電話をたたき壊そうとしたまさにそのとき、それがブーブーと鳴った。グウェン・マルヴィが折り返しかけてきたのだ。

「どうも」

「どうしました？」彼女は言った。

「何か聞いてないかな？」

「何かって？　何について？」

「ボストンで男が死んでいる。名前はマーティ・キングシップ。その男がチャーリーだよ。わたしたちのあのチャーリー。ロビン・キャラハン、イーサン・バード、ジェイ・ブラッドショーを殺したのは、彼なんだ。それに、ビル・マンソーとエレイン・ジョンソンも殺したし、三日前の夜には、マサチューセッツ州ニューエセックスのニコラス・プルイットも殺している」

「ちょっと待って」グウェンは言った。「その男はいまどこなんです？　さっき、死んだと言ってましたっけ？」

「ついさっき九一一に通報して、住所を教えた。いまごろ警察が向かっているはずだ」

「誰が彼を殺したんです？」

「わたしだよ。わたしが昨夜遅く銃で彼を撃った。もう今朝と言ったほうがいいかな。彼はマーレイ夫妻、ブライアンとテスを殺して、『赤い館の秘密』の殺人みたいに仕立てようとしていたんだ」

「それは何者なんです？」

「以前、マサチューセッツ州スミスフィールドの警察官だった男だよ。もう退職して、ボストンで暮らしていたけれどね。エリック・アトウェルを殺したのも彼なんだ。それはわたしのためだった。わたしが彼にたのんだんだ。すべてはそこから始まっている。全部、わたしのせいだ。わたしが始めたことだよ。マーティは頭がおかしかった。でも始めたのは、わたしなんだ」

「もっとゆっくり話してくれないと、マル。いまどこにいるんです？　そちらに行ってもいいですか？」

ほんの束の間、わたしは考えた。グウェンに再度、最後にもう一度だけ会うことを考えてみた。だが彼女に会えば、最後は必ず拘置所で終わることも、わたしにはわかっていた。そしてわたしは、進んでそれを受け入れることはすまいとすでに決めていた。

わたしは言った。「残念だけど、それは無理だな。あまり長くは話せないし。この話がすんだら、携帯は処分するよ。時間はあと五分だ。あなたの知りたいことはなんだろう？」

ハッと息を吸い込む音がした。「怪我をしているの？」グウェンは言った。

「いや、大丈夫」

「あなたはずっとその男だと知っていたんですか？」

「マーティのことかな？　いや、知らなかった。わたしたちはすべてオンラインで計画し、お互いの身元は明かさなかったから。彼はわたしが誰かをさぐり出し、その後、わたしのリストを見つけて、それを利用しはじめたんだ。わたしは昨夜初めて彼の正体を知ったんだよ。もっと早く知っていたら、あなたに話していたんだが」

「さっきニコラス・プルイットが死んだと言っていましたね。それは、あなたが教えてくれた名前でしょう？　この前、ふたりで話したときに？」

「わたしはプルイットがチャーリーじゃないかと思ったんだ。でも、それはちがっていた。彼の死因は、アルコールと何かの薬物の過剰摂取だよ。家にキングシップの指紋がないか調べてごらん。たぶんあるはずだから」

「なんてことなの」

「いいかい、事件の担当者たちと話すときは、わたしから情報提供の電話があったと言うんだよ。ボストンに来てわたしと会ったと言う必要はないからね。わたしはあなたに仕事を取りもどさせてあげたいんだ」

「そうなるかどうかは怪しいですが」

「大丈夫だと思うよ。あのリストと一連の殺人のつながりを解明したことは、あなたの手柄になるだろうし。担当者たちの持っていない情報を提供するといい。彼がエリック・アトウェルを殺すのに使った銃は、本人によれば、どこかの犯行現場で手に入れたものだそうだよ。それと、これも話して。わたしと彼は〈ダックバーグ〉というウェブサイトで知り合ったんだ。あなたはきっと大丈夫だよ」

「まだたくさん訊きたいことがあるんですが」

「もう切らないと。すみません、グウェン」

「では、最後にもうひとつだけ質問させてください」

「いいとも」わたしは言った。それがどんな質問か、わたしにはわかっていた。

「わたしの父の身には何があったんです？　スティーヴ・クリフトンはマーティが殺したんですか？」

きっとわたしは何秒かためらっていたのだろう、彼女はさらに言った。「それとも、やったのはあなたなの？　どうしても知りたいんです」

「クレアが……妻が死んだあとのこと、そのあとの一年のことは、よく思い出せないんだよ。わたしは恐ろしい夢ばかり見ていた。それに罪悪感でいっぱいだったし。たぶん飲み過ぎてもいただろう」

「なるほど」グウェンは言った。

「そしてその時期、わたしは何度も同じ夢を見ていた。ときどき、あれは現実だったんじゃないかと思うんだ」わたしの立っている場所は寒かったが、話しながら、わたしは首の付け根に汗の粒が浮き出すのを感じていた。「その夢のなかで、わたしはあなたのお父さんを車で撥《は》ねる。それから車を降りて、彼が大丈夫かどうか確かめに行く。もちろん彼は大丈夫じゃない。でも、まだ息はあるんだ。両脚は一方向へ、上半身は逆方向へねじれている。わたしは彼に、自分が誰なのか、なぜそこにいるのかを伝える。それから彼が死ぬのを見守るんだ」

「わかった。ありがとう」わたしにはなんとも読み取れない声で、グウェンは言った。

「いまだに夢のような気がするよ」わたしは言った。「全部、夢のような気が」

「本当にわたしと会うことはできませんか？　よかったら車でそちらに行きますが。ひとりで行きますよ」

「いや」やや間を置いて、わたしは言った。「すみません、グウェン、それは無理だよ。もし逮捕されたら、とても耐えられないと思うし――」

「言ったでしょう。わたしはひとりで行く」

「――それにもうこれ以上、質問には答えたくない。ここ何日か思い起こしてきた以上に、過去を思い起こしたくないんだ。わたしにこの数年が与えられたのは、まったくの幸運だよ。心の底では、それがいつまでもつづかないことは、わかっていた。すみません、あなたにはもう会えない。どうしてもね」

「あなたには選択肢があるんですよ」グウェンは言った。

「いや、ない。本当にないんだ。あなたにはそう思えないかもしれないが、この五年間……わたしは毎晩、恐ろしい夢を見ている。わたしがなんとかがんばってこれたのは、それ以外どうすればいいかわからなかったからだ。でも、そこにはなんの喜びもなかった。わたしはもう恐れてはいない。ただ疲れているばかりだよ」

回線の向こうからため息が聞こえたような気がした。

「他に何かわたしに話したいことはありませんか？」グウェンは言った。

「いや、何も」

「わかりました。でもあなたが話してくれたことは、本当なんですよね？」

「そう」わたしは言った。「わたしが話したことはすべて本当だよ」

第三十二章

クレア・マロリー
エリック・アトウェル
ノーマン・チェイニー
スティーヴン・クリフトン
ロビン・キャラハン
イーサン・バード
ジェイ・ブラッドショー
ビル・マンソー
エレイン・ジョンソン
ニコラス・プルイット
マーティ・キングシップ

これが死んだ人々の名前だ。すべて実名。マーティ・キングシップだけは別だけれども。

この物語を書くに当たって、なぜ彼の名前を変えたのか、それは自分でもわからない。たぶん、彼に子供がいるから、そして、すべての子供がそうであるように、彼の子供たちも親の犯した罪に対してはなんの責任もないからだろう。それとたぶん、彼が事件に対し罪を負うべき唯一の人物だからか。これはもちろん、わたしをのぞけば、ということだ。

これはおもしろい――マーティ・キングシップと自分のイニシャルが一致することに、わたしはたったいま気づいた。きっと〝フロイト的見落とし〟だろう。だがきっと、炯眼《けいがん》な読者のみなさんはこう思うのではないだろうか――マーティ・キングシップなどという人間は存在しない、いるのはマルコム・カーショーだけだ、一連の殺人はすべてマルコムが自分で行ったのだ。しかしこれは真実ではない。ある意味、そうだったらいいのに、とは思うが。それは気の利いた結末となるだろうから。

何が真実かと言えば、一連の事件の責任はすべてわたしにあるということだ。そのほとんどはマーティが実行したが、立案者はわたしだった。すべてはわたしによって始まったのだ。それが真実だ。わたしは不作為の罪を犯してきた。しかしわたしが何かを真実だと言うとき、それは本当に真実なのだ。どうか信じてください。

＊

わたしはいまメイン州ロックランドにいる。

マーティ・キングシップを撃ったあと（セーターからにじみ出てくる血に触れると、彼は満足そうな顔をし、それから、身を震わせて死んだ）、わたしはまずブライアン・マーレイのところに行った。わたしが発砲したとき、彼はもちろん目を覚まし、頭を起こして、何かつぶやいていた。わたしは彼のかたわらにすわって、いまのはシャンパンを開けた音だと言った。彼は寝返りを打って、またいびきをかきはじめた。

そのあと、わたしはテスの様子を確認した。ハンフリーはもう彼女の向かい側のソファにはいなかった。彼は銃声を聞いて、姿を消したのだ。マーティの言ったとおり、〝大した番犬〟だ。

テスはまだちゃんと息をしていた。それに、横向きに寝ていたので、もし嘔吐《おうと》しても大丈夫だろうと思った。これはつまり、ただちに九一一に通報する必要はないということだ。なるべく早く通報するつもりだったが、あと少しだけ時間がほしかった。

わたしは自宅アパートに帰って、バッグに荷物を詰めた。寒さに備えた衣類、洗面用具、わたしの好きなクレアの写真。それはハネムーンの写真だった。ロンドンで過ごした雨降りの二週間、わたしの生涯最高の時。写真はあるパブで撮ったもので、クレアはわたしの向かいの席にすわっている。彼女は本当に写真を撮ってほしいのかどうかわからず、それでもやはり幸せだから、かすかな笑みを浮かべていた。

最後にもう一度、〈オールド・デヴィルズ〉に行き、ネロにさよならを言おうか――そう思ったが、どうもそれだけの時間はなさそうだった。警察への連絡は必須なのだし、もちろん、これは早急にしたかった。テスのこと、彼女の体内の薬物のことがあるからだが、それとともにわたしには、朝、目覚めたブライアンに寝室で遺体を発見させるわけにはいかないという思いもあった。

ニューハンプシャー州に入るころには、空は明るくなりだしていた。わたしはハイウェイぞいの、二十四時間営業のコンビニの前に車を停めて、一週間充分に持つだけの缶詰と瓶ビールを現金で買った。駐車場でトランクに荷物を積み込んだあと、わたしは携帯から九一一番にかけて、名前を名乗り、ボストン市ディアリング・ストリート五九番地に男の遺体があると伝えた。つぎにわたしがかけたのは、グウェンの番号だ。彼女が折り返しかけてきたとき、わたしたちは先に記した会話を交わした。その後、わたしは駐車場で見つけた煉瓦《れんが》で携帯をたたき壊し、その破片を店の外のゴミ容器に捨てた。わたしを追うことにした場合、警察にはわたしが北に向かっていることがわかるだろう。だがわたしは、そのことはあまり気にしていなかった。

その町はなぜか北のほうがはるかに降雪量が少なかった。雪というより霜《しも》に近い白い幕があらゆるものを覆い、夜明けの時間帯、空は薄雲のチェッカー盤と化していた。世界は無色だった。

ロックランドに着いたのは、午前半ばだった。暗くなるまでまたどこかで待とうかとも思ったが、結局わたしは危険を冒すことにした。エレイン・ジョンソンのかつての地所が見えるところに立つ家は一軒しかない。だから、その家の住人が窓から外を眺めて朝を過ごしてているかぎり、何も問題はないわけだ。だから、前回、エレインの家に行ったとき、わたしは一台用のガレージに気づいていた。そのシャッターは上がっており、なかは空っぽだった。エレインの乗っている錆《さ》びたリンカーンは、たぶんそのガレージには大きすぎるのだろう、私道に駐まって氷に覆われていた。

その家は、ルート1からさほど遠くはなく、すぐに見つかった。わたしは途中で立ち往生しないよう、雪かきされていない私道にスピードをつけて進入した。リンカーンを迂回してガレージに入り、エンジンを切ると、車を降り、錆びたハンドルをつかんでシャッターをぐいと引きおろした。ただわたしはその前に、道の向かいの、煙突から煙がもくもく出ている、板葺《いたぶ》き屋根の四角い家のほうをちょっと眺めた。ガレージが通りに面していないのがありがたかった。あとは、それまで開いていたガレージのシャッターがいまは下りていることに誰も気づかないよう願うばかりだった。

わたしは裏口のドアのガラス板をたたき割り、なかに手を入れて、鍵を開けた。食料とダッフルバッグを持って家に入ると、段ボールの板とテープを見つけて、ドアの穴をふさいだ。設定温度は十度台半ばと低かったが、ヒーターはまだ点いていた。家のなかは寒いとはいえ、耐えられないほどではなかった。わたしは食料を取り出し、冷蔵庫にビールをしまった。誰も権利を主張しない、エレインの残していった貯蔵品の隣に。彼女がカッテージチーズと缶詰の果物で生きていたのは明らかだった。リビングルームには立派なカウチがひとつあった。木製の脚の、背もたれの低い、ミッドセンチュリー様式の品で、寝る場所はそこと決まった。わたしはきれいなシーツと毛布をさがしに二階に行き、主寝室のクロゼットでそれを見つけた。まさにこのクロゼットからピエロの面《めん》をかぶったマーティが現れ、エレイン・ジョンソンをショック死させたのだ。わたしにはそのこと以外、何も考えられなかった。わたしにとって大好きな人とは言えなかったが、彼女にはそんな目に遭ういわれはなかった。リビングにもどったとき、わたしには自分が二度と二階に行かないことがわかっていた。

＊

あれからもう四日になるが、わたしは相変わらずここにいる――この原稿に取り組み、缶詰のビーフシチューやトマトスープを糧《かて》として。ビールはもうなくなったが、地下室に〈ガロ〉のバーガンディのガロン・ボトルが何本かあったので、いまは着々とそれを飲み進めている。

わたしの活動は、主として読書だ。日中、わたしは窓辺で快適なクラブチェアにすわっている。そして夜は、あのカウチで毛布の下にもぐり、ペンライトを使って読む。わたしはふたたびミステリーを読んでいる。ここにはそれしかないから、というだけでなく、残された時間がわずかで、昔から好きだった作品を再訪したいからだ。気がつけば、わたしがいちばん惹かれるのは、十二、三のころ初めて読んだ一連の作品だった。アガサ・クリスティの小説。ロバート・パーカーのもの。グレゴリー・マクドナルドのフレッチ・シリーズ。わたしはローレンス・ブロックの『聖なる酒場の挽歌』を一気に読み、最後の一行に泣いた。

この家にもっと詩の本があったらと思う——わたしは一九六二年に出版されたアメリカ詩のアンソロジーを見つけた。だが、それだけでなく、記憶をたよりに好きな詩のいくつかを自分で書き記すこともできた。サー・ジョン・スクワイアの「冬の黄昏《たそがれ》」はもちろん、フィリップ・ラーキンの「夜明けの歌」、シルヴィア・プラスの「湖水を渡って」、それに、トーマス・グレイの「田舎の教会墓地にて書かれた挽歌」から、少なくともその連の半分を。

＊

ここにはインターネットはないし、わたしには電話がない。

警察はわたしをさがしているにちがいない。マーティ・キングシップを殺した男、関連する一連の殺人に対する答えを持つ男を。グウェンがどの程度、彼らに手を貸したのかはわからない。たぶん彼女はわたしたちの電話のことをすっかり警察に話したと思う。もしかすると、停職処分となったあと、ボストンでわたしと会ったことまで話したかもしれない。わたしがどこにいるか、彼女は気づいただろうか？　これまでのところ、ここに来てドアをノックした者はいない。

彼らにはまだたくさん訊きたいことがあるだろう。グウェンには、まちがいなく、まだ訊きたいことがある。それが、わたしがこの回想録を書いている理由のひとつだ。わたしは記録を正したい。完全な真実を語りたいのだ。

わたしは、クレアの日記を読んだあと、それを残らず焼いたと書いた。これは完全な真実ではない。わたしは一ページだけ取っておいたのだ。たぶん、クレアがわたしを愛していたという証拠——彼女がその手で書いた何かがほしかったからだろう。

その文章は二〇〇九年の春のもので、彼女はつぎのように書いている——

＊

わたしはこの日記にマルのこと、彼がどれほどわたしを幸せにしてくれるかを充分に書いていない。夜遅くうちに帰ると、彼はいつもカウチで待っている。たいていは、胸の上に開いたままの本を載せて、眠っているけれど。昨夜わたしが彼を起こすと、彼はわたしを見てとても喜び、わたしの好きそうな詩をひとつ読んだと言った。

本当にその詩はよかった。大好きな詩と言えるかもしれない。それはビル・ノットという人の詩だ。絶対に忘れないように、ここにそれを書き写しておこう。タイトルは「さようなら」だ。

これを読むとき、まだ生きていたら、
目を閉じて。わたしは

そのまぶたの下で、黒くなっていく。

他にわたしはどんな嘘をついただろう？

不作為の嘘とまで言えるのかどうかはわからないが、わたしは、ニューハンプシャー州ティックヒルでノーマン・チェイニーを殺したとき、自分が彼の首を絞めたあと、遺体をそのまま床に置いてきたかのような書きかたをした。しかし実際には、脈を確かめたあと、きっとパニックをきたしたのだろう、わたしはバールを拾いあげて、彼の顔と頭を繰り返し殴りつけている。手を止めたとき、彼がどうなっていたかを描写するのはやめておこう。だがわたしは床にへたりこみ、もう二度と立ちあがれない、もう二度と正気になれないと思ったものだ。最終的にわたしを救ってくれたのは、そこにやって来たネロだった。彼はわたしに立ちあがって家から出ていく理由を与えてくれた。わたしは自分がネロを救ったかのような書きかたをしたと思うが、実際には、救われたのはわたしのほうだった。そう、確かに陳腐な話だ。しかし真実はときとして陳腐なものなのだ。

＊

スティーヴン・クリフトンを殺す夢の話をグウェンにしたときも、わたしは真実を語っていた。真実を、自分が知っているままに。クレアが死んだあとの一年（いや、わたしがクレアを高架道から追い落としたあとの一年、と言うべきか）——あの年の出来事の多くを、わたしは本当に覚えていない。しかし例の夢――車でクリフトンを撥ねるあのリアルな夢のことは確かに覚えている。そしてときとして、頭が冴え渡る瞬間、何もかも思い出し、すべてが腑に落ちる瞬間もある。だがその瞬間は決して長くはつづかない。

スティーヴン・クリフトンは怯えていた。わたしは彼の顔を覚えている。それはミルクのように白く、茫漠としていた。それはグウェンの顔だった。結局、あれは夢ではなかったのだろう。

＊

記録しておくべき不作為はもうひとつある。マーティとわたしがマーレイ夫妻の家で話していたとき――彼が何もかも告白したあの夜、わたしはマーティに、〈オールド・デヴィルズ〉のウェブサイトに彼が残したコメントのことを訊ねた。そう、彼がドクター・シェパードの名で投稿したあのコメントのことだ。

わたしがそのことを訊ねると、彼は怪訝《けげん》な顔をした。「ドクター・シェパードだよ」わたしは言った。「『アクロイド殺害事件』の犯人だったやつだ」

いま考えると、あのコメントを残したのは、わたし自身だった可能性もあると思う。なんとなく覚えがあるのだ。前に述べたように、ここ数年、わたしには何が現実で何が夢なのかわからない夜が幾夜もあった。わたしが高架道から追い落とす直前、闇に顔を覆われ、車内から振り返って、わたしを見ていたクレア。ティックヒルの自宅の床に横たわるノーマン・

チェイニーの残骸。スティーヴン・クリフトンが夏空を舞ったときの車の衝撃。ときにはビールが助けになることもある。だからたぶん、わたしは飲み過ぎてしまい、〈完璧なる殺人8選〉のコメント欄に自分でメッセージを残したのだろう。

そして、もしメッセージを残したのがわたし自身だったなら、あれは予兆のようなものだ。わたしはいま『アクロイド殺害事件』を再読している。その本は、ダイニングの片隅に積まれたひと山のいちばん下にあった。それは〈ポケット〉のペーパーバックで、カバー絵では、アクロイドが背中の上部からナイフの柄《え》を突き出させ、椅子にぐったりすわっている。実のところ、最後の二章に至るまでこの小説は別におもしろくもない。最後から二番目の章――「完全な真実」と名付けられた章については、すでにわたしが述べたとおりだ。では最終章は？　それは「弁明」と名付けられている。そして、自分がずっと遺書を読んでいたことを読者に悟らせるのが、この章なのだ。

＊

外は雪だ。風が家じゅうの窓をバタバタと打ち据えている。わたしは大きな危険を冒して、暖炉に火を入れた。それでも、こんな嵐のときに煙突から流れ出るわずかばかりの煙に気づく者はいないと思う。

ワインのグラスを伴《とも》に炉端《ろばた》にいるのは、とても快適だ。自分の最後の本として、わたしは『そして誰もいなくなった』を読んでいる。この小説は、わたしのオールタイム・ベストとまではいかなくても、かなりいい線まで行っている。そのうえ、いまの状況にふさわしくもある。

ここで、自分とクレアがまもなく再会するというようなことを何か言いたいところだが、わたしはそういったナンセンスは信じていない。わたしたちはみな、死んでしまえば無になる。生まれる前と同じ無に。ただ、今回はもちろん、その無は永遠だ。しかしそこに、その漆黒《しっこく》の闇に、その無のなかにクレアがいるなら、わたしもまたそこにいるべきなのだ。

わたしの計画はこうだ。嵐がやみ、除雪機がその作業を終えたら、リビングの棚にたくさんある重たいガラスのペーパーウェイトを冬のコートのポケットに詰め込む。そして夕暮れ時にロックランドの中心部まで歩いていって、そこからあの突堤、海に向かって一マイルのびる、ロックランド港の防波堤に出る。わたしはその先端まで歩いていき、ただそのまま進みつづけるつもりだ。冷たい水に入るのが楽しみとは言えないが、その冷たさもたぶんそう長くは感じないだろう。

自分が溺《おぼ》れて死ぬことについては、若干の満足感がある。ある意味、わたしはリストの殺人のひとつ、マクドナルドの『溺殺者《できさつしゃ》』を成就するわけだから。

警察は、結局これは自殺ではなかったのかと思うかもしれない。あるいは、わたしの遺体は永遠に見つからないかも。

自分はあとに謎を残していくのだ——そう思うと、愉快になる。

以下のみなさんへ感謝を

〈アニーの本の交換所《アニーズ・ブック・スワップ》〉、ダニエル・バートレット、ジェイムズ・M・ケイン、アンガス・カーギル、アガサ・クリスティ、アントニー・バークリー・コックス、キャスピアン・デニス、ビアンカ・フロレス、ジョエル・ゴトラー、ケイトリン・ハリ、セアラ・ヘンリー、デイヴィッド・ハイフィル、パトリシア・ハイスミス、テッサ・ジェイムズ、ビル・ノット、アイラ・レヴィン、ジョン・D・マクドナルド、A・A・ミルン、クリストン・ピニ、ソフィー・ポータス、ナット・ソベル、ヴァージニア・スタンリー、ドナ・タート、サンディ・ヴィオレット、ジュディス・ウェーバー、アディア・ライト、シャーリーン・ソーヤー

解　説

千街晶之

※この解説は、本篇を読了後に目を通すことをお勧めします。

ピーター・スワンソンの『8つの完璧な殺人』（原題 *Eight Perfect Murders*、二〇二〇年）は、おそろしく挑発的なミステリである。

巻頭で警告されているように、本書では語り手のマルコム・カーショーが選出した〈完璧なる殺人8選〉として、A・A・ミルン『赤い館の秘密』（邦訳は創元推理文庫）、フランシス・アイルズ（アントニイ・バークリー）『殺意』（邦訳は創元推理文庫）、アガサ・クリスティ『ABC殺人事件』（邦訳は創元推理文庫および早川書房クリスティー文庫）、ジェイムズ・M・ケイン『殺人保険』（邦訳は新潮文庫）、パトリシア・ハイスミス『見知らぬ乗客』（邦訳は河出文庫）、ジョン・D・マクドナルド *The Drowner*（邦訳なし。本書での仮題は『溺殺者《できさつしや》』）、アイラ・レヴィン『死の罠』（戯曲。邦訳なし。映画化タイトル『デストラップ　死の罠』）、ドナ・タート『シークレット・ヒストリー』（別邦題『黙約』。邦訳は扶桑社ミステリーおよび新潮文庫）が挙げられ、その内容や犯人が言及されている。〈完璧なる殺人8選〉には含まれていないものの、クリスティからはもう一冊、『アクロイド殺害事件』（別邦題『アクロイド殺し』。邦訳は創元推理文庫および早川書房クリスティー文庫）の内容や犯人の名前まで具体的に触れられている。

つまり、著者は本書の読者として、この九冊の全部とは言わないまでも大半は読んでいるであろうミステリマニアを想定しているのだ。それだけでも挑発的だが、実は本書には、正反対の作風で知られる二人の巨匠へのオマージュを両立させるという、途方もなく野心的な文学的試みが織り込まれているのである。

主人公のマルコムは、ボストンでミステリ専門の書店を営んでいる。ある雪嵐の日、彼の店にグウェン・マルヴィというFBI特別捜査官がやってきた。彼女はニューイングランド地方で起こった複数の変死事件を調べていたが、十年ほど前にマルコムがブログに発表した〈完璧なる殺人8選〉で紹介されている八冊の犯罪小説の内容がそれらの事件と関連しているのではと気づき、彼の意見を聞きに訪れたのだという。例えば、名前に共通点を持つ三人の男女が殺害された事件は、クリスティの『ABC殺人事件』の模倣ではないか。また、ある男が列車からの飛び降り自殺に偽装されて殺害された事件は、ケインの『殺人保険』を想起させる――といった具合に。

最初マルコムは、グウェンの発想に疑問を呈する。もし八冊の犯罪小説を模倣した事件を起こす気なら、レヴィンの『死の罠』はどうするのか。この作品での殺人方法はそう簡単には成功させられないではないか……そう主張するマルコムに、グウェンは実際にその方法を用いたと思しき死者が出ていることを告げる。しかも、死んだ女性の名は、マルコムにも聞き覚えがあったのだ。かくして、マルコムはグウェンの捜査に協力することになったのだが……。

複数の視点を切り替えながらサスペンスを醸成《じょうせい》するのが著者の十八番《おはこ》だが、本書の場合は手記の体裁を取っているため、終始マルコムの一人称で綴《つづ》られている。彼は、十年以上前に自分が発表したリストに沿って殺人が起こっているのではないか、しかもその犯人は自分が知る人物なのではないか……という恐怖と疑念に苛まれることになるが、手記の記述者である彼自身が「信頼できない語り手」である可能性も否定できない。本来ならずっと後まで伏せておいたほうが良さそうな手札を敢えて早めに晒《さら》すことでねじれたサスペンスを醸成するなど、著者の得意技が随所で炸裂し、先が読めないスリリングな物語となっている。だが本書の最大の特色は、冒頭でも触れた有名作品へのオマージュの要素だ。

著者はもともと、自作の中で他の作家のミステリに言及したがるタイプである。デビュー作『時計仕掛けの恋人』（二〇一四年）ではダフネ・デュ・モーリアの『レベッカ』が、第二作『そしてミランダを殺す』（二〇一五年）ではパトリシア・ハイスミスの『殺意の迷宮』やドロシー・L・セイヤーズの『学寮祭の夜』などが、第三作『ケイトが恐れるすべて』（二〇一七年）ではジョン・D・マクドナルドの『琥珀色の死』やディック・フランシスの『骨折』などが、第五作『だからダスティンは死んだ』（二〇一九年）ではジョセフィン・テイの『時の娘』などが、それぞれ言及されている。第四作『アリスが語らないことは』（二〇一八年）の登場人物ビルは書店経営者であり、本書のマルコム同様、「大学が舞台の犯罪小説ベスト5」などのリストを作っている（著者は書店員だった頃、実際にマルコムやビルのようにテーマに沿って選んだミステリのリストを発表していた）。コーネル・ウールリッチの短篇をアルフレッド・ヒッチコック監督が映画化した『裏窓』を想起させる『ケイトが恐れるすべて』のように、作品の設定自体が有名な先例を意識している例もある。

とはいえ、そうした著者のミステリマニアとしての面が、本書ほど露《あらわ》になったことはこれまでなかった。九作もの犯罪小説の内容にまで言及し、それらの見立てとも言うべき趣向が繰り広げられるだけでなく、主人公がミステリ専門書店の店主で、他にもその従業員やミステリ読者が登場するだけあって、作中で挙げられる作家の名前やミステリ小説・映画のタイトルの多さは『アリスが語らないことは』を遙かに凌《しの》ぐ。

しかし、数多くのミステリが紹介されているとはいえ、それらへの言及の濃淡はかなりの差がある。先に挙げた〈完璧なる殺人8選〉の中でもハイスミスの『見知らぬ乗客』に大きな比重が置かれていることは、既《すで》に本書をお読みの方ならお気づきだろう。『そしてミランダを殺す』は単に作中で『殺意の迷宮』が言及されていたのみならず、発端は『見知らぬ乗客』に類似していたし、『時計仕掛けの恋人』の船上のクライマックスは、ハイスミスの『太陽がいっぱい』を想起させなくもない。そうしたわかりやすい引用を別にしても、歪《いびつ》な心理状態にある登場人物に意外な行動をとらせることで読者を不安にさせずにはおかない著者の作風そのものがハイスミス的であり、この作家に対する著者の愛着の強さが窺《うかが》える。〈完璧なところが本書では、極めて重要な役割を与えられている先行作がもう一冊ある。〈完璧な殺人8選〉には含まれていない『アクロイド殺害事件』だ。確かにクリスティもまた、著者にとって愛着の強い作家ではある（『そしてミランダを殺す』では『スリーピング・マーダー』『ねじれた家』が、『アリスが語らないことは』では『葬儀を終えて』『そして誰もいなくなった』『五匹の子豚』が、それぞれ言及されている）。しかし、古典的な名探偵の活躍とフーダニットを重視したクリスティの作品世界と、著者の作風とは一見あまり共通点がないようにも感じられる。

サラ・フェルプス脚本によるイギリスBBC制作の一連のクリスティ原作ドラマ、ケネス・ブラナーが監督と主演を兼ねたエルキュール・ポアロ・シリーズの映画……といった映像化ブームと連動するかたちで、二〇一〇年代から小説の世界でもクリスティを意識した作品が相次いで発表されている。『カササギ殺人事件』（二〇一六年）などのアンソニー・ホロヴィッツの作品はその筆頭格だし、アメリカからは『そして誰もいなくなった』オマージュであるグレッチェン・マクニール『孤島の十人』（二〇二二年）、ノルウェーからは本国でのレビューで「『ダイ・ハード』と『アガサ・クリスティ』の猛烈なブレンド」と評されたヨン・コーレ・ラーケ『氷原のハデス』（二〇一九年）、フランスからはやはり『そして誰もいなくなった』オマージュのミシェル・ビュッシ『恐るべき太陽』（二〇二〇年）といった作品が次々と現れている。日本でも、早坂吝《やぶさか》『しおかぜ市一家殺害事件あるいは迷宮牢の殺人』や恩田陸『鈍色幻視行』（ともに二〇二三年）などが刊行されている。

そんな世界的風潮に乗ろうという意識が著者にあったかどうかは不明だが、本書を読むと、これが著者なりの『アクロイド殺害事件』への再解釈であることが窺える。『アクロイド殺害事件』の衝撃的な真相を成立させているのは、「嘘は書かれていないが、事実は語り落とされている場合がある」というテクニックだ。これは、その後のミステリにおいて、作者から読者に対する語りのフェアプレイの保証として逆説的に引き合いに出される場合がある――「探偵作家というものは、こういう物の書き方をするものであるということを、私はアガサ・クリスチー女史の『ロージャー・アクロイド殺し』から学んだのである」という横溝正史『本陣殺人事件』の記述のように。

ところが著者は本書で、似たようなテクニックを用いつつ、語り落としをフェアプレイの保証にはしていない。むしろ、最終章で描かれる登場人物の心理の曖昧《あいまい》さを表すために語り落としを使っている。そこから浮上するのは、クリスティが描くフェアなゲーム性に固執する理性的な犯罪者像ではなく、むしろハイスミス的な曖昧で薄暗い心理領域を抱えた、自分さえも信じられない人間の姿なのだ。

著者は作中でマルコムの口を借りて、『アクロイド殺害事件』を「実のところ、最後の二章に至るまでこの小説は別におもしろくもない」と評している。クリスティの他の作品と比較するとやや単調な『アクロイド殺害事件』とは異なり、著者は本書を最終章に至るまで不穏なハイスミス風の心理劇で埋めつくしてみせた。だが一方で、ハイスミスが不得手と自認していたフーダニットの要素も、本書では主軸の一つとなっているのだ。

パトリシア・ハイスミスとアガサ・クリスティ。一見水と油のような二人の巨匠の作風から長所だけを抽出し、手記スタイルを用いることで合体させる――というのが、本書で著者が成し遂げたかった文学的試みではないだろうか。私が本書をおそろしく挑発的なミステリと評したのは、そのような意味合いである。

そういえば、著者の第八作 *Nine Lives*（二〇二二年）は、自分および面識のない相手の合計九人の名前が記されたリストを受け取った人物が次々と死亡するという、『そして誰もいなくなった』を意識した内容らしいのだ。果たしてこの作品では、著者はクリスティへのオマージュをどのように昇華しているのか……それを確かめるためにも邦訳が待ち遠しい。